鎌倉漩渦服務中心

鎌倉うずまき案内所

Kamakura
Uzumaki
Annaijo

青山美智子

Michiko Aoyama

邱香凝 譯

START

鎌倉
漩渦
服務中心
Kamakura
Uzumaki
Annaijo

模型製作・拍照　田中達也（MINIATURE LIFE）
排版設計　菊池祐

二〇一九年
蚊香篇
Kamakura Uzumaki Annaijo
Kamakura Uzumaki Annaijo

平成時代，結束了。

二〇一九年四月三十日，平成時代盛大謝幕。

上司折江先生說，昭和時代結束時，包括不知何時會來的天皇駕崩日在內，差不多有半年的時間，全日本都籠罩在一片自律的肅穆氣氛中。

對平成二年出生的我來說，當時的事只在歷史教科書上讀過。相較之下，早在天皇還健康時就先定下改元日，平成時代最後一年的氣氛，和自律肅穆可說完全扯不上邊，反而極盡熱鬧歡騰。親眼見證改朝換代的感覺就像參加祭典，毫無疑問是件值得慶賀的喜事。

平成最後的夏天。平成最後的耶誕節。平成最後的新年。平成最後的……

事先告知結束的日子，說來真是非常貼心的安排。這麼一來就能做好心理準備，也能好好計畫接下來的事，一切都能積極順暢地進行。

放完慶祝年號變更的十天連假，進入令和時代後的第一個上班日，折江先生托著下巴講起沒人拜託他說的往事。今年五十二歲的他，從昭和年代進入平成年代時還是個大學三年級學生。他說當時都開心愛的紅色本田PRELUDE去「義菜館」打工。我還以為「義菜館」是賣熱炒類的餐館呢，原來是當時對義大利餐廳的暱稱。

「那時我還在暗戀我老婆，時代從昭和進入平成那天，我心想，啊，自己和這女孩攜手跨越兩個時代了呢，內心感動得不得了。現在又再度攜手跨越了兩個時代，歷史真可說是不斷重複呀。」

攜手跨越了兩個時代。

我對折江先生那些古早戀愛話題沒興趣，只有這句話稍稍打動了我的心。

塞在手提包裡的白色信封。

遲遲交不出去，這兩個月以來，不知道塗改了幾次日期。

進入五月，面對嶄新的信紙，我嘆了一口氣。從平成到令和，我的辭呈就這樣和我一起跨越了兩個時代。

鎌倉車站月台上，我望著眼前擁擠的人群發呆。

橫須賀線車廂吐出的乘客們實在太多了，無法馬上走出剪票口，一群人擠在樓梯前。腦袋、腦袋、腦袋、腦袋……即使看不到眼睛鼻子，不同後腦勺也各自有其獨特的表情。

「早坂老弟，時間沒問題吧？」

舉起手，用手背擦汗，阿乃這麼說。蓄著小鬍子的人中也微微滲出汗水。向來打扮時尚的阿乃為什麼堅持留這種早已不流行的小鬍子，老實說真是個謎。或許他有他的堅持吧，也可能是想用鬍子掩飾娃娃臉。只是，就算留了小鬍子，他看上去還是不像三十三歲。與其說年輕，用稚嫩來形容可能更適合。也因為阿乃對我態度親和，即使我還比他小四歲，依然習慣用平輩的語氣跟他說話。

今天是個宛如夏天的大晴天，電車開走後，陽光直射下午兩點的月台。過完黃金週假期，五月接近尾聲，本以為來鎌倉的人應該會少一點了，這才想起接下來又是繡球花的季節。真要說的話，又不是世界上所有人都在平日上班上學，這種觀光勝地不管什麼時候來，搞不好人都是一樣的多。除了人多擁擠，電車為了確認號誌而臨時停車的突發狀況，也打亂了我們原本的計畫。

「我來聯絡一下吧。」

從卡其褲的屁股口袋拿出智慧型手機，正好收到自由接案攝影師笠原哥傳來「我已經到了」的LINE訊息。我只簡單回覆「不好意思，我們在路上了」，便再撥電話給這次採訪地點的老宅咖啡店。

我在位於東京都內的出版社工作。進公司是七年前的事，分發到這本以主婦讀者居多的女性雜誌《MIMOSA》即將滿六年。

最早負責的版面是「利用空盒製作收納櫃」，連專題都稱不上，只是個跨頁單元，內容也了無新意，大概根本沒有讀者會注意到這兩頁。即使如此，剛分發到雜誌編輯部那陣子，開始學著怎麼做雜誌，有時還有機會短暫見到喜歡的明星，我從工作中仍感受得到樂趣。只是，最近連這些事也無法讓我提起幹勁了。相較之下，睡眠不足、截稿日期、始終無法通過的企劃書，以及來自性格獨特上司——也就是折江先生的壓力，每天都快把我壓垮。

今天是為連載單元「人情接力」做的採訪。像接力賽一樣，我們會請每位接受這個單元採訪的名人介紹下一位採訪對象。

響了三聲，咖啡店的店員就接起來了。我報上姓名，說自己是峰文社的早坂，承蒙照顧了。

「非常抱歉，我們已經抵達鎌倉車站，但是可能會遲到五分鐘。」

「喔喔，光是要走出車站就很吃力吧？」

電話那頭，傳來爽朗的男人聲音。我問對方：

「黑祖老師已經到了嗎？」

「是啊，不過，看起來不像等得不耐煩的樣子，沒問題的。老師和平常一樣早上就來了，一直在包廂執筆寫作。」

我表示會盡快趕去，就先掛上了電話。

黑祖洛伊德是一位科幻小說作家，向來以不公開露臉聞名，多虧上一期採訪的大牌女演員紅珊瑚介紹，這才破例答應接受採訪。聽說這兩人是老交情的朋友。

老實說，我沒讀過黑祖洛伊德的小說。不過，從國中就是黑祖書迷的特約記者阿乃可興奮了。

「好棒啊，沒想到竟然有親眼見到黑祖洛伊德的一天。這位作者的小說啊，我全部都有買。」

這麼說起來，阿乃的部落格確實寫過好幾次黑祖洛伊德的小說書評。阿乃的部落格很受歡迎，聽說一天的點閱數超過三萬。他以自由接案採訪記者的身分和本名撰寫部落格，聽說也有出版社是看了部落格發案給他的。部落格和Twitter的頭像都是一張蓄著小鬍子的插畫，儼然成為阿乃的註冊商標。

阿乃整個人都閃閃發亮呢。只有自由接案工作者才能擁有如此不受拘束、不必背負任何枷鎖的輕盈自在吧。我用力踐踏內心冒出的嫉妒，堆出開朗的笑容。

「那太好了。我只惡補了最新作品，對其他作品的內容一概不知，今天就拜託你啦。」

阿乃一雙大眼睛轉了轉，猛力點頭。

我們一起走出車站東口的剪票口，好不容易離開車站。人群聚集在右側的公車總站，裡面還有好幾個金髮外國人，正雀躍地攤開旅遊導覽書。

「店應該在靠小町通那邊吧？」

阿乃這麼說。我們穿越左手邊的紅色鳥居，走進小町通。路口附近開了幾間以年輕族群為主要對象的花俏紀念品店，還有路邊攤風格的小店，方便買了邊走邊吃。

阿乃驀地停下腳步。前方走來成群看似正在參觀旅行的學生。從身上的制服看上去，應該是一群國中生。這些個孩子也不往前走，就這麼原地散開了。不知為何，阿乃瞇起盯著國中生們的眼睛，彷彿看見什麼耀眼炫目的東西。接著，他忽然咧嘴一笑。或許看到可愛女生了吧。我推了推阿乃，身體盡量朝路邊靠，鑽過人群縫隙間。

咖啡店應該就在不遠處才對。打開地圖應用程式，一邊確認路線一邊走進和菓子店與可麗餅店中間的小巷。才剛一腳踏進去，周遭突然寂靜下來。

在澀谷或銀座等鬧區也常遇到這種情形。只不過從原本熱鬧的大馬路上踏進一條小巷弄，剛才的喧囂就像一場夢似的消失，眼前展開另一個冷清的世界。明明外面的街道面積絕對更大，這邊的視野卻顯得更加廣闊。從幾棟老房子前走過，再經過一間一看就只是做興趣的小藝廊，我們的目的地——老宅咖啡店「Melting Pot」就到了。距離約定的時間，已經遲到了八分鐘。

外側的低矮大門敞開著，彎著身子進去後，店門也已經打開了。站在玄關口喊「不好意思」，一位身穿黑色圍裙的男性現身。

「歡迎光臨。」

這位應該就是通過好幾次電話的老闆田町先生了吧。年紀看似介於四十五到五十歲之間，朝我們微微一笑，下垂的眼角拉出溫柔的弧線。

「抱歉，遲到了。」

「沒事沒事，不要緊的。」

玄關寬敞，擺著一個結實的木頭架子，上面陳列了信封信紙組、明信片和筆等文具。原來店頭還兼販售文具啊。

「鞋子請放在這邊。」

玄關入口高起的台階旁設有鞋櫃，我們把脫下的鞋子放在裡面。

店內依然保留過去有人居住時的氛圍，隔成好幾個房間。推測原本是起居室，有大片窗戶和簷廊的寬敞房間裡，笠原哥已經等在那裡了。靠牆放有幾個書櫃，阿乃像被書吸引過去似的，搖搖晃晃朝那邊走去。我趕緊拉著他，往笠原哥的方向集合。

走廊上掛著軟木板，上面貼著一張寫有「FREE Wi-Fi」的紙。復古懷舊的氛圍裡，還是不忘滿足現代人的需求。下面用圖釘釘著幾張即將在鎌倉舉行的活動傳單，「鮎川茂吉劇本講座」的標題吸引了我的目光。地點在濱書房，沒想到連這麼有名的劇作家，也會在書店舉辦講座。

「洛伊德老師，峰文社的人到了。」

我們跟著田町先生走進去，菸味撲面而來，室內煙霧瀰漫。紅色地毯上，放著三張小圓桌。

黑祖洛伊德坐在靠窗那張桌邊，桌上放著打開的筆記型電腦。朝我們投以一瞥，粗黑框眼鏡下的眼神犀利。沒記錯的話，黑祖洛伊德今年應該是四十九歲。摻著幾絲白髮的瀏海長長披在額前，後腦的頭髮卻剃得很短。

「久、久仰您的大名，今天請多多指教。」

阿乃略帶緊張地遞出名片。黑祖洛伊德也闔起電腦，拿出皮革名片夾。名片是黑底白字，上面只有一行「黑祖洛伊德」，兩端則是植物藤蔓般捲曲花紋的設計。

我和笠原哥也跟著和作家交換了名片。黑祖洛伊德伸手撥起瀏海。

「好久沒拍照了。我去一下洗手間，請在這裡等一下。」

黑祖從位子上起身，走出房間。田町先生跟著走出去。

屋內一剩下熟面孔，笠原哥就一邊拿出打光板一邊說：

「早坂老弟，你已經跟折江先生提離職了嗎？」

我囁囁嚅嚅，阿乃也看著我。

「不、還沒……找不到時機……」

「一直窩在提不起幹勁的地方太可惜了。你不是常說很羨慕乃木老弟嗎？」

阿乃什麼都沒說，只有嘴角微微上揚。笠原哥緊接著又說：

「現在已經不是非侷限在企業裡不可的時代了，更何況是有志創作的人。」

「……說的也是。」

黑祖洛伊德回來了。

先拍一張看鏡頭的作者近照，接下來再請攝影師側拍訪談中的照片。

「峰文社以前出過一本叫《FUTURE》的雜誌吧？我剛出道的時候，唯一一次接受的採訪，就是在《FUTURE》。」

黑祖洛伊德看似自言自語地說著，阿乃聽了，一副很高興的樣子回答：

「您剛出道的時候，那就是二十年前的事了。」

「嗯，有這麼久了呢。那之後我一直拒絕露臉，年輕時留下的照片也就只有那麼一張，相當寶貴呢。」

笠原哥也不放過這個話題，立刻跟著出主意：

「要是在這次的專訪頁面裡放上那張照片，應該很有意思吧。書迷肯定會很開心喔。」

黑祖洛伊德想了想，點點頭。

「好啊，如果只限放在這個專訪頁面的話。不過，我不記得當初刊登在哪一期的雜誌了，這樣找得到嗎？」

「這個嘛，峰文社會想辦法的啦。」

笠原哥笑咪咪地看著我。黑祖洛伊德也靜靜微笑。

別把這種不負責任的話說得那麼輕鬆啊，我內心暗忖。嘴上雖然回答「我會盡力」，其實根本沒打算去找。這點子固然有趣，但那只是一小張照片。花費龐大時間與勞力找這種東西太浪費了，到時候只要說聲沒找到就好。

「不好意思，可以抽菸嗎？」

黑祖洛伊德從藍色的MEVIUS菸盒裡拿出一根菸，用火柴點火。仔細一看，是Melting Pot特製的火柴盒，上面畫著各國國旗插在一個壺裡的插畫。

「老菸槍在這幾年的咖啡店業界可說幾乎無容身之處了，這間店有獨立的吸菸包廂，真的幫了我大忙。」

黑祖洛伊德看似津津有味地吐出煙圈。這時正好田町先生端來咖啡，阿乃便轉頭對田町先生說：

「這間店什麼時候開的啊？」

「二〇一三年底，今年要滿六年了。從祖父那裡繼承了這棟老屋，因為需要大規模的改建，就趕在消費稅提高為百分之八前動工。今年十月又從百分之八漲到百分之十了呢，真不知道到底要漲到哪裡去。」

田町先生發出苦笑，阿乃說：

「畢竟這棟房子很大呀，正好適合改建為老屋咖啡店。」

「是，不過，這裡一開始經營的不是咖啡店，是有點像租書店的地方。因為跟上門挑書的客人聊天的時候，也會端出茶點來招待，我跟我太太就說，乾脆改成咖啡店好了。開了咖啡店之後，有些來店裡的客人會一邊喝茶一邊寫信，我在店裡放了些明信片之類的商品，沒想到大受歡迎，販賣的品項也愈來愈多。可以說啊，這是一間應客人需求不斷改變的店喔。」

黑祖洛伊德趁抽菸空檔喝了口咖啡，一臉懷念的表情說：

「咖啡店剛開幕那時候，我還曾介紹認識的澳洲人來呢。沒想到後來這裡成為對我而言不可或缺的工作場所，每次你們公休我都很困擾。」

「真是不好意思。」

田町先生笑嘻嘻地低下頭。

「這火柴盒真不錯。」

聽我這麼一說，田町先生就給了我一盒。又說「之後請用這個拍靜物照」，也給了笠原哥一盒。就算沒有黑祖洛伊德以前的照片，用這火柴盒的照片當配圖也夠了。

笠原哥看著火柴盒說：

「這間店裡所有的東西啊，整體來說都非常有品味。光是陳列在入口處的那些文具，就值得專程跑一趟來買了。」

「謝謝您的稱讚。的確，最近多了不少只來逛文具的客人，不過，哪些是光看不買的客人，看一眼就知道了。」

阿乃頗感興趣地轉過頭，田町先生笑著說：

「嘴裡嚷嚷『好可愛！』頻頻伸手觸摸商品的客人，多半不會買。真正想要的人，總是默默注視商品，彷彿下定決心似的買下。」

原來如此。阿乃發出佩服的讚嘆。

「那有什麼事再叫我。」

說完，田町先生走出了房間。他也很忙。

和黑祖洛伊德聊了些關於這間咖啡店的事之後，阿乃改變話題。

「黑祖老師之所以選擇科幻小說這個領域，有什麼心路歷程可以跟大家分享嗎？」

黑祖洛伊德從阿乃身上轉移視線，把抽完的菸屁股用力捻進菸灰缸。

「世界上有什麼小說不是科幻小說嗎？」

左手撫摸下巴，露出陷入沉思的表情。中指輕輕一動，第一關節上長了大大的繭。應該是經常握筆造成的繭吧。原來黑祖洛伊德慣用左手。

電腦時代來臨前，這隻手一定曾握筆寫下數量龐大的原稿。現在，這隻手的手指正離開下巴，朝菸盒伸去。

「哎呀，糟糕，菸抽完了。」

黑祖洛伊德一把捏扁藍色的MEVIUS菸盒，這麼喃喃低語。我站起來。

「我去買吧，同一個牌子的就可以了嗎？」

「謝謝，那就請你幫忙好嗎？出店之後往右走，會看到一間帽子店，從那個轉角往左有間grocery，那裡就有賣了。」

gro什麼的，我沒聽清楚，但總覺得反問似乎很沒禮貌。應該是指零售商店吧。我只帶著錢包就走向玄關，能離開這裡，讓我鬆了一口氣。

阿乃。笠原哥。田町先生。還有黑祖洛伊德。

這些人都不隸屬於任何組織，是獲得解脫的個體。靠自己一個人闖出名號，養活自己的專業人士。

腦中重現笠原哥那略帶嘲諷的聲音。「這個嘛，峰文社會想辦法的啦。」

那個當下的我不是早坂瞬，而是等同於「峰文社」的存在。

走出Melting Pot，按照吩咐先往右，一下就看到帽子店了。店頭擺滿許多帽子，最吸引我視線的，是一頂淺咖啡色的牛仔帽。我是不知道會有誰來鎌倉買牛仔帽，但那帽子姿態大方自若，就像在強調「這裡是一間帽子店」。我本該在這個轉角往左，但是，轉角呢？

沒看到像轉角的地方，環顧四周，只見一條窄巷。所以是要走到巷弄裡面去嗎？這一帶原本就夠偏離鬧區了，踏進巷弄更是冷清。

找不到像店鋪的地方，到處都是普通民宅。感覺起來應該是有人住，但又不覺得屋裡有人，路上也沒有其他行人。空氣彷彿詭異地扭曲，使我不禁毛骨悚然。

平房屋簷下結著驚人尺寸的大蜘蛛網，一隻只在動畫裡看過完整造型的橫帶人面蜘蛛伏在蛛網上搓腳。我別開臉，盡可能不對上蜘蛛的視線，從旁邊經過。

看來我是走錯路了。想打開地圖應用程式，才想起手機放在店裡。正當我打算姑且轉身沿原路走回去時，不由自主停下腳步。不知怎地，總覺得眼前的景色和剛才看過的不一樣。路邊開著一朵紅花，剛才有嗎？庭院裡架設了鞦韆的房屋，剛才有嗎？

太陽穴四周開始發涼，不過，一路走來都在這條路上，只要往回走，一定能回到原本的地方。我繼續走，直到再也無法前進為止，眼前出現的景色卻都一點印象也沒有。

繞過一道高牆，看見一間老舊的鐘錶行。只是，鐘錶行今天似乎公休。店前一角放著一塊厚厚的招牌，上面龍飛鳳舞地寫著「鎌倉漩渦服務中心」，還有個指向下方的紅色箭頭。朝箭頭所指方向望去，發現建築物旁有一道勉強能容一人通過的狹窄外梯，順著這道樓梯往下走，似乎能通往地下室。

儘管有些陰森，我還是把希望寄託在「服務中心」三個字，朝招牌指示的方向邁步。

走下樓，映入眼簾的是一扇小鐵門。握住大得誇張的門把，忐忑不安打開門，出現了一道螺旋梯。

難道還要往地底去嗎？牆壁和樓梯都是黑色，扶手上隔著一定間距垂掛一顆一顆散發微弱光芒的燈泡。真的要下去嗎？雖然有些猶豫，除此之外也沒其他方法了。

沿著團團旋轉的階梯下樓，黑色的樓梯和牆壁漸漸泛出藍色。懷著一絲緊張的心情下到最底部，那裡是個有整面深藍牆壁的空間，大小差不多像單人小套房。

沒放什麼東西的小房間裡，兩個穿灰色西裝的小個子爺爺，對坐在牆邊小圓桌旁，正在下黑白棋。他們頭頂的牆壁上，掛著飛盤大小的圓形螺旋貝殼。起初我以為是時鐘，但上面既沒有數字也沒有指針，看來只是個裝飾品。

我剛往那一站，他們就分秒不差地同時看向我。兩人打著一樣的深藍色領帶，長相和身材也一模一樣。雙胞胎？

「走散了嗎？」

其中一個爺爺問。

「啊、不，不是走散，只是迷路……」

說到這裡，我忽然覺得「走散」這個詞太適合形容現在的我。

是啊，我現在正在走散中。

從公司走散。從工作中走散。從自己想做的事走散。

「…………或許您說得沒錯。」

我喃喃自言自語，另一位爺爺點頭說：「這樣啊，辛苦你了。」

爺爺們輕輕起身，貼著身體站在一起，對我鞠躬。

「在下外卷。」

「在下內卷。」

仔細一瞧，捲捲的瀏海和鬢角正好呼應著他們各自的名字。就不知道是後來取的綽號，還是配合名字給頭髮上了捲子。我呆呆看著他們的瀏海，習慣性想拿出名片，想想還是算了。這又不是公事。

「……我叫早坂瞬。」

我報上姓名，內卷先生說：

「那麼瞬小弟，告訴我們你的事吧。」

「呃，我要幫人買香菸……本來想去雜貨店。」

「喔喔。」

不對。

我希望從這裡得到的資訊，以及想從這裡問的路，並不是這個。

一陣暈眩，視野搖晃。

我——

當初是為了編輯峰文社出的《DAP》雜誌，才丟這間公司履歷的。

《DAP》是以男性為主要讀者族群的商業誌，不過，內容絲毫不擺強硬的權威架子，對議題的切入角度也與其他男性雜誌有壓倒性的不同。只要閱讀這本雜誌，就能輕鬆理解現在世界上正在發生哪些事。《DAP》不對讀者虛張聲勢也不對權力迎合獻媚，是我最喜歡這本雜誌的地方。從經濟問題到政治問題，從文化到八卦，所有想知道、該知道的事盡皆蒐羅的這本雜誌，是大學時代的我的聖經。

DAP這個名稱，並非取幾個英文字的第一個字母縮寫，而是擁有兩個意義的英文單字。第一個意義是「相互擊掌表達親暱的寒暄」，另一個意義是「小石頭等物體在水面跳躍」。

這個名稱正好體現了《DAP》這本雜誌的特質。我想起經常在河邊玩的打水漂。宛如忍者跳過水面，身手矯健又聰明的小石頭。在這個遊戲裡，感受得到看似不可能完成的事卻在眼前完成的那種感動。只要從《DAP》中汲取智慧，深入思考，同時不忘保持童心的話，自己也能成為帥氣的大人。在社會的驚濤駭浪中，跟其他帥氣的大人擊掌寒暄。

《DAP》推動著時代。這樣的想法在我心中不斷成長，漸漸地，我開始想從讀者成為編輯。

與其說想進入峰文社工作，不如說想進《DAP》編輯部工作。為此，我拚了命地研究企業文化，面試時更激動地闡述我有多麼熱愛DAP。

儘管順利進入峰文社，一開始卻被分發到總務部。不服氣的我卯足了勁，一有機會就向公司表達自己想進《DAP》編輯部的心願。於是到了第二年，人事部長對我說「正好有一個人辭職，你想不想過來編雜誌」，就這樣，我被調到《MIMOSA》編輯部。

老實說，我失望極了。為什麼不是《DAP》而是《MIMOSA》呢，我甚至懷疑這是故意在惡整新進員工。然而，公司也有公司的做法，人才離職後出現了必須填補的空缺，我又剛好想做編輯工作，被調派過來也只是剛好而已。身為員工，我必須配合公司才行。心想，只要在這裡忍耐著做下去，總有一天能實現願望。勉強這樣安撫自己，到現在也六年了。

三個月前，《DAP》突然休刊。實質上等同於廢刊。

我那麼心心念念的《DAP》就這樣消失了。就在我編輯著「預先做起來放的配菜」、「如何選擇無敵油污清潔劑」等與家事相關的平凡頁面時。

上個月，和工作夥伴聚餐喝酒，喝醉的我發下豪語：「繼續待在峰文社也沒有意義了啦！」當時，阿乃和笠原哥也在場。

阿乃原本是《DAP》的約聘員工。他也是和我一樣熱愛《DAP》的其中一人。有一次碰巧一起搭了電梯，後來又在聚餐場合遇到，就這樣熟稔起來。我們總是說，真希望哪天能一起做《DAP》。

可是聘雇阿乃的不是公司，只是編輯部，《DAP》休刊的同時，他也失去了工作。後來他開始自由接案，成為活躍的寫手。比起編輯，阿乃原本就比較喜歡寫東西，所以他也笑著說這樣就好。那之後，他接案的工作一帆風順，看上去樂在其中。於是我就說了，說我「好羨慕阿乃」。

至少，阿乃做過《DAP》的工作，比我更早知道《DAP》要休刊的事，一邊經歷著「《DAP》最後的採訪」、「《DAP》最後一篇報導」，一邊迎向休刊的那一天，見證了《DAP》的落幕。就像世間大眾見證著平成時代最後的種種活動一般。

是啊，至少讓我也能親眼見證《DAP》的終結嘛。我也想成為《DAP》的歷史證人之一，卻連這個心願都無法實現。對《DAP》的一片心意，就像懸在半空，不上不下。

「不如我也來當自由接案工作者吧……真的厭倦主婦雜誌了。」

聽我這麼發著牢騷，笠原哥點頭道：

「早坂老弟要是當了自由接案工作者，我可以幫你介紹K社或D社的工作喔。」

真的嗎？我積極向前探身。這兩間出版社旗下都有知名的男性雜誌。

志向忽然遠大了起來，覺得這是個好主意。畢竟，就算從峰文社辭職，換進另一間出版社工作，也不知道究竟會分發到哪個部門。既然如此，還不如當個自由接案工作者要有趣得多。

酒量不好的阿乃一邊看著這樣的我，一邊喝著烏龍茶，嘿嘿一笑說：

「就算成為自由接案工作者，接的也不一定都是喜歡的工作喔。」

「那是因為阿乃你對工作來者不拒吧。像折江先生那種無理的要求，你也全都接受。」

我這麼嚷嚷。

折江先生是副總編，算起來是我的直屬上司。

說好聽一點，他是個熱血男兒，說難聽一點就是肆無忌憚。好像總忘不了老早以前的泡沫經濟，喜歡美食與名牌。和原本擔任空服員的太太生了四個孩子。沒有體育類社團那種清爽的高體溫，只是一味將刺眼的熱情硬塞到別人身上。這樣的折江先生對我而言，是最不想接近的一種人。

其中最經典的，就是他的所謂「折江提案」。只要為折江先生負責的專題想企劃，獲得採用的人可得到名為「請你喝一杯啤酒券」的獎品。折江先生會在心血來潮時不定期發出「折江提案現正接受報名中！」的通知。居然以為一杯啤酒就能激勵部下提起幹勁，簡直就是大錯特錯。要是拿到那張券，不就等於得跟折江先生一起去喝酒才行嗎。這種事我反而是避之唯恐不及呢。再讓我多吐槽一點的話，所謂「請你喝一杯啤酒券」聽說是取廣島方言諧音來的雙關語，可是折江先生根本就在東京出生長大，和廣島一點關係也沒有。冷笑話可以冷成這樣的，也只有折江先生了。再說，編輯部原本就會開正式的企劃會議，我是不知道誰想特地去挑戰「折江提案」啦。說對工作有熱忱或許比較好聽，但可不是所有人都像折江先生那麼有熱忱。

上次也是，阿乃因為得了急性闌尾炎，無法按照原訂計畫去採訪某場活動，折江先生不但沒有半句慰問，還打電話大聲兇他：「你下次可得好好彌補我，絕對要給我去採訪喔！」一得知阿乃手術順利結束，又寄了大量採訪錄音帶到病房，要阿乃全部聽打出來，美其名為「探病禮物」。誇張行徑讓編輯部同仁都皺眉了。約聘寫手也是人，也會有生病的時候吧，他是把人家當成機器還是什麼了嗎？話說回來，這種無理要求拒絕也沒關係，阿乃就是人太好。可以自由挑選工作，不正是接案工作者的好處嗎？

這麼一想，總覺得忍受在折江先生手底下工作的「不自由」好像太划不來了。我也想自由選擇喜歡的工作，活得閃閃發亮啊。

「夠了，明天我一定要跟折江先生提離職！」

我吶喊著，一口喝乾甘藷燒酒。「這股氣勢就對了！」笠原哥為我鼓掌。

然而，這股氣勢一到隔天早上就迅速萎縮。光是折江先生那張臉浮現腦海，就讓我心情瞬間沉重。拖拖拉拉之間，另外一位同事拿出身體狀況不佳的診斷書，突然離職了。這麼一來，我更是難以提出辭呈。心想，明明一點前兆都沒有啊，竟然被對方搶先了。

不知道想過幾次「明天一定要提」，這個明天卻始終沒有來臨。一想到平常就溝通不良的折江先生可能會斥責我「別做這種半途而廢的事」或「也不想想人手都已經不夠了」，擔心他不知道會怎麼嚴詞說教，我就無法把想離職的事說出口。即使提了離職，他也不一定會答應，就算勉強答應好了，從說出口到實際離職之間的這段日子，肯定如坐針氈。一旦冒出這個念頭，我又在這提不起幹勁的職場躊躇不前，一天拖過一天了。

回過神來，我似乎對眼前的兩位爺爺發起了沒完沒了的牢騷。

這些事情，跟他們說又有什麼用呢。可是，如果能說出口，心裡或許會輕鬆點。

「我每天都在想，不知道自己究竟為什麼待在公司。失去目標之後，到底該朝哪個方向前進，我也不知道了。」

突然，爺爺們並排成一列，朝我豎起雙手拇指。

「精采的漩渦！」

「……啊？」

四個並列的拇指上都有一圈一圈的漩渦。看著看著，我都頭昏眼花了。

這時，掛在牆上的螺旋貝殼也旋轉了起來。

我睜大眼睛，還以為是輪盤要開始轉動，貝殼卻在轉了三百六十度後戛然停止。接著，該說是貝殼的入口處嗎？原本關閉的洞口像門一樣打了開，從裡面竄出好幾隻腳。沒想過這個貝殼是有生命的物體，我忍不住發出「嗚哇」的叫聲。

於是，內卷先生平靜地說：

「別害怕，沒事的。這是我們服務中心的所長。」

「所長？」

外卷先生咧嘴一笑。

「為您送上所長問候。」

他這麼說著，自己一個人笑得很開心。大概是取「為您送上夏季問候」的諧音吧。問題是，現在是五月耶，為何啊？我想起折江先生的雙關冷笑話，覺得有點沒力。外卷先生像看透了我內心的想法，又這麼說：

「雙關冷笑話是日本出色的文化，唯有能講出高級雙關冷笑話的，才是成熟的大人。」

我既無法同意也無法反對，只好默不吭聲。螺旋貝殼裡的腳伸得更長，從裡面出現大大的眼睛。

儘管很難接受這個現實，要是我的知識無誤，這東西……這東西應該是……

「這東西該不會是菊石吧？」

「沒錯，就是菊石。」

菊石不是很久以前就絕種了嗎？或者，這果然是做出來的東西嗎？如果是這樣的話，製作得還真精巧。

正當我仔細端詳，菊石黑色的眼珠發光，發出「咻轟」的聲音，倏地飛離牆上。

「飛、飛起來了？」

「是的，所長就像這樣以噴射方式移動。」

只見菊石飄浮在半空中，幾隻腳的其中一隻左右擺動。看到這個，內卷先生點點頭，發出「嗯嗯嗯」的沉吟聲，接著對我說：

「所長的意思是，請不要畏懼改變，要去找到支持自己的人。」

「咦？是這顆菊石這麼對我說的嗎？」

「是所長。」

兩位爺爺異口同聲堅定表示。看來，不能不尊敬這顆菊石。

所謂的改變，也就是換工作嗎？嗯，應該是吧。

「那麼，就讓我們來為您帶路吧。」

在內卷先生帶領下，我們和上下飄浮移動的菊石所長一起走向服務中心角落。遠遠可以看到那裡有個甕。剛來這裡的時候並不覺得空間狹小，走到甕旁卻感覺走了好久。這一切已經全都讓我搞不懂了。

走到旁邊一看，發現甕比想像中大。高度差不多到我的腰部，開口的直徑約有五十公分。甕的表面塗著很淺的水藍色。

「……好美的顏色。」

我不假思索這麼說，內卷先生隨即微笑說明：

「這叫甕覗。」

「是指這個甕嗎？」

「不，是指這個甕的顏色。這種顏色就叫甕覗。」

外卷先生伸手指向甕前。

「那麼，瞬先生，請到這裡來。」

我一站在甕前，菊石所長就飄浮到甕的上方。甕裡裝了八分滿的水，水雖透明，卻不可思議地看不見甕底。

我才剛抬起頭，想仔細看個清楚，所長突然撲通一聲衝進甕裡。面對這突如其來的舉止，我反射性地探頭往甕中看，所長卻一眨眼就沉沒消失了。我朝爺爺們抬起頭。

「所長去哪裡了？」

「沒事沒事，你再往甕裡看一次。」

按照外卷先生的指示朝甕中望去，只見水面泛著漩渦狀的漣漪，一圈又一圈。漩渦漸漸化成某種形狀，成為影像浮現水面。深綠色的漩渦。另一頭是點亮的紅色火光和……煙？

內卷先生問：

「你看見了什麼嗎？」

「蚊香？」

我才剛這麼回答，蚊香的畫面就咻地消失了。

「那麼，瞬小弟諮詢的結果，就是蚊香。」

「咦？請等一下，蚊香怎麼了？」

「想必它將成為幫助你的道具。回去時請走這邊這道門。」

內卷先生伸手指向一扇白色的門。深藍色的牆壁上，那扇白色的門散發光芒浮現。我一邊思索剛才有這扇門嗎？一邊照他說的走向出口。

門邊有個小櫃子，上面放著一個籃子。籃子裡堆滿用玻璃紙包住，有著藍色漩渦圖案的糖果。

籃子上附有一張卡片，上面寫著「遇到麻煩時就吃這漩渦糖果」。外卷先生出其不意來到我身邊。

「請自由取用，一人只限一顆。」

看上去雖像是廉價的參加獎，既然人家都這麼說了，我也不妨拿一個吧。從糖果堆裡隨意拿起一個，放進卡其褲口袋。

「雜貨店就在對面。」

內卷先生說完，兩位爺爺便恭恭敬敬地低下頭。

「那麼，路上小心。」

直到最後依然一頭霧水，我輕輕點頭鞠躬後，伸手轉開門把。

等等喔。來的時候不是往地下室走嗎，現在就算打開這扇門，也不會上到一樓吧……

還真的上來了。

視野忽地開闊，眼前出現一間零售商店。店門口堆著捲筒衛生紙，敞開的平移式玻璃門後方店內，可看到罐頭、調味料和洋芋片點心等零食。探頭往店內看，收銀台邊坐著一位老奶奶，正在閱讀週刊雜誌。這就是黑祖洛伊德說的那間店了吧。

我問老奶奶「有香菸嗎？」，老奶奶一手扶著眼鏡，抬頭朝我看過來。以平淡的語氣回答「有喔」，感覺莫名高傲的一個老奶奶。

找到目的地固然是一件好事，剛才發生的一切實在太奇妙，我腦子還轉不過來。還有，這下可不知道讓黑祖洛伊德等多久了。我看一眼手錶。

然而驚人的是，從 Melting Pot 出來至今，時間幾乎沒有改變。我狐疑地朝店外望去，那裡沒有一扇白門，只有冰淇淋店前成群的觀光客。

「黑祖洛伊德的下一棒竟然是廣瞅。」

回程電車裡，坐我身旁的阿乃說著，興奮地臉頰都泛紅了。廣啾是無人不知無人不曉的科技公司年輕社長，這個綽號來自他的姓氏「廣中」。廣啾經常出現在各大媒體上，本身就是公司最好的活廣告。

「好厲害喔，廣啾才二十三歲吧。聽說 Bacteria 現在已經是年收五百億的公司……早坂老弟，你有在聽嗎？」

「啊、嗯。」

Bacteria 是廣啾創立的公司。廣啾不知道有沒有當過領薪水的上班族，想必一出社會就自己當社長了吧。阿乃繼續激動地說：

「上次我看了《FUTURE》上的專訪，聽說廣啾啊，在創業前花了兩年左右的時間，從日本頭走到日本尾呢。除了遊輪之外沒有搭乘電車或公車等其他交通工具，全部用走的喔。果然做的事情就是和普通人不一樣。」

那篇專訪我也讀過。他在那趟旅程中遇見了各種人，因此結識科技業界大老和表示願意提供資金的富豪。過著那種玩樂般的生活，還能一邊學習科技業界的創業方法，同時認識有錢人作後盾，年紀輕輕就輕鬆創業還大獲成功。相較之下，老老實實上班工作的自己未免太可笑了。

看吧，這裡又有一個靠自己也能閃閃發亮的傢伙。平平都是人，我和人家為什麼差這麼多……一如往常的自我放棄中摻雜著一絲嫉妒，讓我慢慢認清現實。

「怎麼了？發什麼呆？從買菸回來後你就一直這樣，怪怪的喔。」

阿乃似乎有點擔心，我對他輕輕搖頭。要是把那間服務中心的事告訴喜歡科幻小說的阿乃，他一定會睜大眼睛聽得津津有味吧。可是，內容實在太異想天開，連我自己都還呈現無法消化的狀態。那究竟是現實還是白日夢呢？無論如何，我或許都太累了。

阿乃似乎發現什麼，肩膀一動，從牛仔褲袋裡掏出智慧型手機。

「啊、是折江先生傳來的。」

輕觸一下螢幕，阿乃讀起折江先生傳來的訊息。

「……還好嗎？」

這次輪到我替阿乃擔心了。

「嗯？很好啊。他發案子給我，要我去採訪下個月的電影節。」

阿乃快速敲起回信，我問他：

「跟折江先生共事很不容易吧？他老是要求你做不合理的事。」

「看在公司員工眼中或許如此，但我倒是很喜歡折江先生喔。」

阿乃送出回信，從手機上抬起頭。曾經拿過峰文社名片的阿乃，現在已經完全從公司外部看我了。

「可是，阿乃上次住院的時候他也……」

「你說聽打錄音帶的事嗎？那件事幫了我很大的忙喔。」

阿乃笑了。幫了大忙？

「因為住院的關係少了一份工作收入，還得另外花住院費不是嗎？聽打錄音帶的工作不用外出，又可以配合自己身體狀況找時間做。折江先生也給了我很寬裕的時間，一點都沒有做出不合理的要求喔。那真的是最棒的探病禮物了。」

我聽得說不出話。

「可是……他不是還在電話裡跟你講了重話？叫你下次要好好彌補他什麼的？」

「嗯，那個啊，也是折江先生表達體貼的方式。對自由接案工作者來說，任何一份工作開天窗或犯錯，都有可能導致案主再也不上門委託，這是我們最擔心的事。聽到他說『下次要好好彌補』，就表示他還會再發案給我，內心鬆了一口氣呢。」

這麼說完，阿乃直視我說：

「只會說好聽話的人，我反而無法相信喔。很多人嘴上說會介紹工作，其實只是隨便說說，說完就不管了。」

我馬上聽懂他的意思。他也是藉機不落痕跡地提醒我，不要把笠原先生說的話太當一回事吧。看我默不吭聲，阿乃把手盤在胸前，輕輕一笑。

「嗯，不過話說回來，要是想離職的話，突破折江先生這關確實需要一點勇氣。」

我苦惱搔頭。

「吼——真是的，公司怎麼不乾脆倒閉算了。這樣我就不用特地去提離職，自動變成自由身啦。」

阿乃忽然一臉嚴肅。

「不行喔，不是真心那麼想，就別把這種話說出口。一旦說出口，就會變成真的了。」

從來沒有用這麼嚴厲的語氣說過話的阿乃，又慢慢重複了一次：

「一旦說出口，就會變成真的了。」

「阿乃？」

「這句話是我的座右銘。總之，就算要辭職，最後的工作更要盡可能做到完美。根據我的經驗，好的結束真的非常重要，更何況你以後想當自由接案工作者。」

西大井站到了。阿乃家就在這一站。阿乃說「那就這樣嘍，今天辛苦啦」，笑咪咪地從自己的位子上起身。

我繼續搭回公司。把無線耳機塞進耳朵，操作智慧型手機打開串流播放音樂。聽著米津玄師，把身體靠上椅背，夕陽的光線從窗外灑進車廂。

阿乃可能曾說過「要是《DAP》休刊就好了」之類的話吧。

「遇到麻煩時就吃這漩渦糖果」還在卡其褲袋裡。我想起那間昏暗的服務中心，這東西確實在我身上，就表示那一切不是做夢也不是幻想。

拿出糖果，用手指確認硬度後，將它收進肩背包的內袋。閉上眼睛，眼前浮現團團旋轉的蚊香。

隔天星期六，我簡單打掃房間就出門了。

阿乃說的「好的結束」一直縈繞腦中。盡可能做到完美……這麼一想，我才羞愧地發現自己根本什麼都沒做。要是至少做出過一次被折江先生稱讚「早坂，這頁面做得很棒耶」的東西，離職的事說不定會更容易說出口。

我前往公司。

昨天，向《FUTURE》的總編說了關於黑祖洛伊德以前那張照片的事，總編說那麼久以前的事他不清楚，不過，只要知道那張照片刊登在哪一期的《FUTURE》，就可以讓我拿來用。不可否認，我有種被草草打發的感覺。畢竟他去年才剛赴任，一定忙得沒時間管其他編輯部的事，會有這種反應，我也能夠理解。那麼，只要靠我自己找到當年的頁面，應該就能借到那張照片了。

這期的《MISOSA》幾天前已經送印，肯定沒人假日還來上班。平日光是忙開會和雜事就沒時間了，今天最適合用來好好找出那張照片。

半路繞去了藥妝店，直奔殺蟲劑和防蟲藥那一區。能幫助我的道具是蚊香，雖然搞不太懂為什麼，總之先買了再說。

仔細想想，有生以來，我搞不好還沒見過實體蚊香。從懂事起，我家住的就是大樓公寓，說到防蚊對策，從小用的都是液體電蚊香。出社會後開始一個人租房子住，也只用過噴在房間角落的驅蚊噴霧。

賣場裡的蚊香種類出乎意料豐富，有加入草藥或精油香氣的，也有各種顏色。原來蚊香這種商品已經進化成這樣了啊。思考了一下該買哪個好，但是種類實在太多，最後反而選擇了最傳統那一種，拿了一盒迷你尺寸的小盤蚊香。

抵達公司，進到三樓的《MISOSA》編輯部，辦公室裡只有一個人。是折江先生。只見他站在影印機前操作，看到我就說了句：「喔，是早坂啊。」

他身上穿著黃色馬球衫和寬鬆的咖啡色長褲。跟平常故作年輕的打扮不同，散發一股「假日的爸爸」感。

折江先生影印完，帶著一疊紙張回到後方辦公桌時，一邊走一邊說：

「真難得啊，怎麼假日還來加班？」

「有點……想做的事。」

我拉開自己的椅子，正要坐下來，折江先生又問：「想做的事？」我只得老實回答：

「想來找個東西。聽說從前《FUTURE》刊登過黑祖洛伊德的照片，如果只是用在這次專訪頁面的話，作家表示同意讓我們使用。我問過《FUTURE》的總編，他也答應了。樓下資料室應該收藏了所有《FUTURE》的過刊吧？」

折江先生皺起眉頭。

「哪年的哪一期，怎樣的內容？」

「不清楚，只知道大概是二十年前的事。說是黑祖洛伊德出道不久時，唯一接受過的一次專訪。」

聽了我的話，折江先生驚訝得向前伸長脖子。

「只知道是二十年前左右的專訪？《FUTURE》可是週刊雜誌耶，只有這麼籠統的資訊怎麼找？就算找到了，當時還沒有數位化，原稿都排版在紙上，照片用的底片也是正片喔。我猜大概沒有留檔，要重新找出那張照片很難吧。」

原稿排版在紙上。正片。

就算拿出這些從前的用語嚇唬我，我也聽不懂，一上來就被說「很難」也讓人沮喪。難得鼓起的幹勁又萎縮了。見我沉默不語，折江先生拿起寶特瓶，咕嘟咕嘟喝下富維克礦泉水，半仰起頭繼續說：

「沒關係啦，直接拿當年的頁面掃圖也行，那樣反而有懷舊感，說不定比較好。嗯，這個主意很有話題性，挺有趣的啊。適逢黑祖洛伊德出道二十週年，平常不買《MIMOSA》的死忠書迷或許會為了這一頁心甘情願掏錢。」

折江先生蓋上寶特瓶蓋，揚起一隻手。

「我也來幫忙，走吧。」

「咦？可是……」

「這裡可能有人會來，貴重物品還是要帶著喔。」

說著，折江先生把錢包放進長褲口袋，抓起手機和寶特瓶。我依然揹著肩背包，跟隨他往外走。

資料室在一樓最裡面，我很少踏進去。

每個編輯部都分配到一把這裡的鑰匙，我和折江先生用這個開了門。一股沉澱的熱氣撲面而來，資料室裡悶熱得難受。

點亮電燈，開了冷氣卻沒反應。折江先生大喊：「啊、上次忘了誰說這裡的冷氣壞掉了！」

我打開窗戶，吹進一陣舒適的涼風，也帶走室內霉臭的空氣。窗前放著一個舊鐵櫃，抽屜上貼有「錄音帶」的標籤。

靠最內側整面牆擺放的架子上都是《FUTURE》。這麼一看還真是壯觀，畢竟是創刊至今四十年的週刊雜誌啊。從我出生的更久以前，它們就在這裡不斷累積增生了。

折江先生站在架子前操作手機。看來說要幫忙只是出張嘴，其實是想來冷眼旁觀我能做到什麼地步的吧。

我找尋差不多二十年前的期數。根據我從網路上查來的資料，黑祖洛伊德於一九九九年二月出道。所以可以確定的是，只要找這之後的期數就可以了。

聽見「啪」一聲，回頭一看，折江先生用沒拿手機那隻手拍打自己的手臂。

「嗚哇，蚊子飛進來了。」

折江先生一邊用打從心底憎恨的語氣這麼說，一邊抓手臂。資料室外正好是大樓後方種植了些植物的地方，茂密的雜草已經很久沒整理了。耳邊傳來嗡嗡的聲音，我漫無目的地朝空氣中拍打。

「飛進來好幾隻了呢。」

「窗戶關起來好了。」

折江先生走向窗邊，忽然又站住掉頭。

「我們應該會在這待很久吧，冷氣故障又不開窗太痛苦了。要是有能防蟲的東西就好。」

啊。

我不是有嗎，那個。

「那個……我有。」

我從包包裡拿出在藥妝店買的那盒蚊香。折江先生睜大眼睛。

「你怎麼會隨身攜帶蚊香？」

「那個……因為我下次要去露營，想說先買起來放。正好看到便宜的。」

我隨便編了個藉口，打開蚊香盒。

「幹得好啊，早坂。」

折江先生笑著說。可是，下一瞬間又搖搖頭：

「不過，這間房間存放的都是重要的紙類，點火會不會太危險？是說，蚊香的話只要小心一點應該沒問題。」

「這樣吧，把蚊香盤放在這個櫃子上面，我每隔十分鐘過來檢查一次。」

折江先生點頭。

「好，反正也有水。那就每隔十分鐘輪流過來檢查吧。我把寶特瓶裝水放在這。」

輪流？接受這出乎意料的提議，我在櫃子上打開蚊香盒，拿出內容物。除了蚊香本身，還有一個像大型迴紋針的蚊香座。把蓋子倒放，就能用來設置蚊香座，順便承接燒完的灰。

裝在塑膠袋裡的蚊香，是比我想像更紮實的圓盤狀。拿出來才發現沒有打火機，慌了半晌，想起包包裡有Melting Pot的火柴，上次拍完靜物後就直接放進包包了。

圓盤中央有兩道細細的縫，看起來像眯起的眼睛。把蚊香座中間尖起的鐵片插進這裡就對了吧。我放好盒蓋，正打算把蚊香插進蚊香座時，原本一直在滑手機的折江先生一看就輕聲說：「欸！」
「那兩片要先掰開啦。」
「啊、是這樣喔。」
原來如此，被他一說我才發現，自己拿在手中的是兩片蚊香。它們像兩隻緊貼的蛇，相對環抱沉眠。
「嚇死我了，平成出生的小孩連蚊香都沒摸過嗎。」
我將兩條蛇分開，其中一條插上蚊香座上的鐵片。對喔，電視廣告裡常見的蚊香都長這樣。用火柴在末端點火，升起一股裊裊輕煙。這氣味讓我想起親戚的葬禮。
「好，那就開始吧。」
折江先生和我同時看了手錶，十一點十分。
接下來我們就分頭抽出一本又一本的《FUTURE》，快速翻閱頁面。檢視每一篇專訪或類似的文章，確認受訪者的名字和照片。二十年前的黑祖洛伊德算起來和現在的我一樣，是二十九歲。長相一定也和現在不同吧。這個找尋照片的任務雖然麻煩到了極點，找著找著，卻產生一股不可思議的昂揚感。每隔十分鐘，我和折江先生也都輪流好好地去確認了蚊香的安全。

「折江先生，您今天來公司，是有什麼工作要做嗎？」

我這麼問，折江先生歪著頭說「喔喔」。

「預計下週拍照的居家實景攝影棚，好像把我們跟別組客人重複登記了，這下得重新找拍攝地點才行。事出突然，一直找不到適合的地點。」

居家實景攝影棚。無法提供任何相關資訊的我，好像也幫不上忙。

「那個攝影棚啊，不像刻意佈置的攝影棚，看上去就像真的有人住在裡面似的，是很好的場地喔。我們下一期不是有家庭派對專題嗎？原本就是想去那裡拍這個。」

我嘴上回應著「喔——」，心裡卻在想「有這個專題嗎」？不管怎麼想都想不起來。接下來，彼此又無言翻閱了一會兒雜誌，折江先生像忽然想起什麼似的，默默開口：

「早坂，你是不是很想做《DAP》？」

「……對。」

「真可惜啊，那本雜誌休刊了。你要振作喔。」

沒想到他會這麼說，內心一陣感動。什麼嘛。折江先生居然會這樣鼓勵我，太詭異了。

「那明明是一本好雜誌哪。」

折江先生喃喃低語，我用力點頭。

「對啊，那是一本推動時代的雜誌。」

「我們《MIMOSA》也是推動時代的雜誌啊。」

把確認過的《FUTURE》放回架上，折江先生這麼說。我差點噗哧一笑，好不容易才勉強忍住。居然說《MIMOSA》能推動時代？一本教人怎麼用小蘇打粉打掃，如何善用冷凍蔬菜的雜誌？折江先生抽出下一期《FUTURE》，用嚴肅的聲音繼續說：

「無論坐在多了不起位子上的人，或是完成多少豐功偉業的人，也都要過生活。早上起床，上廁所，吃早餐，刷牙。晚上洗澡，上床睡覺……人的一天不管是出發點還是終點，說到底不是在廚房、浴室就是廁所。在什麼地方、和誰在一起或沒有和誰在一起都一樣。工作有放假的時候，廁所可是全年無休。」

深深受到這番話撼動，我凝視折江先生。或許是第一次，想多聽聽這個人說的話。折江先生翻開一本《FUTURE》，滔滔不絕地說：

「無論哪個時代，只要觀察家庭主婦就能得知社會真實的樣貌。主婦不叫好的商品絕對不會暢銷。讓她們打開錢包的原因不只是便宜，她們眼中看的也不只是東西本身，還會去計算時間和勞力是否划算。她們總是大腦與雙手並用，深入思考細節。思考如何在這個時代讓自己和家人活得幸福。這就是社會，不是嗎？」

社會……這就是社會。確實沒錯。

折江先生轉了轉頭。

「實際上，每次看到我家老婆我都在想，她總是能在同樣的景色裡發現細微的變化。這種敏感度，絕對是創造社會必需的東西。推動社會的不只有砸下幾億資金的創業家或執掌法律的政治家，家庭主婦或許也發揮著推動社會的莫大力量，而《MIMOSA》也在這之中助了她們一臂之力，我有這個自信。」

我忍不住點頭，停下手邊的工作陷入思考。過去的我，似乎忽視了某個最重要的東西。這時，折江先生忽然發出大叫。

「嗚哇！好懷念喔！」

他手邊翻開的彩色頁面上，映出幾部色彩繽紛的電腦。

「我以前有這台，藍色的 iMac。」

那是一部半透明的電腦，螢幕後方呈渾圓的突出三角形，看上去就像個全罩式安全帽。

「這是Mac嗎？好佔空間喔。」

聽我這麼一說，折江先生就「哈哈哈哈」笑起來。

「這在當時可是很時尚的喔，這個造型啊，顛覆了那之前四四方方的電腦外型。對了，當時還流行透明外殼的設計，什麼東西都可以透視到裡面，我想起來了。」

折江先生瞇起眼睛盯著頁面上「最新型、登場」的標題和那台Mac電腦。鍵盤邊框和滑鼠也與機身顏色相同。藍色夏威夷口味剉冰的顏色。

「真不錯呢。這種懷念的情緒是給年長者的嘉獎。時間過得愈久愈有滋味。」

折江先生淡淡說著，氣氛輕鬆起來。

仔細想想，我從來沒和折江先生好好單獨說過話。一方面是旁邊總有別人，另一方面，或許我也不想接近他，刻意保持了距離。

來電鈴聲響起，是折江先生的手機。

折江先生拿下放在櫃子上的手機，往螢幕一看就大喊「來了！」，一邊操作手機，一邊快速地說：

「收到有力情報！黑祖洛伊德的照片不是刊登在個人專訪頁面，是在請明星和藝文人士推薦錄影帶的專題裡。」

「咦？誰跟您說的？」

「以前待過《FUTURE》的編輯，一個叫由美的女生。話雖如此，她和我同一年進公司，好像已經不能稱為女生了。我們將近十年沒聯絡，原本擔心她連電郵信箱都換掉，幸好她順利收到我的信了。雖然那個專題不是她負責編輯的，但由美從黑祖洛伊德出道的第一本書就成為書迷，所以還記得當年的情形。」

不是作家專訪的頁面，是比較輕鬆的藝文專題頁面啊。

這麼一說我才想起，那天黑祖洛伊德只說「採訪」，也沒說是「專訪」。找的方向完全不對了，這下連剛才確認過的期數都得重新檢查一次才行。

儘管有點沮喪，不過這麼一來，要找的範圍縮小了許多。我們重新打起精神，再次翻起雜誌。

事到如今，我忽然驚覺自己還沒向折江先生道謝。剛才折江先生站在那裡滑手機，原來是在寫信給那個叫由美的女生。在那之前，為了來幫忙我，他還把自己的工作先放到一邊。對這件事，我卻什麼表示都沒有。

「……謝謝您。」

我說得小聲，也不知道他有沒有聽見，總之，折江先生又開口說：「由美她啊……

「離開《FUTURE》之後，去了室內設計雜誌的編輯部，十五年前和滿有名的建築師結婚就辭職了。後來她又以自由接案者的身分做起外包統籌，我們偶爾會合作，但是由美生孩子之後又疏遠了。哎呀，久違地能聯絡上真是太開心嘍。要是沒有這件事，我也沒機會寫信給她。」

「……折江先生，您都沒想過要自由接案嗎？」

我這麼問。折江先生大學畢業後就待在峰文社工作到現在，我一直很想問他這個問題。

「與其問我想不想，我在成為峰文社員工之前，原本就是自由接案工作者啊。」

「咦？」

無視驚訝的我，折江先生瞥了一眼手錶，走到櫃子旁邊檢查蚊香。

一看時鐘，已經兩點了。小盤蚊香的燃燒時間是三小時，那條綠色的蛇也變成一隻小蜥蜴了。

「還以為您一直都在峰文社工作呢。以前的事我就不曉得了。」

「你這樣說也沒錯啦。一開始我是約聘員工，做服裝雜誌的編輯。那本雜誌休刊後，我也被解雇，後來就做了兩年左右的自由接案。直到得知公司開出非應屆畢業生的職缺，我才又挑戰了一次，敗部復活。」

這些事我都不知道，但聽了之後，也才恍然大悟。

「難怪折江先生很能理解阿乃的心情……」

聽我這麼喃喃自語，折江先生開心地笑了。

「阿乃是個好孩子，也很有趣呢。明明不是公司員工還會來挑戰『折江提案』的，也只有他了。」

「阿乃嗎？」

我睜大眼睛。折江先生嘴角高高上揚。

「他提了三個案，其中兩個被我否決，一個要他回去修改重提。折江提案可沒那麼容易通過喔！」

折江先生雙手莫名扠腰，發出「哇哈哈哈」的豪邁笑聲。

我卻笑不出來。

因為我終於發現。不會喝酒的阿乃根本不是為了獲得一杯啤酒的獎賞才做這種事，他真的有想做的內容，有想寫的專題……阿乃之所以看起來閃閃發光，不是因為他自由接案工作者的身分，而是他永遠抱持如此積極的心態。我怎麼現在才明白。

低下的頭抬不起來，我又問：

「折江先生，您被解雇那時，心裡是怎麼想的啊？」

「當然覺得很傷腦筋啊。可是約聘本來就是這樣，我也早做好不管怎樣都接受的心理準備。無論是成為自由接案工作者，還是後來應徵上非應屆的職缺，都是順水推舟的結果。」

折江先生一手拿起寶特瓶，讓寶特瓶在半空中游移。透明瓶子裡的水晃動。

「只是我啊，不管順水漂流到哪裡，相信自己每到一個地方都會盡全力創造奇蹟。因為意想不到的發展而開啟下一道門是一件很有趣的事。不管是正職員工還是自由接案都一樣喔。在任何地方都全力以赴的結果，造就了今天的我。」

每到一個地方都會盡全力創造奇蹟？

這是什麼意思呢？有時折江先生說的話，聽起來像在打啞謎，讓人一頭霧水。

折江先生回到書架前，再次拿下一本《FUTURE》。

「不過，出版工作有各種形式，如果想辭掉工作當自由接案者，那樣也不錯。對業界整體來說，新陳代謝不是什麼壞事。」

臉上掛著平靜的表情，折江先生這麼說。沒想到他會說這種話，這對我而言才真是意想不到的發展呢。要是現在拿出辭呈，他應該會二話不說收下吧。

拿下一本新的《FUTURE》，一邊翻開頁面，一邊半張開嘴，正想提離職的事時，視線捕捉到「黑祖洛伊德」幾個字。

「找到了！」

找到了。找到了。黑祖洛伊德的照片。

那是一個以「初出茅廬的他們推薦的錄影帶，這片一定要看！」為大標的跨頁專題。

折江先生蹦蹦跳跳，湊上臉來問：「找到黑祖洛伊德了？」

「哇，真可愛。」

我也點頭。

「真的很可愛。」

這期雜誌是一九九九年十二月七日發行的。剛出道文壇，還二十多歲的黑祖洛伊德留著一頭長髮，對著鏡頭笑得靦腆。

「黑祖洛伊德推薦的錄影帶是《巴格達咖啡館》啊。是喔，竟然會選擇這種溫柔的電影，令人意想不到。雖然整部作品步調緩慢安靜，出場角色都很人性化，情節有些感傷，不過就是這樣才好。」

折江先生讀著文章這麼說。想當然耳，他必定看過這部我聽都沒聽過的老電影，還能若無其事做出這樣的評論。這樣的折江先生，真是帥氣又成熟。

這篇專題採訪了十個人，都是當時仍被稱為新人，初出茅廬的年輕名人。有樂團成員、搞笑藝人、偶像明星、漫畫家和小說家等。雖說其中也有幾位現在已經成為大牌的重量級人物，多半還是我沒看過也沒聽過的人。折江先生感慨地喃喃低語：

「黑祖洛伊德這些年也是努力過來了。在眾多才嶄露頭角就消失的新人中站穩了腳步。」

消失。聽到這句話，我朝蚊香看了一眼。輪到我去檢查了。

蚊香幾乎全部化成灰落下，插香盤的鐵片上，只剩下一顆蛇頭。

這段時間感覺像被下了魔法。不但順利找到黑祖洛伊德的照片，還跟折江先生聊了開來，拉近了過去不曾拉近的距離。這才真的叫奇蹟吧。

我忽然冒出一個念頭。

對啊，怎麼現在才發現呢。

能幫助我的道具就是蚊香。只要這片蚊香還在燃燒，我就處於一段特別的時光之中。是這樣的吧。

這一定是一段特地為我準備，讓我提出辭呈的時間。要不然，折江先生怎麼可能是這麼明理的上司。問題是，這段時間也已經所剩無幾了。都已經找到照片，再點一片蚊香也太不自然。

只能趁現在了，就是現在。

必須在這片蚊香燃燒殆盡前，把包包裡的辭呈交給折江先生。要是錯過了今天，我辭呈上的日期又得繼續更新了。

「那個……折江先生，我有事想跟您說。」

「什麼事？怎麼了？」

這時，折江先生的智慧型手機傳出《情熱大陸》的主題曲。有人來電。

「抱歉，你等我一下。」

折江先生接起電話。「嗯、找到了找到了。謝啦！」從對話內容聽來，打電話來的是由美吧。

蚊香的火不斷燃燒，綠色的蛇愈變愈白。糟了，這樣下去，魔法時光會在折江先生的電話中結束。

我想起來了，還有「遇到麻煩時就吃這漩渦糖果」嘛。

從包包內袋拿出糖果，剝開玻璃紙，把糖果放入口中。還以為藍色的糖果會是薄荷味，結果只有砂糖般甜甜的味道。糖球融化的速度快得驚人，幾乎是入口即化。

折江先生還在講電話。

「欸？真的嗎？那妳傳個照片給我看？」

哇哇，連蛇頭都變白一半了。這片蚊香肯定會在不到一分鐘的時間內燒完。

這時，眼前發生難以置信的事。

蛇頭忽然變回綠色，蛇身還咻地長出了一公分。簡直就像時光倒流一樣。接著，蚊香又像什麼事都沒發生過似的繼續冒出輕煙。

這一定是那顆糖果的效果。魔法的時間就這樣延長了一點。

我倒抽一口氣的同時，折江先生也掛上了電話。還有時間跟他說。我急忙伸出手，想從放在地上的包包裡拿出辭呈。

同一瞬間，折江先生抓著手機大喊：

「奇蹟出現啦！」

「……欸？」

興奮的折江先生連珠砲似的說：

「由美說她家的房子部分重新整修，下個月開始要當成居家實景攝影棚出租。然後啊，她還說下週試營運之後，有需要就可以去用。太棒了，竟然會有這種天上掉下來的好事。太有趣了啊。」

手機發出簡短的訊息聲，折江先生快速點按了螢幕。「喔喔，這下沒問題了。」說著，還做了一個勝利姿勢。大概是由美寄來的屋內照片吧，手機接下來又陸續發出幾次收到照片的聲音。

嗶嗶。嗶嗶。

這聲音聽起來，簡直就像在為折江先生打開「下一扇門」。

我出神凝望雀躍的折江先生。

奇蹟。那並不是多麼不可思議的事，而是折江先生至今做過的每一件事，順水推舟地為他帶來了這個。

為了我……為了幫部下找黑祖洛伊德的照片，久違地聯繫了由美，因此找到適合的攝影棚。

無論發怒的時候，還是稱讚人的時候，折江先生都表裡一致。說好每隔十分鐘輪流檢查一次蚊香，他就規規矩矩照規定來做，和部下保持對等的關係。熱愛《MIMOSA》，只要能做出好的內容，即使不是自己負責的頁面也不惜花費時間精力提供協助。

這個人不會抱怨情勢或停滯不前，也不試圖與無情的風浪對抗，只是每到一個地方就嚷嚷著「真有趣、真有意思」，全力以赴去做所有自己做得到的事。

阿乃也是這樣。

看看我對阿乃說了什麼？

好羨慕你。公司怎麼不乾脆倒閉算了。我只是抱著輕率的心情說這種話，自己卻什麼都不去做。阿乃和正職員工一樣——不、他甚至比正職員工更加努力，只因雇用型態的不同就被解雇。我對他說的那些話，到底有多失禮啊。不光只是如此。我從來不讀自己負責頁面以外的雜誌內容，對同事漠不關心，就算有人身體不適我也沒發現。只會滿嘴牢騷地逃避麻煩事。

我知道足以撬開下一扇門的全力是什麼嗎？

連一點這種力量都還沒培養出來，就嚷著要辭職當自由接案工作者，就算真的辭職了，我又能成就什麼？進入峰文社七年，這段時間我究竟做出過什麼？

連《MIMOSA》是如何推動時代的，我都還不知道。絕對還沒有哪個同事會認同我，把我當作久違聯絡時打從心底高興的夥伴。

我環顧資料室。峰文社，以及在這裡工作的人們，花了幾十年時間，每天建立起的東西。

過去的我真的太愚蠢了。竟然認為自己不能做《DAP》就是在浪費時間與勞力。

不對。大錯特錯。我明明擁有這麼得天獨厚的環境，有這麼多寶物近在身邊，把這些全都浪費掉的是我自己。

我難道不是在《DAP》的推波助瀾下，順水推舟來到這裡的嗎？我的眼前，現在不正出現了下一扇門嗎？

折江先生把手機放回櫃子上，朝我轉頭。

「抱歉，你剛才要說什麼？」

我放開包包，站起身來。

「……請問，下次的『折江提案』什麼時候受理報名？」

從緊緊纏繞著我，使我動彈不得的執著中獲得解放，我輕敲那扇門。

不能讓沒能實現的憧憬成為一場幻影。先在時間之流中改變自己……沒錯，讓改變成為自己的助力，累積更多更多的實力，總有一天，我再去做出新的《DAP》就好。

現在我該做的，是從立足之地出發，提出讓折江先生也驚嘆的好企劃。不輸給阿乃的好企劃。然後，和折江先生一起乾一杯冰得透心涼的啤酒。

蚊香全部燒完了，成為一條白蛇，看起來好像在衝著我笑。

令和的第一個夏天，很快就要來臨。

二〇一三年 髮旋篇

Kamakura Uzumaki Annaijo

Kamakura Uzumaki Annaijo

要買就趁現在喔。瓜子臉的店員說。

我馬上明白對方的意思。他的意思是說，要買就趁消費稅調漲前買。二〇一四年四月以後，市面上所有商品的消費稅將提高為百分之八。對守護家計的主婦來說，這可是一件讓人無法保持平靜的大事。

二〇一三年再不久就要結束。看準年底家家戶戶忙著過年，又是公司行號發年終獎金的時期，走到哪裡都聽得到「要買趁現在」的鼓譟聲。

今天也是。原本只是因為要換廁所燈泡才繞到家電量販店來，未經深思拿起洗衣機型錄時，店員立刻上前推銷。笑咪咪逼近我的店員胸前掛著「山西」的名牌，年紀看上去應該和我差不多，都是五十出頭歲。或許有業績壓力吧，他也是拚了老命。

「百分之八很大呢。」

山西先生用緊迫盯人的語氣說。

百分之八當然很大。不過，我也知道這只是一種銷售策略的話術。畢竟消費稅又不是一口氣提高百分之八，是從百分之五提高到百分之八，正確來說應該是「提高了百分之三」。但是，一旦把「8」這個彷彿無限大符號的數字擺到眼前，消費者就會超乎必要地在意起這個漲幅了。

洗衣機的定價是八萬六千日圓。若趁年底的現在買起來，含稅價格是九萬三百日圓，到四月就變成九萬兩千八百八十日圓了。同樣的東西，價差高達兩千五百八十日圓。

不過兩星期前，我也被這種話術說動，才剛換了新電視。索契冬季奧運即將在明年二月展開，這理由成功說服了我。一想到能用美麗的液晶畫面看羽生結弦滑冰的英姿，我立刻決定換新電視。然而仔細想想，最近的家電產品每隔幾個月就會推出新型號，到了明年二月，同一型號肯定比現在便宜。洗衣機也一樣。感覺只是隨商人起舞罷了。

「我兒子今年高二，明年就要考大學，正是要花錢的時候。讓我再考慮一下吧。」

說著，我走出店外。山西先生也沒有繼續死纏爛打。

買完晚餐食材回家，把菜都冰進冰箱後，我給自己泡杯熱的生薑紅茶，坐在客廳喘口氣。

打開順便買的《MIMOSA》雜誌。這是一本以主婦為主要對象的月刊雜誌，雖然沒有每一期都買，站在店頭翻閱時，如果看到有參考價值的專題，我都會拿去結帳。

本期有個「利用空盒製作收納櫃」的主題，吸引了我的視線。這種廢物利用專題很常見沒錯，但只要一個沒弄好，做出的成品看起來就會給人寒酸的印象。這期的示範成品視覺清爽又有設計感，連我看了都想試試看。

喝著生薑紅茶，我翻閱雜誌，在讀者禮物的頁面停下來。只要填寫雜誌隨附的問卷調查明信片寄回，就有機會獲得讀者禮物。

禮物內容五花八門。有LE CREUSET的鍋子、五公斤的秋田小町米，還有洗衣精與衣物柔軟精套組……其中，一瓶美容液的照片吸引了我。這是由女明星紅珊瑚擔任廣告代言人的高級化妝品。

旁邊有句小標——「四十歲開始的逆齡護膚」。這瓶美容液不含稅的價格是一萬兩千日圓。

紅珊瑚不知道幾歲了。沒記錯的話，應該四十五歲左右吧。我今年五十一歲，應該可以算在「四十歲開始」的範圍內。前陣子去化妝品專櫃免費檢測肌膚年齡，得出的結果是四十六歲，讓我高興得不得了。

看到「與重力搏鬥！獨家開發膠原蛋白，緊緻拉提肌膚」的文案，我陷入思索。

二十幾歲時用的保養品文案多半是「打造彈潤光澤肌」或「玫瑰香氣使妳

宛如公主」，聽起來浪漫多了。反觀現在呢，「與重力搏鬥！」從公主變成戰士了。到了這把年紀，體力和精神都不比從前，卻還要我們奮力搏鬥啊。不知道這個「獨家開發膠原蛋白」能成為多強大的武器。

文案用的不是「戰鬥」，更是「搏鬥」。有什麼不一樣呢？我拿剪刀剪下問卷調查明信片。

剪刀握把上用油性筆寫著「真吾」的平假名，字跡早已模糊。這是兒子真吾幼兒園時用的剪刀。我們家的日用品都很耐用。

想起上星期得知真吾對畢業後「升學就職意願」的事，我忍不住嘆氣。是啊，現在的我非搏鬥一番不可。

身為母親，絕對不能讓心愛的兒子走錯路，再怎樣我也不能輸。

剛準備好晚餐，丈夫阿讓就回來了。

阿讓放下手提包直奔廁所。不一會兒，我看他一臉清爽走出來，就問：「廁所是不是變亮很多？」阿讓「嗯？」了一聲，露出不置可否的笑容。他一定不知道我在說什麼，只好直接宣布謎底。

「我換了LED燈泡喔。」

從去年起，廁所燈泡就常壞，所以決定乾脆換成LED燈泡。單價固然比較貴，但使用壽命也長，相較之下比傳統燈泡更省錢。最重要的是，可以省去許多換燈泡的工夫。

真要說的話，阿讓大概根本不在乎廁所的燈亮不亮吧。他也沒回應什麼，一邊盯著已經打開的電視，一邊脫下襪子。

接著，他脫掉西裝外套，脫掉襯衫，脫掉長褲，脫到剩下一件內褲，坐上沙發，整個人躺進椅背裡。偶像團體AKB48在電視上唱著〈戀愛的幸運餅乾〉，他也跟著小聲哼唱。

「這個，你要去吧。」

我把一個細長信封放在矮茶几上。裡面是「海鷗座劇團」的戲票。阿讓坐起來，伸手拿戲票。

「喔喔！這是發售一分鐘內就賣光的夢幻戲票耶。」

看到公演場地，他又打從心底開心似的，兀自喃喃低語「這次在陽光劇場啊」。我凝視這樣的阿讓側臉。

這人一點心機都沒有。結婚十八年了，他還是跟當初相遇時沒有兩樣。唯一改變的，是他成為會在固定時間去固定公司工作的上班族，如此而已。當然，這是非常巨大的改變。

除了看戲、看電影，他還喜歡閱讀和到處探訪爵士咖啡廳。當年的阿讓只顧著做這些自己喜歡的事，也不去找一份穩定的工作，和他同居的時候，生活費幾乎都是我出的。說得更正確一點，是他自己跑來我住的公寓賴著不走。當年我的薪水也不是很多，不過只要不亂花錢，兩個人的生活還是過得下去。即使身邊的人都說他「吃軟飯」，這大概就是所謂「愛到卡慘死」吧，我怎麼也無法否定他的生存之道。想做什麼就去做的他，看在我眼中非常閃亮。

我父親是牙醫，哥哥和姊姊也理所當然地成了牙醫。同樣理所當然的，家裡人都要我選擇走上一樣的路。

可是，我很早就發現，自己最適合的其實是當別人的助手。

所以我後來成為牙科助理。為牙醫做事，在離病患最近的地方。

朋友們也會問我「要摸別人的嘴巴，不覺得抗拒嗎」。可是，對我而言，口腔是一個神秘又充滿各種可能性，令人心跳加速的地方。

人體之中，唯一這麼堅硬又直接暴露在外的部位只有牙齒。包覆著琺瑯質的牙齒和骨骼不同，人類的恆齒只要損壞過一次就無法重新生長。一如其名，永恆而唯一。這麼岌岌可危又重要的東西，每個人都擁有，且每個人擁有的形狀都不一樣。這種事大家明明都知道，大多數人卻對自己的牙齒毫不關心，使我感到不可思議。除非真的痛到一定程度，人們似乎就不想去看牙醫。相較之下，卻是一天到晚上美容院和美甲沙龍。

可是，光是改變刷牙的方式，口中的狀態就能改善到判若兩人的地步。遇到口腔愈髒、口臭愈強烈的患者，愈能熊熊燃起我的鬥志。因為他們的改善最是顯而易見。我總心想，看我來幫你們把口腔變乾淨漂亮吧。去除牙結石或指導刷牙方式的時間，是我最喜歡的時候。這種時候醫師往往不在旁邊，身為牙助的我得以和病患獨處，在閒聊中得知對方的生活型態、喜歡的東西或不擅長的事，根據這些來思考如何照護對方的口腔與牙齒。有時只不過指導過一次，下次病患再來看診時，高高興興地向我回報「那之後牙齦就不再出血了呢」，是我至高無上的喜悅。

在這樣的生活中，我懷了真吾。老實說，這是計畫之外的事。這件事的發生，使阿讓說出想安定下來的話，開始找工作，和我結婚。那時的阿讓已經四十歲了，卻拿不出任何值得自豪的經歷，想找一份正職工作並不容易。最後還是靠我父親的介紹，進入一間醫療儀器廠商當業務。

即使如此，因為同時還要養育小孩，生活無法馬上過得輕鬆。產假和育嬰假加在一起，我只休了一年就重回職場，一直維持雙薪模式到真吾上小學。

下定決心辭掉工作最大的原因，是真吾患有嚴重氣喘。我想盡可能陪在他身邊。那時阿讓的工作已經上了軌道，或許他原本就適合當業務，總之也做出了一番成績，獲得升職。除了家庭經濟已經穩定，年齡造成的荷爾蒙失調也讓我身體頻頻出狀況，綜合以上種種緣故，我成了一名家庭主婦。

就算這樣，我依然認為自己的人生過得很有意義。在家打掃，為家人的健康費心操勞，記瑣碎的帳，打點一家大小的生活。真吾上國中後氣喘的狀況緩解許多，不過我已經完全習慣這樣的生活，也沒打算破壞已經建立的安定。現在的我加入合唱團，每天享受歌唱的樂趣。

……本該是這樣的。

阿讓說：

「真吾呢？」

「還沒回來，放學後有先回來一次，又出去跟朋友玩了。」

「『MUSIC STATION』都快開始了。」

音樂節目裡，主持人塔摩利正在和歌手閒聊，主持功力一如往常穩定。我看到錄影機在動，大概真吾事先設定了預錄。

「《笑笑也可以！❶》要結束了呢。」

阿讓喃喃自語地說。自從十月宣布節目停播後，一樣的話他不知道說了幾次。這個持續播放三十一年的長壽節目，將和百分之五消費稅結束於同一天，在三月三十一日迎來最後一集。

阿讓以前上過「笑笑也可以！」。那已經是將近二十年前的事了。節目中有個「酷似名人」單元，他的朋友幫他舉著「不做必殺工作的三田村邦彥」牌子。三田村邦彥是《必殺工作者》這部電視劇的演員之一。

判定相似與否的投票結果，像和不像的票數各半。以綜藝節目來說，這是最無趣的結果了。只是當時，阿讓確實常被說像三田村邦彥。例如黑眼珠比例偏大的眼睛、俊俏的五官，以及從側面看過去時，不經意流露的氣質。儘管整體而言，和真正的三田村邦彥比起來，阿讓可能稍微土氣了點。即使如此，以一個普通人來說，他的長相也算俊美了……至少我這麼認為啦。今年已經五十八歲的他，臉和身體都發福了，不過，嗯、還可以啦。

成為一位帥氣老爹的假三田村邦彥朝我轉頭。

「啊、對了，鎌倉是明天要去嗎？」

「嗯。」

「抱歉，我臨時有個不能缺席的工作。客戶說無論如何明天都要開會。」從我們住的中野到鎌倉，搭電車需要一個半小時左右。不過，不管發生什麼事，我都有非去鎌倉不可的理由。

跟我參加同個合唱團的上之內太太說，她帶原本全學年排名倒數第三的兒子去鎌倉的荏柄天神社參拜後，兒子就像脫胎換骨似的變得用功讀書，最後考上慶應大學。

天神就是學問之神，祭祀天神的神社雖然不少，既然身邊就有這麼個前例在，自然具備一定程度的說服力，這下我非去那裡參拜不可了。

站在書店翻閱的鎌倉導覽書裡，介紹了漫遊鶴岡八幡宮附近幾個史蹟景點的觀光路線。我摸摸錢包，翻出一張收據，把書裡介紹的路線當場抄在收據背後。既然都要特地跑一趟鎌倉，當然四處逛逛比較好。一方面製造回憶，另一方面，或許也能加深家人之間的情感羈絆。

於是，我提議一家三口去鎌倉走走。真吾說不定會對一家出遊這種事感到難為情，怎麼說動他去，成了有待克服的課題。利用新年參拜的機會前往，聽起來

❶與《MUSIC STATION》同為塔摩利主持的長壽午間帶狀節目。

好像自然許多，可是過年時肯定人潮洶湧，天神大人要是忙不過來，說不定連我的願望都聽不到。

這麼一想，我改成提議本月中旬找個星期六去鎌倉，再搬出抄來的觀光路線，隨便找個藉口說「鎌倉好像有一間蕎麥麵店很好吃」，試著問了問。意想不到的是，真吾表現得很感興趣。他有這麼愛吃蕎麥麵嗎？或者，他其實很喜歡逛古蹟或神社寺廟？一起生活了十七年的兒子，還是有很多事我不知道。

可是，現在阿讓不能去了怎麼辦。要兒子和我單獨出門，這門檻可是相當高。

真吾回來了。深藍色圍巾圍了一圈又一圈，連嘴巴都遮住了，外面大概很冷吧，他的鼻頭也凍得發紅。

「回來啦。」

「嗯。」

真吾拿下耳機，把線纏繞在iPod上。那是今年生日時他要求的生日禮物。阿讓轉向真吾，雙手舉到臉前合掌。

「真吾抱歉，明天爸爸臨時有工作，你跟媽媽兩個人去鎌倉可以嗎？」

可以嗎？這是什麼問法。為什麼不直接說「你跟媽媽去吧」就好呢。懷著不平的心情，我仍默默等待真吾回答。

「喔——」真吾淡淡說著，取下圍巾。

「好啊，沒關係。」

沒有抑揚頓挫的聲音。聽起來，和我單獨出門既不是一件開心的事，也不到抗拒的地步。我內心暗自鬆了一口氣，刻意不帶情緒地說：

「那差不多九點出發喔。」

「嗯。媽媽上次說要去的，是鶴岡八幡宮和寶戒寺，還有源賴朝的墳墓，最後再去荏柄天神社對吧。啊、還有要去吃蕎麥麵。」

「嗯？對、對啊。」

好厲害。我只說過一次的路線安排，他全都記在腦子裡了。明明是自己說過的話，我要是不拿出筆記看還想不起來呢。

「去完鶴岡八幡宮，我有個地方想去。」

「哪裡？」

「一間叫風水屋的店。正好從八幡宮到寶戒寺的路上會經過。上次津村在那裡買了開運手機殼，我也想要一個一樣的。」

津村。這名字聽真吾說過好幾次，是他班上同學。

小學、國中的時候，真吾的朋友多半是附近鄰居小孩，名字和長相我都對得起來。真要說的話，連哪個孩子的媽媽是誰都認識，彼此也會去對方家裡玩，輕易就能掌握真吾和哪個孩子交情好到什麼地步。

可是上高中後，他的朋友長相和交情程度我幾乎不清楚。真吾的手機大概比我還熟悉他的交友關係吧。

原來如此。吸引真吾去鎌倉的不是蕎麥麵，他只是想去買開運手機殼那種莫名其妙的東西罷了。和父母一起去的話，交通費和吃吃喝喝的錢都有人贊助。對真吾來說，我只剩下錢包的功能了。

「什麼開運……沒問題吧那間店？會不會是收取昂貴費用的詐欺業者？」

「啥？只要一千圓左右啦，大家都有買啊。津村他啊，還說買了那個手機殼的當天就交到女朋友了。」

「女朋友？」

我忍不住大聲嚷嚷起來。

至今真吾都表現得像是對談戀愛毫無興趣，難道這孩子想買這種商品，是為了交女朋友嗎？

似乎讀出我內心的不平靜，真吾誇張地皺起眉頭。

「我不是想要女朋友，只是想說明那是津村的心願而已。我的意思是，那個開運手機殼就是這麼靈驗的東西。」

真吾噘起嘴巴。他的嘴唇薄、眼睛小，鼻梁也不高，長相不太起眼。

也不知道為什麼，真吾長得一點都不像阿讓。百分之百像我，像到能在「酷似名人」單元拿下冠軍的程度。真吾長得就是和我這麼像。從他小時候，我們兩人走在路上，就經常有人會用難以置信的眼神轉頭看第二次。

生真吾的時候也是，頭才剛出來，助產士就激勵我說：「孩子長得和妳一模一樣！加油！」還記得我神智不清地想「這種狀態下哪看得出像不像」，沒想到，人家還真不是隨口說說而已。

總而言之，參拜荏柄天神社的事似乎能夠實現了，我也別再說些有的沒的刺激他好了。說起來，還得感謝津村同學和開運手機殼的幫忙呢。

「吃飯吧。」

我點燃瓦斯爐火，想加熱味噌湯。

隔著廚房與客廳中間的吧檯，看得見電視裡的塔摩利正在說「接著輪到舞祭組上場——」。

「他們今天要發表出道曲，是第一次上本節目呢。」最近才剛接棒的年輕助理女主持用不熟練的語氣介紹出場者。

十二月也只剩下兩星期，鎌倉街頭已進入耶誕模式。開在鎌倉車站裡那間有玻璃櫥窗的麵包店，店員頭上戴起了耶誕老人的紅帽子。

穿過東口剪票口，朝若宮大路的方向走。真吾邊走邊滑手機。

「別這樣，很危險。」

「我有在注意四周，不要緊啦。」

對他的頂嘴行為，我也已經習慣了。話雖如此，不管幾次，我還是得繼續提醒他。未雨綢繆，有備無患。就像勤刷牙才能預防蛀牙一樣。這是為人父母的義務。

道路正中央就是種了櫻花樹的筆直參拜道。我們走在這條路上，汽車從兩旁經過。只要沿著這條路直直走，很快就能抵達鶴岡八幡宮。

我們並肩站著，真吾的下巴差不多跟我額頭一樣高。

念小學時，真吾身高偏矮，身材瘦小個性又安靜，硬要歸類的話，算是比較膽怯的孩子。又因為罹患氣喘經常感冒，他或許曾經認為自己屬於弱小的一方。

但是，從國一暑假起，不知為何身高急速抽長，聲音變得低沉，臉上也冒出青春痘。有一次我聽到他在盥洗室問阿讓「鬍子要怎麼刮？」，那時，正在廚房洗碗的我差點失手摔破盤子。

只不過，無論身體發育得多麼有男人味，真吾始終是個穩重的孩子。看到他的同學們成天踢足球、打棒球，玩得一身泥巴，我也會羨慕人家的活潑好動。但是，愛待在家的真吾反而讓我放心。既不用擔心他受傷，也不用怕跟同學起衝突，成績雖不到優秀的地步，倒也沒有敬陪末座。真吾喜歡自己一個人靜靜看書畫畫，這樣的他讓我好幾次心想「幸好來到我身邊的是這個孩子」。

進入與國中時代成績相應的普通公立高中後，他選擇的社團是資訊處理社。我頂多只知道這是要用電腦的社團，猜想大概是學怎麼使用Excel或Word吧。沒想到，仔細聽了他說才知道不只這些。時代愈來愈進步了，我完全跟不上。

正當我想起這些事情，感到莫名沮喪時，鶴岡八幡宮紅色的鳥居出現眼前。鳥居附近人潮洶湧，為了不跟真吾走散，我緊貼著他的身體走路。老實說，我其實更想牽住他的手。

正要爬上大殿時，真吾停下腳步。

階梯旁設有紅色欄杆，原本裡面似乎種了大樹，真吾盯著大樹倒下後的樹頭看。

細讀立在旁邊的牌子，才知道這好像是一棵銀杏。

我想起來了，是有這麼回事。鶴岡八幡宮的大銀杏樹被強風吹倒，據說樹齡已逾千年，對熟悉鎌倉的人來說，這件事一定造成不小的震撼。

解說寫道，大樹在平成二十二年三月十日凌晨倒下。

——各位的祈福將為「奮鬥的大銀杏」帶來能量。懇請大家持續守護，為大銀杏祈福。

這應該是鶴岡八幡宮社務所的留言，令人看了胸口一陣激動。得知哪裡或誰遭逢天災時，不在場的我們總會心想「自己能為對方做點什麼嗎」，只是我從來沒想過，原來自己的祈福也能為誰帶來能量，神社溫柔地教會了我這一點。是啊，我們人類能夠為自己以外的某個人事物祈福，這或許是一件非常了不起的事。

倒下的樹似乎移植在附近，現在這裡只剩下樹頭。糾結的根部已冒出幾株小綠芽。原本樹木生長的地方也從殘餘的樹頭伸出一公尺左右的幼嫩細莖與樹葉。

「生命力真是強大。」

我這麼說著，真吾沉默不語。

不知道他正在想什麼。雖然想問，又從他的眼神中看出那是不能隨便觸碰的東西。從什麼時候開始，他臉上也會出現這樣的表情了。

我也在他身邊默默站了一會兒，真吾忽然抬起頭說「走吧」。才剛抬腿踏上階梯，又馬上蹲下來。原來是要把鬆開的鞋帶重新綁好。

真吾的頭就在我大腿附近。打從身高追過我之後……不、從他快要跟我一樣高的時候開始，就幾乎沒機會從這角度看到他的頭頂了。我忍不住偷笑。

頭頂上，有兩個並排的髮旋。

聽說這叫鳥居髮旋，而且好像非常罕見。生下真吾時，跟我同一間病房有一位叫乙姬的產婦，是她媽媽告訴我的。乙姬這名字也很罕見，所以我記得很清楚。我躺在床上抱著真吾時，那位媽媽正好從旁邊走過，一看到就大喊：「咦？哇！」

「這可真不得了，好漂亮的鳥居髮旋，很少見呢。這孩子將來要不是天才就是大傻瓜。」

正在收拾東西準備出院的乙姬急忙斥責「喂、媽！」一邊很不好意思地向我道歉：「抱歉，請別介意。」接著她就匆匆忙忙推著媽媽離開病房了。

不是天才就是大傻瓜啊。

綁好鞋帶的真吾站起來。

漫長的階梯，一階一階爬上去。我跟在他身後。

結束參拜，從鶴岡八幡宮正面出口出來左轉。真吾說的「風水屋」似乎就在那。

名字聽起來就很可疑，什麼風水屋啊。

從大馬路拐了兩次彎，真吾毫不猶豫地轉進窄巷裡。

「你知道路喔？你去過嗎？」

「來之前確認過地圖了，大概是這裡……啊、到了。」

朝真吾手指的方向望去，風水屋的招牌就在那裡。跟我想像中的可疑店家不同，只是年輕人喜歡的選品店。

即使比不上小町通或若宮大路那麼熱鬧，還是有不少店家座落這一帶。雖然我懷疑在這麼冷清的地方開店怎麼流行得起來，或許很多人都跟真吾一樣，聽朋友說了就找上門來。

和真吾一起進入店內，發現客群很年輕，讓我有些退縮。真吾大概也不想被同年齡的客人看到自己和母親一起來買東西吧，一轉眼就跑到店內深處去了。

往外面看看，對面有間賣布藝品的店。我還是去那邊逛逛吧。只是站在店頭的話，真吾一眼就能看到我，所以也沒告知他，我逕自走出風水屋。

看了一下擺在店門前的手拭巾和手帕打發時間，想買一塊碎花圖案的杯墊，走進店裡卻沒看到店員。這間店對防盜還真掉以輕心，這樣不是任人想怎麼偷就怎麼偷了嗎。

算了，反正我也不是真的那麼想要。把杯墊放回店頭，朝風水屋的方向一看，不由得一陣錯愕。

附近的建築全都變成了民宅。風水屋原本不是在布藝品店對面嗎？

我是從哪裡走過來的？

哎呀，真討厭。這種事最近愈來愈多。我本來就沒方向感，最近又多了健忘的症頭。看來除了重力之外，也得跟自己的記性搏鬥才行了。

不知怎地，連路人都完全消失蹤影。剛才零零星星散布的店家，現在一間也沒看見了。難道一切都是我的錯覺嗎？

冷風吹來，自己的頭髮飄到臉上。我把下巴縮進圍巾裡，打算沿來時路回頭。

對了，這種時候行動電話不就能派上用場了嗎？我打開折疊手機，螢幕上卻顯示「無訊號」，我大失所望。

鎌倉的收訊這麼差嗎？這下沒辦法，我探口氣，打算姑且往外走到大馬路上再說。

然而，不管我怎麼走、怎麼走，都無法走到大馬路上。好像完全迷失方向了。要是有其他人在，至少還能問個路，偏偏一路上雖然有很多氣派的大宅，在這住宅區裡卻連一個人都沒遇到。

內心滿是不安，繞過一棟有紅屋頂的平房後，看見不知道賣什麼的店家。從古典風格的裝潢和氣氛看來，原本以為是古董店，仔細一看才發現是鐘錶行。

門上掛著「CLOSE」的牌子，不過隔著透明的玻璃門看得見裡面。掛滿整滿牆的時鐘顯示各式各樣的時間。或許是配合世界各地的時刻，特地調的吧。

不經意地，視線瞥見店門旁的角落豎立一塊招牌。厚重的木板招牌上，以毛筆字寫著龍飛鳳舞的「鎌倉漩渦服務中心」。還有個紅色箭頭符號，朝箭頭指示的方向望過去，有一道細細的戶外階梯，往地下延伸。

太好了，地下室似乎有供遊客諮詢的服務中心。去問問風水屋怎麼走吧。

沿著狹窄的階梯下樓，眼前出現了一扇生鏽的鐵門。

圓形的門把是霧面金屬，這種乾燥的季節，要是直接用手去摸，可能會引起強烈的靜電。我怕被電到，就用圍巾下襬包住門把轉動。

看似沉重的門，其實意外輕鬆地打了開。門後又是另一道螺旋階梯，服務中心似乎在很深的地下樓層。挖得這麼深，不怕地層下陷嗎？

周圍牆壁與階梯是清一色的黑，扶手上處處垂掛燈泡。儘管有些昏暗，這種省電的做法倒是教人有點佩服。二〇一一年那場震災剛過時，到處都有強調省電省水的企業及公司行號。經過了兩年，現在那種感覺早就變得淡薄。這間服務中心，可能是鎌倉市政府營運的吧。

我一格一格步下階梯，牆壁和階梯的黑色便隨之一點一滴變藍。很有巧思的設計。

走下最後一格階梯，抵達的樓層是一個約莫三坪大小的空間。空間裡沒有櫃檯也沒有海報，靠牆的地方只有兩個老爺爺，隔著類似連鎖咖啡店的小圓桌對坐，正在安靜下著黑白棋。

兩人中間上方的牆上，有個圓形的壁掛時鐘。設計成螺旋貝殼的造型。

他們應該就是服務中心的職員了吧？心想要是在人家休息時間打擾就不好意思了，我發出聲音：

「請問……」

老爺爺們一起抬頭。兩張一模一樣的臉，原來是雙胞胎。這說不定是我第一次看到雙胞胎的老爺爺。要是雙胞胎的老奶奶，很久以前有過金婆婆和銀婆婆嘛。一邊想著這些，我一邊打量兩位老爺爺。

「走散了嗎？」

拿白棋子的老爺爺說。

沉穩的聲音，給人一股莫名的安心感。總覺得，已經好久沒人對我這麼溫柔體貼了。一方面高興，一方面也覺得有這種想法的自己好可悲，竟然有點想哭。

走散了嗎？這麼一說，好像確實如此。

跟兒子走散了。我現在，正從真吾身邊走散。

「您說得沒錯。」

我帶點自嘲地嘆氣，拿黑色棋子的老爺爺點頭說：「這樣啊，辛苦妳了。」

兩人很有默契地同時站起來，身上穿的是剪裁合身的灰色西裝，繫著深藍色領帶。對著我彬彬有禮一鞠躬後，他們微笑說道：

「在下外卷。」

「在下內卷。」

哎呀，真有趣。我的心情瞬間變得愉快。他們人如其名，外卷先生的瀏海和鬢角向外側捲曲，內卷先生則是朝內側捲曲。仔細一看，兩人長相固然非常相似，除了髮梢的捲曲方向外，表情散發的氛圍也不太相同。外卷先生紅光滿面，感覺很有活力。相較之下，內卷先生就比較內斂優雅。

跟金婆婆銀婆婆一樣，雙胞胎都是生下來就被取了成雙成對的名字嗎？

「這是兩位的父母為您們取的名字嗎？還是綽號？」

我這麼問，內卷先生歪了歪頭說：

「我們的……父母？」

外卷先生也朝相反方向歪了歪頭：

「我們的父母……是誰呢？唔嗯唔嗯……不知道呢。」

又重複了一次「唔嗯唔嗯」，外卷先生哈哈大笑。他是想講諧音的雙關冷笑話嗎？

內卷先生假裝沒聽見外卷先生的冷笑話，轉向我說：

「來聽聽綾子小姐想說什麼吧。」

「好的，其實……」

正要開口，我又忽然閉上嘴巴。咦？剛才我有提過自己的名字嗎？

唉，健忘的症頭一如往常嚴重。可能是進來這裡時自我介紹過吧，我繼續往下說：

「我兒子應該在一間叫風水屋的店裡。」

「嗯嗯。」

「但是那間店在哪……我搞不清楚了……」

我搞不清楚了。

對，我搞不清楚了。真吾心裡在想什麼。

臉明明和我長得那麼像，內在卻成為我無法理解的生物。

身體忽然晃了晃，感覺輕微暈眩。哎呀，真討厭，怎麼偏偏這種時候……頂著恍惚的腦袋，我開口說：

「上星期……」

——上星期，真吾學校舉行了升學就業的相關面談。

差不多也該思考要不要去補習了。真吾念的是普通升學高中，幾乎所有學生畢業後都理所當然地升上大學。擔任級任導師的岸田老師，從去年開始帶這一班，是一位值得信賴的中年男老師。我一心認為去學校是要和老師談真吾「準備報考哪所大學」的事。

可是，在那裡等著我的，卻只有令人震撼的事實。

岸田老師一臉為難，向我遞上真吾填寫的升學就業志願表。上面沒有寫上任何一所大學的名稱，唯一填寫的，是他希望將來從事的職業。

YouTuber。

起初光看平假名，我根本不知道這是什麼。什麼bar？怎樣的棒子啊？這聽起來像外國零食一樣的名稱，對幾乎不用電腦的我來說，是個陌生詞彙。

岸田老師說「現在很流行在YouTube網站上傳影片喔」。並簡單地為我做了說明。真吾似乎是在資訊處理社看到學長製作影片上傳到網站，自己也開始學著做。那位學長上傳了兩支介紹自己喜歡的電玩的影片就膩了，真吾倒是從此一頭栽進去。

岸田老師的說明，其實我還是有聽沒有懂。首先，所謂「上傳」的意思我就不太懂了。所謂的影片網站，所謂的YouTube，不是哪裡的誰把錄下的電視節目擅自放上去的地方嗎？上之內太太每次忘了看連續劇時，都會說要去YouTube看。

「我也看過真吾製作的影片，站在學校的立場，內容並沒有什麼問題。雖然他沒填志願學校這件事令人擔心，如果只是難以抉擇的話，只要從現在開始好好思考——」

岸田老師為了讓我放心而說的這番話，被一旁的真吾滿不在乎打斷。

「我不想上大學喔。」

我啞口無言。

某種程度上，岸田老師大概已經料到他會這麼說，看也不看我們，臉上堆出打圓場的笑容：

「好啦、好啦，也還不到正式決定要升學還是就業的階段，之後你們一家人再好好討論吧，好嗎？」

岸田老師做出結論，真吾像是逮住了機會般低頭起身。我也趕緊向老師行禮，追著真吾跑出教室，在走廊上抓住他的手臂。

「給我等一下，這是怎麼回事？」

「什麼怎麼回事，就是那麼回事啊。」

真吾說得滿不在乎，我繼續逼問：

「你不去上大學，要當那什麼bar的嗎？」

「是YouTuber，這也是一份正當職業好嗎？」

真吾說這話的語氣莫名成熟，我無言以對。

「我等一下還有社團活動，先走了。」

纖細的身體轉身，甩開我的手，真吾就這樣走了。留下我一個。

回到家，我在家裡等真吾，他卻傳來簡訊說「要跟津村去圖書館寫完功課再回家」。真是的，至少打個電話吧。難以啟齒的話就只會單方面傳簡訊，怎麼可以這樣。

盤起雙手坐在沙發上，阿讓先回來了。聽我說了事情原由，阿讓笑著說：

「喔，那個啊！」

「你知道嗎？」

「嗯。他的帳號綁定的還是我的電子郵件信箱呢。」

「什麼意思？」

「未滿十八歲的使用者，必須綁定監護人的帳號和銀行帳戶。廣告收入會匯到那裡面去。」

我聽得瞠目結舌。什麼廣告收入，什麼意思！意思是說，每個月除了我給的零用錢外，他還能得到其他金錢嗎？這事實使我大受打擊，差點腿軟站不住。

「我怎麼都沒聽說，為什麼擅自做這種事？」

「抱歉抱歉，差不多半年多前的事吧，那天綾子妳去合唱團了。」

半年。這麼長一段時間，只有我不知情。

阿讓一邊看我的臉色，一邊打開放在客廳裡的電腦主機電源。螢幕隨著啟動聲亮起，完成開機後，阿讓移動滑鼠，打開YouTube的網站。

「倒倒倒倒，倒帶～」

一個得意洋洋的聲音介紹著頻道名稱。似乎是真吾說的，但總覺得像個陌生孩子的聲音。

阿讓解釋給我聽。

「美乃滋這個，是早期的影片。」

起初，畫面裡出現美乃滋瓶子的大特寫。是我們家平常吃的那個牌子，大概從冰箱裡拿出來拍的吧。想到我站在超市裡精挑細選買回來的美乃滋被用在這種地方，不知怎地就一肚子氣。

接下來，將美乃滋擠到一個大碗裡，然後出現真吾拿湯匙攪拌美乃滋的手。實體影像就到這裡為止，後面都是翻頁動畫般的插圖影片，筆觸稚嫩，應該是真吾自己畫的吧。

畫面分割成兩半，右邊是醋，左邊是雞蛋。右邊的醋從瓶子漸漸變成擬人化的酒或米的插圖，像小學生暑假作業實驗內容一般，接二連三出現醋的釀造過程。同時，左邊原本破殼的雞蛋插畫則變回球體，滾啊滾啊的，滾進了母雞肚子裡。

我勉強擠出聲音問：

「……這是……什麼？」

「欸？妳不知道嗎？美乃滋是醋和蛋做的……」

「我不是在問這個！」

我問的是，上傳這種莫名其妙影片的YouTuber到底是在幹嘛的。

「上傳這種影片，為什麼可以收到錢？」

「與其說是用影片換錢，不如說是獲得許多觀眾認同後，廣告商就願意出錢了。哎呀，妳不要這樣氣噗噗的嘛。真吾的影片也還沒賺到什麼錢啦。」

阿讓笑得輕鬆自在。

「賺不到什麼錢是理所當然的事吧？所以我才這麼驚訝啊。真吾竟然說他不要上大學，要靠這個賺錢，他根本瘋了！」

「既然真吾有想做的事，就讓他去做有什麼關係。大學不是人生的一切，不想去的話，不上大學也沒太大關係啊。」

我說不出第二句話。這個人為什麼能把事情看得這麼簡單？

「……換句話說，廣告收入的金額，由看這影片的人數多寡來決定？」

「對對對，最近的影片還滿受好評喔，像這部螞蟻地獄的一生，就有兩千多次點閱呢。」

「我才不看，絕對不看！」

我要帶真吾去荏柄天神社。一刻都不能再拖延，得請天神大人讓他洗心革面才行。

想起上之內太太好久以前說過的事，我如此下定決心。

這種事，我無法告訴任何人。

可是，一旦對兩位爺爺開了口，話就再也止不住，滔滔不絕脫口而出。

「我現在完全無法理解兒子的想法。為什麼他會想做那種事，為什麼會說出不考大學那種話呢？身為母親，今後我該如何協助他才好，我好煩惱……我明明真心希望兒子能過上幸福的人生哪。」

爺爺們咻地往我面前一站，肩靠著肩並排，伸出雙手，對我比出大拇指，嘴裡同時發出吆喝：

「精采的漩渦！」

大小一模一樣的四根拇指並排在我眼前，漩渦圖案在指腹團團打轉，看著看著，一陣輕微暈眩襲來。

瞬間，掛在牆上的時鐘轉了一圈又戛然靜止。以為故障了，仔細一看，上面沒有指針，原來那不是時鐘。大小和形狀都跟Roomba差不多。Roomba，就是那種會自動吸塵的掃地機器人。我正在考慮要不要買。

「好漂亮的室內擺設喔，像個古老螺旋貝殼的形狀和花紋，簡直就像菊石。」

我這麼一說，外卷先生露出微笑。

「這就是菊石。」

「咦？」

貝殼閉上的口蓋忽然打了開。我還驚魂未定，裡面又露出好幾隻蠕動的細腳。

「呀啊啊啊！」

見我情不自禁發出尖叫聲倒退，內卷先生趕緊用輕柔的語氣安撫：

「沒事，這不是什麼可怕的東西，是我們中心的所長。」

「所、所長？」

再次朝菊石投以一瞥，伸出的腳根部有大大的黑眼睛，目光閃動。

接著，菊石自行脫離牆面，飄浮在我頭頂上方。每次移動，都會發出咻轟咻轟的聲音。聽起來就像牙醫用來吸口水的機器。

原來菊石這種生物還存在世界上啊？原本以為已經絕種了呢。大概是我搞錯，絕種的其實應該是腔棘魚？

我真的什麼都不懂，老是誤會或擅自認定某些事。像蟑螂會飛這件事，我也是去年才知道的。菊石肯定也會像這樣飛在半空中吧，只是我自己不知道而已。為了不被當成不知世事的家庭主婦，我強裝平靜，悄悄喘口氣。心情慢慢穩定下來，菊石的眼珠看起來也變得可愛。

話雖如此，竟然稱菊石為所長。最近常有店家叫店裡飼養的小狗或小貓「店長」，這孩子一定也是這所服務中心養的寵物。

彷彿後空翻似的，菊石在我頭上倒轉了一圈。我猜牠在表演才藝，就給予掌聲。

「所長好棒喔。」

內卷先生站在我身邊「唔嗯唔嗯」，頻頻點頭。

「所長說，請您陪伴在令郎身邊。」

「哇，這樣啊。」

我敷衍答腔。爺爺們很疼愛所長呢，就像養貓或家有嫩嬰的人會說「我家貓咪說……」「我家寶貝說……」，這也證明了爺爺們平時就很疼愛所長。

「那麼，就讓我們來為您帶路吧。」

內卷先生舉起手，總覺得整個空間好像突然變大了。所長也像氣球一樣一邊起起伏伏，一邊朝內卷先生手指的方向移動。

跟著他們走過去，看見服務中心角落放著一個大甕。淡淡的水藍色，差不多有洗衣機那麼大的甕。光潔美麗的甕色讓我看得出神，那是一種近乎白，又帶點綠的柔和藍色。

「好美……」

「這種顏色叫做『甕覗』。來由眾說紛紜，不過也有人說是製作藍染的時候，只把布稍稍放進藍染液浸一下拿出來，形成的就是這個顏色。因為動作像是稍微探頭看一下甕裡，因此得名。」

聽到內卷先生的說明，我抬起頭。喔喔，這麼一說確實很像。

「您的領帶也是藍染嗎？」

「所言甚是，您真有眼光。」

內卷先生露出滿意的笑容。

「那麼綾子小姐，請到這邊來。」

這次輪到外卷先生開口，催促我站到甕的前方。我照做了。

甕裡裝了水。高度和水量真的都跟洗衣機一樣。水一點也不混濁，但隔著清澈的水，卻也看不到甕底。

所長緩緩飛到甕的上方，轉動圓滾滾的眼睛瞅著我。好好喔，這麼大的眼睛，真令人羨慕。

忽然之間，所長掉進甕裡。撲通一聲濺起水花。我大驚失色，湊到甕邊察看，只見所長的身影愈來愈小，最後終於消失。

「糟了！所長牠——！噯、牠掉下去了，快救牠！」

「不必擔心，水中才是所長的主場。」

「主場……」

所以牠是回家去了嗎？我還愣在那裡，外卷先生又說：

「好了，妳再往裡面看一次。」

我微微彎身，朝甕中望去。所長落水時掀起的漣漪還在，團團旋轉的漩渦逐漸變成黑色，形狀也變成圓形。水面宛如電視螢幕，映出了某樣東西。這是……人的頭？

沒錯，這是由上往下俯瞰的頭頂。這顆頭我很熟悉，最大的特徵就是兩個並排的鳥居髮旋。真吾？

「看見什麼了嗎？」

「……髮旋。」

我才剛這麼回答，浮現水面的黑色頭頂瞬間消失。

「那麼，綾子小姐諮詢的結果，就是髮旋。」

我不知所措地看著外卷先生。諮詢的結果是髮旋？

內卷先生用祥和的語氣說：

「那應該會成為幫助綾子小姐的道具。請從這邊這扇門回去吧。」

朝他伸出的手指示的方向一看，有一扇門。亮得發白的門，彷彿不屬於這個空間的東西。

「回去？難道諮詢就這樣結束了嗎？」

我一邊問，一邊走到門邊。眼神注意到櫃檯上放著一個藤籃。藤籃裡堆滿用透明玻璃紙包裹，有藍色漩渦圖案的糖果。還有一張寫著「遇到麻煩時就吃這漩渦糖果」的卡片。外卷先生說「請自由取用，一人只限一顆」。

「哎呀，這樣啊，那我就收下了。」

回去前還送糖果，好像燒肉店。我拿起一顆糖果，放進斜背包的內袋。

「風水屋就在對街。」

內卷先生這麼說完，兩位爺爺同時朝我鞠躬，異口同聲地說：

「那麼，路上小心。」

「……謝謝。」

白門配的是木頭門把，這樣就不用擔心靜電了。我直接伸手轉動門把，輕輕把門打開。

進入耀眼陽光下，一陣輕微的頭暈目眩。

大概是因為剛才一直待在昏暗的地方，突然來到外面的關係。眨了兩三秒眼睛，輕輕甩頭。環顧四周，風水屋就在眼前。

什麼嘛，原來風水屋就在那間服務中心對面。既然如此，一開始這麼說不就好了嗎。一下菊石一下甕的，那兩位爺爺也真有閒情逸致。不過還滿有趣的，也罷。

我笑出來，回頭一看，乍然停止呼吸。

直到剛剛我都還待在裡面的那間服務中心不見了。眼前只有布藝行悄然佇立。

以為時間過了很久，真吾看起來卻不像等了很久的樣子。買到他想要的手機殼，一出店外馬上裝上手機。

金黃色的手機殼上畫著龍的圖案。開運。對真吾來說，怎樣的事稱得上開運呢？

我放空腦袋，一路跟在真吾後面走到寶戒寺。寺院裡到處都打掃得一塵不染，山茶花開得很美。明明也去參觀了聖德太子堂和菩薩像，腦子裡卻只剩下這個印象。後來也像被真吾帶著走似的，順道去了源賴朝之墓，然後才來到今天最終目的地的荏柄天神社。

踏上兩旁掛著一整排小燈籠的細細階梯，身心終於感到清明。

好不容易帶真吾來參拜天神大人，得振奮精神好好祈求才行。

那所鎌倉漩渦服務中心，到底是什麼呢？毫無疑問的，我確實在那裡和一對雙胞胎老爺爺說了話。

他們要我陪伴在兒子身邊。說得很對，我沒有做錯。

預防是最重要的事。就像口腔，只要預先做好保健，就能防止蛀牙或牙周病的發生。為了讓真吾走上正確的道路，就算他會嫌我煩，也要好好陪伴在他身邊才行。

我們站在大殿前。敞開的殿門是朱紅色，鏤空的梅花圖案楚楚動人。殿門旁掛了滿滿的繪馬。只要看一眼就知道，上面充滿許多祈求金榜題名的熱切心願。

我將千圓鈔票投入與殿門一樣朱紅色的油錢箱。這可是大手筆。站在真吾身邊，一起向神明雙手合十，誠心祈求。

請您一定要保佑，天神大人。

保佑真吾放棄做那些蠢事，甘願報考大學，認真用功讀書。還有，不用考上名校也沒關係，只要憑他實力考得上的大學就可以了。

回家前，趁真吾去上廁所，我買了一個護身符。不、護身符好像不能說「買」，要說「請」才對。學業護身符。我沒有當場交給真吾，而是收進自己包包裡。

事先跟上之內太太打聽過，蕎麥麵店位在小町通的最尾端，一下就找到了。雖然得往鶴岡八幡宮方向折返，我打算在這裡用餐後，順便逛一下小町通再回車站。

吃完天婦羅蕎麥涼麵，真吾說：

「天神社供奉的是菅原道真吧。」

「欸？嗯，對。沒錯，菅原道真。」

應該是吧。其實我只知道天神大人。

我把蕎麥湯倒進自己的小杯子，往真吾的方向看一眼。他抬起一隻手，表示不用幫他倒。

「我真的很同情他。道真這個人又會讀書又會工作，一定也是非常努力才出人頭地，卻因為招人嫉妒就被誣陷貶職。」

「對啊對啊，好可憐。」

我一邊附和真吾一邊喝蕎麥湯，真吾的語氣急躁起來。

「結果他在被貶職的外地滿懷遺憾地死去後，那些陷害道真的人死了，京都流行起疫病，皇宮還遭雷擊，盡是發生些不幸的事。」

「有、有這麼恐怖的傳說嗎？」

「人們就說那是道真的怨靈作祟，還跟道真說，從今以後會奉你為天神祭祀，請不要再作祟了。這次又擅自把道真拱為神明。」

「這樣啊……」

「我認為，把其他人的死或天災歸咎為道真作祟，才真的是冤枉了他，比他在世的時候更過分。我猜道真在另一個世界都傻眼了吧，說不定還想抗議說又不是我幹的呢。明明跟他一點關係都沒有，現代人憑什麼要他保佑自己金榜題名啊。」

我崇拜地看著真吾。是啊，他的個性就是這樣。只要感興趣的事，他一定會一股腦地往下挖掘，調查到心甘情願為止。和死腦筋的我不一樣，這孩子頭腦很好。

不經意的，真吾視線下垂，伸手拿起裝了茶的茶杯。

「不過，道真或許會為學生加油吧，說著『要用功念書喔』或『好好動腦筋』之類的話。我也該努力才行了。」

我驚訝地看了真吾一眼。

天神大人真靈驗，馬上就見效了嗎？沒想到真吾這麼快洗心革面，菅原道真人也太好了。我的「陪伴」確實有用，感覺就像春天降臨。於是，我對真吾說：

「沒錯，所以你要好好上大學，畢業後進入好公司工作……」

「我不上大學喔。大學裡又沒有我想做的事。」

一桶冷水潑在我身上，從春天被打回天寒地凍的冬天。

「可是，你剛才不是說要努力嗎？」

「嗯，我覺得自己要更認真才行啊。會讀書的工具一定也有弱點，我要振作起來，不能因為招人眼紅就乖乖認輸。」

「所、所以才要上大學……你朋友不是大家都要考大學嗎？」

「妳為什麼那麼想叫我上大學。所謂的大家又是指誰？」

我無言以對。什麼為什麼，因為這是最好的路子啊，不管未來要做什麼，走這條路最安全不是嗎？畢竟真吾有這麼好的頭腦和環境。所謂的大家，就是大家啊，雖然我不知道還有誰，就津村他們啊。真吾接著說：

「爸爸大學也沒畢業，四十歲以後才好好找工作的吧？即使如此，他還是守護了家庭，讓我衣食無憂地長大，是個好父親不是嗎？」

我怒上心頭，少說得一副自己很懂的樣子。

阿讓之所以能隨心所欲到四十歲，是因為有我在背後支持他。也是因為有我父親的幫助，他才能找到正職工作。守護了家庭的人是我才對。好父親？協助你在那種無聊網站上傳影片的就是好父親嗎？

啊啊，真心話終於藏不住了。老實說，我很擔心，擔心真吾變成阿讓那樣的人。儘管身為女人的我很愛阿讓，但是身為母親，我希望真吾能選擇一條更安全又確定的道路。

再也按捺不住，我忍不住大吼：

「總而言之，我絕對反對你不上大學去當什麼YouTuber！要是現在走歪了，造成無可挽回的下場怎麼辦。聽好，你給我去考大學。先好好地上大學！要上傳影片一邊念大學也可以一邊做嘛。」

隔壁桌的情侶朝我們看過來，我尷尬地低下頭。

真吾低聲說：

「……那是媽媽妳的人生計畫吧。成為大學生的母親，看著兒子畢業後找到穩定的工作，自己就能鬆一口氣了。」

「我哪有……」

「我先回去了喔。」

真吾站起來。

真吾。我喊他的名字。可是，他沒有回應，逕自走出店外。

當真吾還小得可以抱在懷裡時，他經常喊「媽媽」。其實沒有什麼事，就只是喊媽媽而已。這種時候的他語氣獨特，我一聽就知道他只是想喊媽媽。「媽媽」，每當他這麼叫我，我就會回答「真吾」。

那甜蜜的時光已不復返。小小的真吾也不在了。我明白，否則會更傷腦筋。

那天之後，真吾對我築起一道牆。開始放寒假，即使待在家的時間變多，真吾也幾乎不跟我說話。

真吾上國中那陣子，身邊的媽媽朋友都說自己拿頂嘴的孩子沒辦法，只有我慶幸真吾沒進入叛逆期。現在回想起來，他或許只是把想說的話吞回肚子裡而已。

被他當成空氣真的很難受。現在我才知道，孩子不表達情感才是最痛苦的事。就算罵「老太婆、少囉唆」都比現在這樣好。

「那是媽媽妳的人生計畫吧」。真吾的這句話深深刺痛我，深埋在我心中，這才發現，他老早就超越我了。不只是身高，作為一個人也是。

星期天中午，阿讓借來DVD，邀我一起欣賞。他知道我心情低落，這是他表達關心的方式。阿讓是個溫柔的人。

從以前就是這樣。阿讓深知讓我開心的方法。沒有錢的那些日子，支撐我的正是他這份心意。

求婚時阿讓送的櫻貝，到現在還放在小瓶子裡珍藏著。他說那是在鎌倉的由比濱海邊找到的，兩片美麗的櫻貝正好湊成一對。聽說櫻貝的殼只有和成對的那獨一無二的一片才能完全吻合。我說這話不是逞強，對我而言，收到這樣的櫻貝，比收到Tiffany的戒指更開心。

真吾出門了。我點點頭，放棄年底大掃除的工作，坐在沙發上。

阿讓選的是從作家黑祖洛伊德原著改編的科幻電影。劇情描述來自未來的少女，踏上找尋自己生命根源的時空之旅。電影中不時穿插表示基因的畫面，宛如螺旋般團團旋轉的DNA。

故事帶點喜劇要素，情節發展出人意料，結局又深深打動人心，看完之後沉浸在一股溫暖的情緒中。是個好故事。

「基因到底是什麼呢？我和真吾臉長得這麼像，個性卻完全不同。」

一邊看著片尾字幕，我一邊這麼說。阿讓聽了，露出驚訝的表情。

「欸？我覺得你們個性也滿像的啊。」

「哪裡像了？」

「比方說，看起來文靜其實內心暗藏熱情啊。還有，容易受身邊的人的影響，人家說好的東西就覺得好。另外，有點宅宅的地方也很像。」

宅宅的？我重複了一次，阿讓說：

「第一次看到妳的時候，我就這麼覺得了。從來沒見過有人講起跟牙齒有關的事會那麼投入的，心想，這女生真有意思。」

我到現在還瞞著父母，其實阿讓是我當牙助時，在那間牙醫診所看診的病患之一。

「可是，只因為是親子就該相像，或明明是親子卻不像，這種事我覺得一點也不重要啊。畢竟就算是親子，最終還是不同的兩個人。」

說著，阿讓目光望向遠方。

「應該是真吾小學三年級時的事吧，社會科考卷上有一題『建設法隆寺的人是誰』，妳記得嗎？」

「有有有，我記得。」

我笑出來。那時，真吾在考卷上寫下大大的「木工師傅」。老師當然打了叉，因為正確答案是聖德太子。這小學生特有的刻意搞笑只換來老師的失笑，幸好沒有被罵。我也笑著說了句「傻瓜」就算了。

「老實說，我啊，那時真的好感動。想說我們真吾才不是刻意搞笑，他說不定是真的這麼認為。那個答案雖然不是標準答案，但並沒有錯。事物末端的開始與結束，有誰在那裡做了什麼，真吾他都懂。」

我想起蕎麥麵店裡熱切談論菅原道真的真吾。

不是老師塞給他什麼就接受，也不只停留在基礎教育與知識，他真的會用自己的眼睛去看，用自己的頭腦去思考、理解。這就是真吾。

「那孩子沒問題的啦。就算不去上大學，既然會說自己想當YouTuber，這就表示他自己一定有什麼想法。」

我終於點頭。或許阿讓說得沒錯。

父母無法為孩子決定任何事，只能從旁守護。

如果有什麼是我、是我們能夠做的，這唯一的一件事，頂多就是命名了吧。真吾的名字，是我和阿讓一起想了很久才決定的。

真吾。真正的吾。希望他能成為毫無虛假，真實的自己。

隔天傍晚，我一個人去了購物中心。

要買過年裝飾的東西和年菜食材。食材的採購放在後面，我朝生活用品樓層走去，打算先買注連繩。

「咚」的一聲，忽然有個柔軟的東西撞上我的小腿。回頭一看，是個小男孩，伸手拉住我長裙的裙襬。抬起頭看到我，小男孩露出疑惑的表情。

可能還不到兩歲，才剛學會走路的感覺。

「你媽媽呢？」

我蹲下來問。男孩囁囁嚅嚅低下頭，手上牢牢抓著一個飛機形狀的布偶玩具。

於是，我改問：「你叫什麼名字？」這次，男孩元氣十足回答「小拓」。

附近沒看到像父母的大人，這孩子可能迷路了。

去請服務台廣播尋人吧。記得綜合服務台就在入口旁邊。

「我們去請人呼叫媽媽喔。」

我牽起小拓的手，正打算移動時，小拓哇的一聲哭起來。或許以為我要帶走他，又或者不想離開這裡。

傷腦筋。身上有什麼能哄小孩的東西嗎……

往包包裡找了找，發現在服務中心拿到的藍色糖果。之前被我忘得一乾二淨，記得好像是什麼「遇到麻煩時就吃這漩渦糖果」吧？

匆匆剝開玻璃紙，才忽然想到。

這孩子還太小，不能吃糖果。萬一吞下去噎到就危險了。再說，藍色的糖果可能是薄荷口味。

但是玻璃紙都剝開了，只好順手放進自己嘴裡。不是薄荷口味，不知為何，有著牛奶糖般溫和的味道，入口即融。

我蹲下來，情不自禁對哭泣的小拓張開雙臂，他就撲上來了。身體深處一陣緊繃，心揪得幾乎會痛。壓在身上的重量溫暖又柔軟，像是一團飽滿的能量，連指尖都充滿活力。

內心一陣激動，我緊緊擁抱小拓。別怕，一定會找到小拓的媽媽，我會幫你找到的，放心吧。

小小圓圓的頭抵著我的下巴。散發光澤的細柔黑髮。

令人懷念的觸感……

就在這時——

小拓頭上的髮旋突然開始打轉，分成了兩個。

咦、咦、咦？

鳥居髮旋？

我還反應不過來，頭的形狀也開始出現微妙的變化，最後完成了似曾相識的線條。

頭抬了起來，那雙凝視我的小眼睛，矮鼻梁、薄薄的嘴唇。

「真吾！」

在我懷抱裡的，毫無疑問是小時候的真吾。

我想起來了，年幼時的真吾。

在公園裡，比起溜滑梯或盪鞦韆，更吸引他注意的是列隊的螞蟻。

去幼兒園接他時，他總在離其他孩子一段距離的地方，一個人用樂高拼出厲害的作品。

「老師看圖說故事的時間，只有真吾一個人在教室角落玩拼圖。」看到老師在聯絡簿上這樣寫的時候，我心裡有什麼想法？

那時，我很高興。因為真吾和其他孩子不一樣。

萍水相逢的阿姨告訴我那叫鳥居髮旋，還說他「要不是天才就是大傻瓜」的時候，我也從未懷疑過他不會是個「天才」。那時的我，一心認定這孩子肯定會成為大人物。

曾幾何時，我開始擔心他跟別人不一樣了。

曾幾何時，我開始認為他只要和普通人一樣做普通的事就好。

懷抱裡，有著圓鼓鼓雙頰的真吾咧嘴一笑。沒錯，就是這個笑容。有什麼比看到這孩子綻放這個笑容更美好的嗎？

現在的我，根本沒有陪伴在真吾身邊。

我只是在背後催促他，從前面勉強拉他，或從上對下指使他。

真正的「陪伴在身邊」，不該是命令或擅自決定。

「媽媽。」

小小的真吾這樣喊我。

我也喊他。

「真吾。」

沒有什麼事，只是互相喊對方而已。

只是因為你在這裡，只是單純覺得很高興，只是這麼想而已。

「拓海！」

遠處傳來女性的叫聲。

「媽媽——！」

從我懷中鑽出去的孩子發出的已是小拓的聲音，髮旋也恢復原狀。

「對不起！對不起啊，拓海。都是我沒有好好注意你……」

年輕的母親抱住小拓。她的頭髮長度和裙子的顏色都跟我很像，光看背影或許會認錯。

兩人身邊，還有一個露出安心表情的男人，應該是小拓的爸爸。

「朝美，不是妳的錯啦。」

是一位懂得替人著想的先生呢。我看著這對新手爸媽和他們的孩子，心頭一陣感動。

那位爸爸客氣地對我低下頭。

「不好意思，給您添麻煩了。」

「不會不會，幸好我沒帶他到別的地方去。」

媽媽抱著小拓，一副快要哭出來的樣子，一邊深深鞠躬一邊說「真的很謝謝您」。

從小拓開始「倒帶」的話，最後應該會回到這對夫妻身上吧。就像真吾的生命也始於我與阿讓的相遇。

剛才遇見年幼時的真吾，時間可能頂多只有一分鐘。

可是對我而言，那就像是放入了永恆的一段時光。

一定不要忘記。要是哪天再次因為無法理解真吾而煩躁，絕對要想起這段時光。想起我的人生裡，確實曾經擁有如此喜悅的時光。

回到家，真吾坐在客廳裡的電腦前。

「我回來了」，我這麼說。真吾看我一眼，小聲回答「回來啦」。

我脫下大衣，在洗手台洗完手，漱好口，拉張椅子坐在真吾身邊。真吾似乎嚇了一跳，往後退了點。

「這個啊，忘了拿給你。」

我把荏柄天神社的護身符遞出去。真吾心不甘情不願收下，表情不太高興。護身符上繡著大大的「學業御守」。他大概不太想收下吧。可是不是的，除了菅原道真的保佑之外，護身符裡也蘊含了我深切的祈願。

祈求真吾的學習，能以他最心目中最好的形式獲得成就。

不必仰賴神社保佑也沒關係，因為這孩子生來頭上就自備鳥居了嘛。

我往後坐穩，指著電腦螢幕說：

「也給媽媽看看吧，真吾的影片。」

真吾靜止了三秒左右，像在思考什麼。接著，他依然不說話，只是慢慢操作滑鼠。

我和真吾一起看了幾個影片。

「倒倒倒倒，倒帶～」

巧克力慢慢倒退，成為印尼農園裡結出的可可亞果實。一本筆記本慢慢倒退，成為森林裡成群的樹木。跟阿讓給我看的早期美乃滋影片相比，後來的影片愈來愈清楚易懂，看得出花了工夫製作，翻頁動畫的畫功也進步許多，看了甚至會感動。

影片累積多了之後，類型也增加了。除了東西的製造過程外，他還製作了物流過程的影片。比方說，一封信從寄件人手中到收件人手中，會經過多少人的手。還有還有，滿滿一杯水、日光燈的光線、瓦斯爐的火。

真吾的視野就這樣拓展開了。平常不經心映入眼簾的東西，是從哪裡、經過怎樣的過程出現在眼前的呢？再下去還會有什麼，會出現誰？注意到這一切的真吾眼瞳裡，世界上每個角落一定都閃耀著值得驕傲的光輝。

我發出讚嘆聲，提出問題。一開始還有所警戒的真吾，語氣也漸漸放鬆，最後更略顯興奮地向我說明各種事。

「我想知道更多更多。想用自己的雙腿走遍日本每個地方，去認識在不起眼的角落淡然做著偉大工作的人們，也想將這些訊息散播給全世界，將大家串連起來。」

坐在我身邊熱切闡述理想的真吾，臉頰上長著快化膿的青春痘。

幼時的真吾當然很可愛，可是，一臉青春痘的真吾對我來說還是一樣可愛。世界第一可愛。

我永遠都會是個把孩子當寶的傻媽媽。像個大笨蛋一樣只會把自己的孩子當寶。就算這樣又有什麼關係。

不管要不要考大學，或是將來從事什麼工作，之後的事暫且先放下吧。現在，我想聽聽現在的你說的話。

廣啾。

這好像是真吾身為YouTuber時使用的名字。大概是從姓氏的「廣中」變化而成的吧。

又看完一部影片了，在下一部開始之前，短暫的等待時間中。

我喊了他。

「真吾。」

真吾轉向我。喊了他的名字之後，他只是默默看著我，接著，像想起什麼似的笑了。轉動那雙跟我很像的小眼睛。

然後，他只是有些羞澀地，小聲低喊「媽媽」。

二〇〇七年
壽司捲篇
Kamakura Uzumaki Annaijo
Kamakura Uzumaki Annaijo

那位年老的算命師自稱人魚，態度敷衍地推了一張便條紙過來，要我寫上姓名和出生年月日。凹陷的雙眼之間，有著鼻梁高挺的氣派鼻子。

便條紙是用背面空白的傳單裁成，隱約透見正面只穿內褲的男模特兒。

我照她說的寫下自己的全名和出生年月日。

「日高梢小姐是嗎，三十二歲啊。」

人魚打開一本翻得破破爛爛的厚書，在跟學校交報告差不多大小的紙上刷刷寫下漢字。紙上隱約印著左右顛倒的「友引❷」，看來這張是用不要的日曆紙做的。

她用原子筆尖指著上面寫的「庚」字。

「庚。」

「妳啊，命中帶鐵。」

「鐵？」

「對，硬得像把刀。討厭模稜兩可，個性頑固。話雖如此，似乎倒也沒有攻擊性。只是會用近乎乖僻的頑固來保護自己罷了。」

被說了一堆根本不想聽的難聽話，心情瞬間好低落。正因她說得沒錯，所以才這麼難受。

自己的個性，自己最清楚了。平常不算命的我，特地跑來占卜，為的可不是來聽這些指摘。

今天，我和男朋友朔也約在鶴岡八幡宮碰面。我來得太早，只好在附近晃晃。碰巧看到一間叫「風水屋」的選品店，入口貼著一張紙，寫著「本時段提供算命服務！」。

算命費用是一千圓。幾乎出於衝動入內詢問店員後，就被帶到店內最後方這個用布簾隔起來的小房間裡，坐在人魚對面了。

「那個，我想問的是跟結婚有關的事……我現在到底該不該結婚……」

人魚「呼」地嘆了口氣，開始寫起數字來。

「喔，妳啊，適合從事跟言語相關的工作。還有，這邊顯示會用到紙的工作也很好。妳是做什麼工作的？」

聽到這個，心情振奮了一些。

「我在國中當圖書室老師。」

「不錯耶，再適合不過了。」

---

❷日本傳統曆法上用來表示吉凶的「六曜」之一。

人魚笑容可掬，原來她不只會損人啊。原本蒙上一層陰霾的心總算放晴了些。

「梢小姐，妳最好再柔軟一點。還有，要多補充土元素。」

「補充，怎麼補充呢？」

「可以在身上佩戴黃色或橘色的寶石。店裡有在賣，各式各樣的寶石都有，待會我幫妳選個合適的。」

人魚伸出一隻手，掀開小房間的布簾，指著店內放有手環、水晶珠和各種能量石的一角。

「那，請問……結婚呢……」

「喔喔，差點忘了。結不結都可以喔。以妳的情形來說，結不結婚對人生都不太有影響。」

我失望不已。什麼叫做結不結都可以啊。

就是因為無法決定才來算命的，她竟然這麼說。

「不管是結婚也好，工作也好，什麼事都一樣，妳最好多多借助身邊人的智慧喔。要好好聽人家說話。不願傾聽別人的意見也是妳的缺點。」

人魚把寫了數字的那張紙轉向我，自己站起來。看來，在我被指摘出更多缺點後，占卜到此結束。這樣要付一千圓，究竟算貴還算便宜，我也不知道。把那張紙折起來放進包包，正打算起身時，人魚忽然看著我說：

「……妳的耳朵長得不錯。」

「欸？」

留短鮑伯頭的我有個習慣，在做出什麼動作前，會下意識先把一邊頭髮塞到耳後。剛才大概也把右邊頭髮塞到右耳後了吧。不過，其實我不太喜歡自己圓圓厚厚的耳朵，基本上都會用頭髮遮住。

「嗯，外耳廓的形狀很好，要好好露出耳朵，這樣才能開運。」

「光是把耳朵露出來，運勢就會改變嗎？」

「妳可別小看面相學喔。肉體的特徵是最容易理解的訊息。像是富士額、鳥居髮旋等等。即使是與生俱來的出人頭地面相，也有可能被日常生活裡的小舉動扼殺掉原本的能量。所以，得善加運用才行。」

說著，人魚又掀起布簾，走進店內。我也跟著人魚走出小房間。

利用牆壁和櫃檯做展示的能量石，每一種都附上寫有名稱與功效的POP板，大致上以顏色分類擺放。

黃水晶、髮晶、紅玉髓。還有一種叫日長石的半透明寶石，亮晶晶的很可愛。我正想拿起來，人魚就阻止了我。

「啊，妳比較適合這個。」

她遞給我的是個蜂蜜色的水滴形鍊墜。同時，人魚像誦唸咒語似的說：

「琥珀。」

……琥珀。

老實說，我覺得很掃興。錯不在琥珀，只是它實在太不起眼了。別的不說，光是顏色就這麼黯淡。我是為了結婚的事來算命的，不是應該給我一些更——比方說粉紅色的可愛粉晶，或是優雅乳白色的月長石，店內還有其他很多令人心動的寶石啊。

「這個啊，很好喔。連我都想要。這麼大顆又這麼厚的琥珀，要是裡面有蒼蠅或螞蟻就貴得嚇死人了，但是這顆的價格，很實惠吧。」

「蒼蠅……」

「原價要九千三百圓，算妳便宜點，項鍊跟占卜費包在一起，含稅一萬整。」

我又還沒說要買，人魚就把琥珀放入我手中，還跟一旁的店員交代「算她一萬就好喔」。穿綠色圍裙的年輕女孩說「謝謝」，露出令人難以拒絕的閃亮笑容。

我無可推託，只好走向結帳櫃檯，人魚又回去小房間了。下一個客人似乎已在等著她。

一邊為一萬圓這預期之外的花費苦惱，一邊看店員結帳。不過，說不定這顆琥珀真的能拯救我。放在托盤裡的琥珀墜飾上，貼著寫有「Amber」的標籤。

「Amber？」

「喔、這是琥珀的別稱，Amber。」

Amber，要是人家問我，我就這麼回答吧。雖然這發音聽起來漫不經心，但也有點神秘，比起琥珀，這個名稱還比較好。

「您要戴上嗎？還是幫您包起來？」

既然是買給自己的，就不好意思浪費包裝紙和人家的勞力了。我回答「直接戴上」，便將項鍊掛在脖子上。

離開那間店後，朝鶴岡八幡宮走去。手錶顯示離約定碰面的時間還有十分鐘。

上個月，我被求婚了。

朔也大我四歲，我們相識於我任教的國中。一間位於橫濱的私立國中。

經常在下課時間或放學後來圖書室的朔也，總會跟我閒聊幾句，後來彼此也開始推薦對方自己喜歡的書。專攻理科的他，除了圖鑑百科和專業雜誌外，還經常閱讀小說。

兩年前，第三學期開學第一天，放學之後，一如往常造訪圖書室的他，隔著櫃檯告訴我，他要離職了。接著，又像順道一提似的說：「可惜見不到妳了，虧我這麼喜歡日高老師。」

我聽不出他這話有幾分認真，當他提議「今天要不要一起吃晚飯」時，也找不到理由拒絕。從此之後，我們不時會見面，後來就這樣了。

原本在橫濱市內跟父母同住的朔也，三月時搬到了鎌倉。聽說他爺爺把房子送給了他。於是朔也辭掉學校老師的工作，開始在鎌倉的小型私人補習班任教。老實說，這狀況令我有點難以理解。朔也明明很受學生歡迎，也幾乎沒聽他抱怨過學校的工作。

聽他說，是在爺爺送他鎌倉的房子時，正好得知附近補習班招募老師的消息，直接與補習班主任見面後，覺得就是那裡了。竟然這麼輕易就決定換工作，放棄好不容易才考取的教師執照和至今累積的任教年數。

我住的小套房，用走的就能到任職的學校。朔也自從自己搬出來住之後，或許因為不必顧慮父母，比起住在老家時更常來我家。

那是七月第一個星期天下午的事，我正把剛煮好撈起的麵線放進冷水，站在一旁切茗荷的朔也忽然說：

「我們結婚吧。」

沒頭沒腦，突如其來的這句話，語氣就像水龍頭裡流出的水那般順暢自然。

我是這樣回答的：

「為什麼？」

自己都覺得這回答真過分，可是，這真的是我單純的疑惑。為什麼要結婚？

然而朔也絲毫沒有不悅，還笑著歪了歪頭說：

「為什麼喔？因為我想跟梢結婚啊，就只是這樣而已。」

原本就下垂的雙眼笑得更垂，變成了一張「老好人臉」。看到這樣的他，我自然而然以類似的態度回答：

「嗯，好啊，沒什麼不行。」

「太好了。」

………就這樣嗎？

當然，說不高興是騙人的。要是不喜歡，我也不會回答「好啊」。可是，總覺得求婚應該是在更「非日常」之中，經過縝密準備之後進行的事。比方說，在生日或耶誕節這天，地點也要選擇看到夜景的餐廳之類的。雖不強求訂婚戒指，但也希望他能說出更有震撼力的求婚台詞啊。都是他用這種聽起來跟「我們去便利商店吧」差不多的輕鬆態度求婚，害我用了同樣的輕鬆態度接受。

拜見雙方父母的環節也草草結束，今天來鶴岡八幡宮，是因為決定舉行神前式婚禮，先來勘場。本來應該一起來的，今天早上朔也補習班學生忽然說要商量升學就業的事，才會臨時改成直接在這裡碰面。

提議舉行神前式婚禮的是朔也。理由是，既然今後要在鎌倉一起生活，與其舉辦華麗的婚宴派對，不如選擇莊嚴隆重的神前式比較好。不過，我知道這只是對外說法，實際上最大的原因，是因為這樣能大幅節省婚禮費用。一般的婚禮和婚宴辦起來花費高得嚇人，擬定賓客名單時又得多所顧慮。若是改成神前式，只要邀請近親好友，結束後大家一起去餐廳吃飯就夠了。

朔也有學生要照顧，我又在學校任職，日期就訂在彼此工作告一段落的年度尾聲。朔也詢問的結果，神社三月也有比較多的空檔[3]。於是，我們打算先來探勘一下場地，如果覺得可以接受，那就當場訂下來。

可是，事情都進行到這一步了，我卻發現自己內心深處有些無法接受的地方。發神經似的跑去算命，還買下自己絕對不會主動掏錢的昂貴琥珀鍊墜，就證明了我內心還有猶豫。

苦惱到不小心發出「嗯……」的聲音，趕緊摀住嘴巴。猛地抬起頭，察覺似乎錯過該轉彎的地方了。大概因為一邊想事情一邊走路，我好像走錯路了。

回頭打算沿來時路走回去，忽然一股不對勁的感覺油然而生。

拉下鐵門的和菓子店。只有穿著浴衣的無頭假人模特兒站在店頭的和服店。我剛才有路過這樣的地方嗎？路邊雜草叢生，一旁還有Mello Yello飲料的黃色空罐滾落在地。柏油路上冒出氤氳的熱氣。

汗珠從脖子滑落。喉嚨乾渴。為什麼都沒有其他行人路過？

只要能先回到小町通或若宮大路，總有辦法找到路吧。拿出手帕擦拭脖子和額頭的汗水，梭巡的視線一邊找尋自動販賣機，一邊靠直覺往前走。

接連經過好幾戶民宅平房，院子裡卻都沒有人。繞過一棟白色洋房圍牆後，出現一間散發古早味的什物店。想上前跟店員問路，店家竟看似公休，門上掛著「CLOSE」的牌子。

店門是玻璃門，看得到裡面的樣子。狹窄的店內，牆上和架子上擺滿時鐘。看起來都有在動，但指針指的時間完全不對。

傷腦筋啊。我剛嘆完氣，就發現店面旁的角落豎著一塊招牌。老舊的板子

❸日本學校的新學期年度始於四月。

上，寫著「鎌倉漩渦服務中心」。龍飛鳳舞的字跡下方，還附上一條紅色箭頭。

雖然不太容易發現，這棟建築外側有一道通往地下的室外階梯，服務中心似乎就在那裡。

踩上水泥階梯，心裡又遲疑了。說是服務中心，會不會其實是某種新興宗教，也可能是推銷可疑課程的地方。萬一進去了出不來怎麼辦？

正想回頭，冰冷的水滴忽然落在臉頰上。

滴答、滴答滴答、滴滴答答——

毫無預警下起了大雨，我縮著身子匆匆跑下階梯。為什麼？剛才天氣還那麼好。

階梯盡頭是一扇紅褐色的鐵門。不然姑且打開看看吧，我伸手抓住圓形的門把。盡可能不發出聲音扭轉門把，做好要是有可怕的人出來立刻轉身逃跑的準備。門的後方是另一道繼續通往地下的階梯。黑色的牆壁，細細的螺旋階梯，空氣涼涼的很舒服。追求涼爽的身體本能戰勝恐懼，我開始慢慢沿著團團環繞的螺旋階梯下樓。

沿著階梯下樓時，原本黑色的牆壁，以漸層的方式愈往下變得愈藍。樓梯扶手上掛著橘色的電燈泡，溫暖的光芒減緩內心的不安。對這裡的看法，甚至從可疑轉變為夢幻。

下到最底端，出現一個差不多半間教室大的小空間，裡頭有兩位老爺爺。他們在靠牆的圓桌邊相對而坐，正在下黑白棋。就在他們頭頂上方的牆上，掛著螺旋貝殼狀的裝飾品，讓我聯想到下來前看到的時鐘。

不過，除了這些之外，空間裡什麼都沒有。完全沒有其他東西。這裡，真的是旅客服務中心嗎？

老爺爺們同時朝我轉頭。兩張臉像同一個模子印出來的，一模一樣，我忍不住揉揉眼睛再看一次。

「妳走散了嗎？」

其中一位老爺爺說。

他優雅的氣質和平靜的表情使人安心，但我仍有些困惑。

雖說確實迷了路，但我是一個人走來的，用「走散」形容似乎不太對。但是，老爺爺這句話，又正好說中了我的現狀。是的，我走散了，和朔也走散了，從結婚這件事上走散了。

「……對，算是吧。」

我低著頭回答。另一位老爺爺頻頻點頭說：「那真是辛苦妳了。」兩位老爺爺倏地起身，動作配合得天衣無縫。身穿看上去相當高級的灰色西裝，一起朝我鞠躬。

「在下外卷。」

「在下內卷。」

外卷。內卷。原來如此，我恍然大悟，忍不住想拍大腿。這對老爺爺應該是雙胞胎吧，但是瀏海和鬢角配合名字分別朝外側和內側捲曲。真有巧思。

「我叫日高梢。」

解除了戒備，我輕輕點頭自我介紹，胸口的鍊墜隨之晃動。

「喔，這真不錯，是很優質的Amber呢。」

外卷先生微微往前探身，他說Amber而不是琥珀，讓我有些驚訝。

「是啊，我剛才買的。」

應該說，被強迫推銷的。我輕輕撫摸琥珀，就算只是客套話，被稱讚還是挺開心。

「很適合梢小姐呢，從大小和顏色來說，都是很好的安排。」

笑咪咪的外卷先生和嚴肅的內卷先生沉默了三秒左右。外卷先生又重複了一次。

「很好的『Am排』。」

……安排和Amber。他是在講雙關冷笑話嗎？我不知道。

內卷先生依然不予置評，慢慢轉向我。

「Amber是天然樹脂的化石，聽說語源來自阿拉伯語的Anbar，意思是『在海上漂流』。取暴風雨過後，被海浪打上岸邊的意思。還有……」

目光望向某處遠方，內卷先生以告白般的語氣說：

「也有人稱其為人魚的眼淚。」

人魚的眼淚？

我想起那個愛詆毀人的算命師。有點難想像她哭的樣子。

「那其實跟一個悲傷的傳說有關……愛一個人，無法用道理解釋……」

外卷先生露出哀愁的表情。

「那是怎樣的故事呢？」

我這麼問，外卷先生就迫不及待吶喊：「波羅的海的傳說，人魚的眼淚！」

仿效歌舞劇演員伸展雙臂，做出歌唱般的姿勢。

「這是從前從前，很久以前，美人魚尤拉特的故事。尤拉特墜入情網，對象不出所料是個漁夫。身為女神的人魚和人類談戀愛是禁忌，憤怒發狂的天神為了拆散兩人，用落雷殺死了漁夫。悲傷的尤拉特日日夜夜流下大顆的眼淚，變成了Amber，就是琥珀。這就是為什麼，後來每當大海掀起驚濤駭浪，就會有琥珀漂流到海岸邊。」

「……好過分的故事。」

「琥珀的由來眾說紛紜，故事裡也夾雜了各種說法。」

要是自己像那樣失去了戀人，我還能再談一場新的戀情嗎？尤拉特大概會一直不斷地哭泣，永遠愛著那位漁夫吧。

我內心一陣感慨，內卷先生說：

「那件事先擱一旁，來聽聽梢小姐想說的話吧。」

先擱一旁，聽我說話。不是夢幻的人魚傳說，而是現實中的我的事。對了，我來這所服務中心，是為了問路。

「那個……我跟男朋友約在鶴岡八幡宮碰面……」

之所以約在那裡，是為了先探勘舉辦婚禮的場地……對，我要結婚了。

明明這裡已經一點也不熱，我卻忽然頭暈。

——朔也的爺爺，以生前贈與的方式將那間有八十年歷史的老房子送給他。原本爺爺和奶奶兩人住在那裡，後來朔也的伯父在鎌倉市內蓋了一棟有無障礙空間的兩代同堂住宅，把爺爺奶奶接過去一起生活。爺爺原本是鎌倉雕的師傅，在那一代聽說名氣不小。爺爺說，接下來他就要好好享受退休生活了。

我不常去朔也在鎌倉的這個家。因為那裡總是有別人在。不是朔也的朋友，就是朋友的朋友的朋友，或是關係更遠的朋友。

一樓有三個房間，二樓有兩個房間。的確，一個人住的話，那房子太大了。二樓原本是爺爺的徒弟住的地方，有點像宿舍。

不過，也不能因為這樣，就把自己家當成朋友群聚鬼混的地方吧。我曾遇過朔也的朋友裸著身子從浴室出來，或是以為家裡沒有其他人，卻聽到二樓傳出打呼的聲音。那種時候，我就直接轉頭回家。

可是朔也卻很得意，或者該說來者不拒。他總說「大家都是好人」，隨時敞開大門歡迎。

我提出要求，希望結婚後不要再有這種事。不知道陌生人什麼時候會在家，在這樣的環境下我無法安心過日子。

「那是當然的啊。」

朔也說。

「不用等結婚後，從現在開始，我會拒絕他們的。」

我相信了朔也的話，打算暑假期間來這邊過夜，順便檢查屋裡有哪些需要修繕的地方，也可以計畫一下還要添購哪些新家具。

就這樣，進入八月後，我拖著裝了衣服和日用品的行李箱來到鎌倉。

昨天傍晚，因為朔也還沒給我備鑰，到達時，我按了門鈴。沒想到，屋內傳出不是朔也的聲音，不久，門打了開。

「歡迎回來。」

我懷疑自己的眼睛。

出來的是一個外國女孩。褐色的長髮，淡咖啡色的眼珠。白皙的皮膚上長了很多雀斑。

以為自己跑到別人家了，扭轉身體確認門上的名牌。田町。是這裡沒錯啊。

女孩用食指指著自己太陽穴，用生疏的日語說：

「啊、不對。歡迎光臨？」

「請問，田町朔也呢？」

我明明該先問她是誰，說出口的卻是這句話。她笑著回答「去grocery了」。grocery，什麼東西啊。

這時，背後傳來「妳這麼早就到啦」的聲音，是朔也。我疑惑回頭，朔也絲毫沒察覺我表情不悅，推著我走進玄關。

「她是梢，我的未婚妻。就是fiancee啦。」

朔也一個字一個字仔細發音，向女孩介紹我。女孩點點頭。

「我的名字，潔西卡，威爾森。」

名字叫什麼都無所謂，我想知道的是，妳為什麼在這裡。

我們脫下鞋子，走進客廳。

朔也說，潔西卡是朔也朋友的朋友，來自布里斯本的澳洲人。二十三歲的她，一年前來日本打工度假。因為就快回澳洲了，手頭沒什麼錢，從今天開始到回國的這三天，希望可以借住朔也家。

先泡茶吧。這麼說著，我把朔也拉到廚房，壓低聲音說：

「你不是已經答應我要拒絕這種事了嗎？」

「欸？可是她是女生啊？想說不是男的應該沒關係吧，再說，她也沒錢住飯店，正在傷腦筋啊。」

首先，我真的受夠了。接著，我發現朔也根本沒發現我抗議的是什麼，不禁一陣錯愕。

「既然這樣也沒關係，但你先知會我一聲不就好了嗎？」

「抱歉，因為是今天早上的事，反正我們今天就要見面，到時候再講也沒差嘛。」

「那我三天後再來。」

伸手去拉行李箱，赫然發現，這不就表示朔也跟她要在這屋子裡獨處三天嗎。這樣好嗎？不安的情緒翻湧心頭。

端著裝了麥茶的托盤回到客廳，潔西卡站在電視前看綜藝節目。突然，她一邊揮舞雙手，一邊抬腳跺地。

「那種事才沒關係！那種事才沒關係！」

是小島義雄。最近爆紅的搞笑藝人，總是只穿一件內褲上節目，超紅的，不管走到哪都能看到這個。

在學校也是，因為高喊「那種事才沒關係！」的學生在課堂上造成妨礙，學校甚至得明令「禁止模仿小島義雄」。

「嗨，歐趴皮！」

配合小島義雄的動作和台詞，潔西卡樂不可支地張開雙臂。接著，對正把裝了麥茶的玻璃杯放到桌上的我說：

「歐趴皮是什麼意思？」

「沒有意思吧，就是順勢說好玩的。」

「順勢？順勢是什麼意思？」

用英語該怎麼說明好呢。看我一臉為難，朔也開口了。他有英文檢定一級的資格。

「因為很開心就這麼做了的意思。Just for fun。」

「喔！」

潔西卡一副恍然大悟的樣子點頭。

然後，她又忽然湊到我面前，雙眼直盯著我瞧。

「梢的皮很好呢。」

「皮？」

「Skin，不是皮嗎？」

潔西卡伸手拍了拍我的臉頰。我扭動身軀閃過這毫不客氣的舉動，朔也卻笑出來。

「如果是那個意思的話，要說『皮膚很好』。」

「噢，哪裡不一樣？好難。」

潔西卡皺起鼻子，用食指指著自己的臉。她或許很在意臉上的雀斑。

雖說算是被稱讚了，內心卻湧現一股不開心的情緒。用手拍打剛認識的人的臉，這種舉動不知出自她個人的獨特性格，還是澳洲人都這樣。朔也也有問題，眼睜睜看到自己女朋友被人家打臉，居然還笑得出來。不只如此，他連我討厭什麼都沒發現，使我產生新的不安。

不光是潔西卡的事。

使我陷入憂鬱的關鍵，是那之後，和朔也一起去蔬果行時發生的事。

「哎呀，是田町老師。」有人跟他搭話，似乎是朔也學生的媽媽。

「這是您女朋友？」

對方用充滿好奇心的視線打量我，朔也回答「我們要結婚了」。

「哇！田町老師終於要修成正果啦。」

「是啊。」

朔也展現開心的微笑，那位媽媽雙手一拍，接著說：

「那可真是恭喜呀。不過啊，結婚雖然是終點，但也是起點喔。」

這是一句老生常談，從那位媽媽臉上表情看來，她或許認為自己「身為人生前輩，給了很棒的意見」。我臉頰抽搐，勉強露出笑容，一心希望朔也趕快離開這個地方。然而，朔也卻回答「原來如此，學到一課了」。

這麼一來，那位媽媽更是誇張地瞇細眼睛，用戲劇化的語氣說：

「現在是最棒的時期了呢。」

我勉強揚起的嘴角終於忍不住下垂。

我懂，人們就是愛對已經訂婚的人說這種話。

可是，這句話在我心中拋下的錨，卻是出乎意料的沉重。

現在是最棒的時期？

妳的意思是，現在是幸福的巔峰，不會再更幸福了？為什麼偏要挑在我如此不安煩躁的時候說這種話。

難道接下來只會愈來愈壞嗎？

我為什麼要和朔也結婚？

因為喜歡他？那，如果不再喜歡了呢？

為了追求經濟上的穩定？不，只要我繼續努力工作，總有辦法養活自己。因為想要小孩？現在的我不可能。看到職場上那些情緒起伏激烈的國中生，我還沒有自信成為母親。

為了一起生活？這是最不成理由的理由。如果只是想一起生活，跟誰都可以吧。比方說，跟潔西卡那樣第一次見面的外國人，像這樣住在同一個屋簷下。

「結婚這麼重要的事，可以那麼輕易就決定嗎？我跟朔也的婚姻真的能順利嗎？這些事，我愈想愈不懂了。現在應該是最棒的時期，我卻不怎麼開心，這樣的自己也讓我感到難受，又覺得對朔也過意不去……我或許不適合結婚。」

我這麼一說，兩位爺爺忽然身手矯健地並排站到我面前，各自舉起雙手，豎起拇指。

「精采的漩渦！」

「……咦？」

拇指指腹出現團團打轉的漩渦，看著看著，我不由得頭暈目眩起來。

就在這時——

牆上的螺旋貝殼忽然像發條一般轉動。狐疑地看過去，貝殼蓋掀了開，從裡面蹦出蠕動的腳。

「……噫！」

沒想到那是活的，恐懼使我發不出聲音，嚇得躲在內卷先生背後。內卷先生鎮定地說：

「沒事，不是什麼可怕的東西。這是我們中心的所長。」

「所長？所長是指……」

重新好好觀察，這種螺旋貝殼倒也不是沒看過。話雖如此，那多半出現在插畫之類的東西上，不是實際存在的生物。

「是鸚鵡螺……？」

「不，這是菊石。兩者很常被搞錯，菊石和鸚鵡螺算是遠親吧。」

外卷先生這麼說。為什麼這個時代還會有活著的菊石啊？

腳的根部露出漆黑的眼睛，四處東張西望。看上去真的非常詭異，但牠應該不是具有攻擊性的生物。我依然躲在內卷先生背後，打量那隻叫「所長」的菊石。所長離開牆壁，我情不自禁後退，但牠並未朝我這邊飛來。只見所長不停上下移動，發出咻轟咻轟的聲音，比想像中嚇人。

唔嗯唔嗯。內卷先生點點頭。

「所長說，結合很重要。」

「結合？所長這麼說嗎？」

我有點傻眼。

換句話說，是要我別囉囉唆唆，趕快結婚就對了？這是內卷先生的意見嗎？

不料，外卷先生搖了搖頭。

「不對不對，剛才說的是『獨立很重要』才對吧？」

這是外卷先生的建議嗎？還有猶豫的話，就應該保持單身，自己打拚？

內卷先生皺起眉頭。

「不對，所長說的是結合，我沒搞錯。」

「不不不，是獨立才對！」

「就跟你說是結合了！」

一模一樣的兩張臉爭執著，我居中緩頰。

「請別吵架，不管怎樣都好。」

人魚也說了類似的話。結不結婚都沒關係。

「呼——」內卷先生嘆了口氣。接著，順了順捲起的鬢角，朝遠方伸出一隻手。

「那麼，就讓我們來為您帶路吧。」

帶路，是要帶到哪裡去啊？朝他指示的方向望去，看到某樣白白的東西。

內卷先生往前走，所長悠悠飄浮在他頭頂上方，外卷先生迅速跟上，我也跟上去。

明明只是個小空間，卻不知為何走了好久。在內卷先生帶領下走到房屋角落，那裡有個大甕，顏色是極淺的藍色。

「真漂亮。」

我打從內心讚嘆，內卷先生回應：

「這種顏色叫甕覗。關於由來也是眾說紛紜，有人說是用來表示甕裡裝的水映出的藍天。」

原來是這樣啊。我再次發出佩服的讚嘆。

「以前的人好風雅喔，明明只要說水藍色就知道了，卻會像這樣為顏色取各種名稱。好像換了個稱呼，本質就跟著改變了似的。」

「喔喔，不愧是圖書室老師，連感想都這麼有文藝氣質。」

「咦？我有說過自己是圖書室老師嗎？」

沒有回答我的疑問，外卷先生招招手。

「那麼梢小姐，請過來這邊。」

照他所說走過去，站在外卷先生身邊。甕裡的水裝了八分滿。水無色透明。但是，不管怎麼盯著看，都只看得到「甕覗」的顏色，看不到甕底。這時，所長也漂到甕上方了。才一眨眼，甕中水花四濺，所長掉進了甕裡。我眼睜睜看著牠一邊打轉，一邊往甕底沉沒。

事出突然，我只能緊張地望向兩位老爺爺。然而他們一臉若無其事，一點也不驚訝。我問外卷先生：

「這個甕沒有底嗎？」

「煩惱這種東西，是沒有盡頭的。」

外卷先生如此喃喃低語後，瞬間又換成開朗的語氣：

「請再往甕裡看一次。」

我朝甕中窺探，水面仍有一圈一圈的漣漪。最外側那圈拉出一條黑線，中間的幾圈則色彩繽紛地躍動起來。萬花筒般的景象吸引了我的視線，看了一會兒，線條慢慢停止轉動。

這是……

「妳看到了什麼嗎？」

內卷先生問，我說出看到的東西。

「壽司捲？」

像惠方壽司捲或助六便當裡那種粗的壽司捲。我還想看清楚一點，壽司捲的影像倏地消失在甕裡。

「那麼，梢小姐諮詢的結果，就是壽司捲。」

「欸？」

外卷先生的話聽得我張大嘴巴，這次輪到內卷先生說：

「想必這將成為幫助梢小姐的道具。」

外卷先生又特地叮嚀了我一次：

「所長說的是獨立喔。」

內卷先生也不甘示弱：

「是結合！我不可能搞錯！」

這樣下去沒完沒了。到底誰說的才是正確答案，看來是無法決定了。

「啊——好啦，兩者我都會好好記在心裡的。」

我制止兩位老爺爺，內卷先生清了清喉嚨說：

「請從這扇門回去。」

他舉起的手，指向一扇白色的門。在深藍色牆壁襯托下，這扇門非常顯眼，為什麼剛才我都沒注意到？

朝白門走去，我心想，結果來這裡到底問到了什麼？結合、獨立、壽司捲？

「請自行取用。」

聽到外卷先生這麼說，我才看到門旁邊的小櫃檯上有個藤籃。裡面堆滿包在透明玻璃紙裡的藍色漩渦圖案糖果。

「遇到麻煩時就吃這漩渦糖果。」放在旁邊的小卡上寫著這行字。外卷先生慎重地說：

「一人只限一顆。」

「喔、好……」

要是遇到什麼問題，這糖果能幫我解決嗎？拿起一顆糖果丟進托特包。像是確定我拿了糖果之後，內卷先生說：

「鶴岡八幡宮就在對面。」

「對面？這裡不是地下嗎？」

「那麼，路上小心。」

老爺爺們整齊劃一地對我鞠躬。這種結束方式，讓我不好意思再多追問什麼。

「……謝謝。」

我不得已這麼說著，打開那扇門。

像突然被強光照射，視野一陣明亮，我忍不住閉上眼睛。耳邊傳來蟬鳴，身體被一團高濕度的蒸騰熱氣包圍。不解自己怎麼從地下上來的，睜開眼睛一看，眼前是巨大的朱漆鳥居。鶴岡八幡宮。

怎麼回事？

急忙回頭確認，白色的門已消失蹤影。

只有若宮大路上的參拜道，光明磊落地筆直延伸。

朔也傳簡訊來說他在路上了。學生商量升學就業的事比預期多耽誤了一點時間。

離約定碰面的時間已超過十分鐘，也就是說，我在這裡等了朔也二十分鐘。站在鶴岡八幡宮前，看一眼手錶，不知為何竟然與走出風水屋的時間差不多。

天氣熱得我精神渙散。或許不只這緣故，思考迴路也幾乎停止運轉。那所服務中心到底怎麼回事？我的頭腦出了什麼問題嗎？別說雙胞胎爺爺了，菊石什麼的，太扯了。

站在鳥居前發呆時，朔也走過來，「抱歉抱歉」一陣道歉之後，看到我的鍊墜。

「啊、這是琥珀？」

他低喊的聲音，讓我回過神來。

「嗯。」

「讓我看看、讓我看看。」

朔也拉起鍊墜，整張臉湊上來。平常他對我身上穿戴的飾品完全不感興趣，現在大概是生物學阿宅的熱血沸騰了吧。凝神觀察了琥珀好一會兒，才帶點遺憾地說：

「裡面沒有蟲喔？」

「沒有啦，有蟲多噁心。」

「才不噁心呢！那可是將好幾億年前的時光封在裡面耶，明明就很浪漫！」

對耶。

這麼一想確實很浪漫。不過我還是不想把蒼蠅或螞蟻掛在胸前當裝飾。

「《侏儸紀公園》不是也有嗎，從琥珀裡把吸了恐龍血的蚊子拿出來……」

朔也喜孜孜地講起來。我沒看過那部電影，今後應該也不會看。

事物的價值，真的對每個人來說都不一樣。

演藝圈的明星開離婚記者會的時候常說的「價值觀不同」，應該是決定性的因素吧。這麼一想，我又開始不安。

穿過鳥居，走在參拜道上，道路兩旁的攤販已經出來了。我看一眼賣剉冰的鯉魚旗招牌，朔也也在看。

「好像很好吃，先去拜拜，然後來吃那個再去勘場吧？」

「……嗯。」

我想牽手。

朔也察覺我想吃剉冰了。不管怎麼說，我都無法否認自己很依賴他的溫柔體貼。

「剉冰滿大一杯的耶，買一杯一人吃一半好了。」

從攤販面前走過時，朔也這麼說。

一人一半。

結婚或許就是這麼回事。就像兩個人分著吃一大杯剉冰。

可是，剉冰這種東西，其實每個人吃的時機和吃法都不太一樣。再說，也無法完全分成兩半，有時是貼心禮讓對方多吃點，反過來說，也有明明吃不下了，卻勉強自己繼續吃的時候。

現在的我們，手上各自拿著一小杯剉冰，要用湯匙還是吸管吃也是自己的自由。想趁冰還脆脆的時候吃完，或是故意等冰化成糖水再喝都可以。只有情侶才能各自用自己喜歡的吃法吃，一邊吃一邊互相說著「好好吃喔」。成為夫妻之後，一定就不可能這樣了。

縮回伸出的手，我默默走在朔也身邊。

完成婚禮場地的預約，我們回到家。

傍晚，朔也出門去補習班，家裡只剩我和潔西卡。潔西卡在客廳看電視，是娛樂新聞節目。

潔西卡像小孩子一樣趴在榻榻米上，一邊看電視一邊吃花林糖。規矩真差。注意到我，她轉過頭來。

「靦腆是什麼意思？」

電視上出現石川遼選手。喔，是靦腆王子❹啊。

「害羞之類的意思。」

「害羞之類？」

「呃……用英語來說，就是shy吧？」

「喔——」

潔西卡表示明白，把花林糖放進嘴裡，嚼得喀啦喀啦響。

石川遼選手才十五歲呢。沒記錯的話，目前是高中一年級的學生。這位備受期待的史上最年輕巡迴賽優勝選手，跟我們學校學生年紀根本沒差多少。他不只有高爾夫的才華，人品也很出色。要怎樣才能像他那麼穩重啊。我每天面對的那些學生比他幼稚多了，成天油嘴滑舌，不知道拿自己宣洩不完的精力怎麼辦。

「梢的王子是朔也嗎？」

潔西卡笑嘻嘻地說。我只揚起一邊嘴角，沒回答她這個問題。

桌上亂七八糟的放著潔西卡的私人物品。有喝到一半的百事可樂寶特瓶，有邊緣綻線的手帕，有看似經常使用，磕碰出許多傷痕的MP3隨身聽，還有撕破開口的OK繃紙盒。再旁邊是一本像是跑錯場子的單行本新書。看到那設計成全

❹石川遼選手因笑容靦腆，日本媒體給他取了靦腆王子的稱號。

白的封面，我情不自禁伸手去拿。

是黑祖洛伊德這個科幻小說作家出的新書。黑祖洛伊德的作品過去也算賣得不錯，只是支持者多半是狂熱書迷。直到上個月拿下無人不知無人不曉的大型文學獎，知名度才大幅提升。可以說是正當紅的作家。

這本硬皮書的書名叫《瓶中》，我還沒讀過。不以為意翻開封面，我驚呼失聲。

「怎麼會有這個！」

扉頁上出現黑祖洛伊德的親筆簽名，上面還註明「給潔西卡」。

潔西卡撐起上半身。

「今天我去散步。去了書店。是叫簽書會嗎？有那個。」

「哪裡的書店？」

「郵局後面那間有玩具的餐廳……電話箱隔壁。」

「電話箱？」

「嗯？telephone box不是叫電話箱嗎？telephone是電話，box是箱。」

「那個在日語裡叫電話box。」

「為什麼？」

「……為什麼啊，我也不知道。」

總而言之，她說的應該是濱書房。我是從「有玩具的餐廳」猜出來的。潔西卡口中的玩具，指的應該是潮風亭定食屋招牌上的風車。這兩個地方，朔也都帶我去過一次。濱書房是一間從以前開到現在的小小舊書店，我記得那裡會舉行各種活動或展覽。

我都不知道有簽書會。不知是否不喜歡出現在大眾面前，黑祖洛伊德很少舉行簽書會。就連頒獎典禮都不在媒體上露臉，不上電視也不接受雜誌採訪，所以我從沒看過黑祖洛伊德的長相。要是知道附近有這麼寶貴的簽書會，我一定會去參加的啊，難得都來鎌倉了。

「妳見到洛伊德老師了啊……好好喔。」

其實我稱不上黑祖的書迷，單純因為機會難得，感到好奇。黑祖洛伊德的書，我幾乎都沒看過。

「老師？朔也才是老師吧？」

「在日本，作家也稱老師喔。」

吼，真是麻煩。動不動就卡住，很難好好交談。

「潔西卡之前就知道黑祖洛伊德了嗎？」

「沒有啊。第一次聽說。我要看書學日語。」

連認識都不認識，竟然隨便散個步就遇上簽書會，全國的黑祖洛伊德書迷要是知道了，肯定恨得牙癢癢。這傢伙運氣真好。我闔上書。

隔天星期天，朔也一大早就在院子裡除草。

要是結婚之後住進這裡，這些事我也得做吧。正想出聲問要不要幫忙，潔西卡已經光著腳丫跑進院子裡了。看到她咯咯笑著跟朔也一起除草，我只好留在廚房洗碗盤。

熱水溫度忽冷忽熱。這麼說起來，浴室蓮蓬頭的水也不夠熱。

夏天還好，但是天氣變冷前，可得找人來把熱水器修好才行。朔也好像對這種事無所謂，我卻很在意。

按照洗好的順序，把碗盤倒扣在塑膠瀝水籃裡。

就像這樣，結婚這件事一點一滴一點一滴的接近現實。明明我自己都還沒完全說服自己啊。「現在還來得及反悔」的念頭掠過腦海。

朔也從簷廊走進屋內，往我身邊站。

「明天，潔西卡就要回國了不是嗎？」

「嗯。」

「今晚是她在日本的最後一個晚上，想說晚餐請她吃喜歡的東西，結果潔西卡說，她想吃壽司捲。」

……壽司捲。

我想起甕中浮現的壽司捲影像。能幫助我的道具。

「妳做過嗎？」

朔也問，我消極搖頭。

「那一起做來吃吧。」

朔也露出不由分說的笑容。他廚藝非常好，我只得把「買現成的就好」這句話吞回去。

下午，我和朔也出門去車站前的東急商店，採購做壽司捲的食材和壽司捲簾。蟹肉棒、酪梨、小黃瓜。還去魚店買了三到四人份分切好的鮪魚生魚片。朔也說，剩下的只要自己煎蛋捲就可以了。

四點多，將米飯口感設定為「偏硬」，按下電鍋開關時，朔也忽然大叫：

「啊——忘了買海苔！」

我也情不自禁用手遮住嘴巴。真的耶，忙著買包進海苔捲的食材，卻把海苔給忘了。

「我去去就回喔。」

看朔也拿起錢包，我就說：

「不用了，我去吧。你趁這段時間煎蛋捲。」

嗯。朔也點點頭。

「不用去到東急商店，只是買海苔的話，附近有間類似便利商店的小店，那裡就有賣了。妳可以跑一趟嗎？」

朔也簡單說明那間店怎麼走。

「那間店叫桐谷商店。」

說著，朔也想拿錢包給我。我有點驚訝，舉起一隻手揮了揮。把整個錢包交給我，這責任未免太重大。

「沒關係啦，這點小錢。」

我抓起放在客廳一角的托特包，走出家門。這是我平常用的包包，自己的皮夾也放在裡面。

要是結了婚，就會像這樣什麼都與對方共享了嗎？錢、房子，還有姓氏。

姓氏。

我的姓會變成田町呢。田町梢。儘管沒有非姓日高不可，自稱田町還是有點怪怪的，不知道要到什麼時候才會習慣。接電話的時候也要說「我是田町」嗎？印章、駕照和保險證上的姓氏全部都要換成田町。這表示我屬於朔也嗎？

找到桐谷商店了，是一間小小的食材雜貨店。

店頭擺著各式各樣的泡麵和烏龍茶寶特瓶。在這樣的大熱天裡，直接曝曬在太陽底下沒關係嗎？

走進店內，在放柴魚乾和香鬆的架子上找到海苔。「壽司用烤海苔，全型十片裝。」這種就行了吧。店裡的冷氣開得太強，甚至可以說有點冷。

帶著海苔去結帳，正在讀週刊雜誌的婆婆抬起頭。表情嚴肅的臉孔正中央，有個魔女般的鷹勾高鼻，好像在哪看過。

是人魚。

我在驚訝中將海苔放在櫃檯上，人魚說「三百九十六圓」。這聲音，準沒錯了，果然是那個算命師。

看我愣愣站在那，人魚疑惑地抬頭看我。

「三百九十六圓啊，妳忘了帶錢包嗎？」

「啊、不是。」

我趕緊拿出錢包。人魚的目光忽然停在我胸前。那條琥珀項鍊，後來我一直戴在身上。

「……喔喔，妳來過風水屋。」

「您是那間店的人嗎？」

「算是啦。我是這間桐谷商店的老闆，偶爾也當算命師。」

人魚把海苔的條碼打進收銀機，發出「嗶」一聲後，她又說：

「妳住這附近喔？」

「可能過不久會搬來……如果有結婚的話。」

「妳很猶豫嘛。就這麼討厭那個男的嗎？」

「不是這樣的。」

我低下頭，人魚揚起嘴角，露出不討喜的笑容。

「可以和自己愛上的男人結婚，居然還說那種話，真是太奢侈了。來算命的女客，有一半都是想結婚卻沒辦法的人喔。」

我很清楚會被這麼說。就是因為清楚，所以對誰都說不出口。

把我掏出的千圓鈔票放入收銀機，人魚拿出找零。

「不過確實啦，最近像妳這樣的人也變多了。不久以前，女人只要過了二十五歲未婚，就會被說成賣剩的耶誕節蛋糕，年齡愈接近二十五歲就愈急著想結婚。」

「說那種話真過分。」

要是照那種說法，三十二歲未婚的我豈不是過了除夕都還賣不掉的蛋糕。

人魚把找零拿給我，一邊將海苔裝入塑膠袋一邊說：

「這是我當女人這麼多年來的直覺啦，就我看來，妳現在的煩惱不過是小Ｙ頭日子過得太幸福，連腦袋都不清楚罷了。或許是因為沒有遇到阻礙吧，要是出現想拆散你們的人，妳喔，肯定拚了命也要跟妳男朋友結婚。」

阻礙。我想起尤拉特的傳說，提出疑問：

「人魚阿姨，難道妳就沒有過那種想法嗎？明明愛著對方，卻不想結婚，妳沒有過這樣的對象嗎？」

人魚停住正想將塑膠袋遞給我的手。

「……是啊，就算是我，當然也曾有過幾個心愛的男人。」

不經意換上一張溫柔的表情，人魚說：

「可是，我覺得現在的人生過得很幸福。丈夫個性老實，稱得上是個好男人，小孩也幫我們生了可愛的孫子。我孫子已經十一歲了喔。妳要好好珍惜身邊笑著的人，人家不是都說馬要騎過才知道好壞嗎。」

感覺好不可思議。原來人魚也結了婚生了小孩啊。明知她只是在比喻，我還是回嘴：

「我不喜歡馬，所以或許不行。」

人魚重重嘆了口氣。

「妳這孩子真是消極到了極點，試著彈性思考怎麼樣？我不是跟妳說過，要好好聽人家講話嗎。」

她說這話的語氣很不屑。我憑什麼要被根本不太認識我的人如此責備啊，感到悲哀的我也加重了語氣：

「妳說要我好好聽人說話，那種耳朵哪裡有賣啊？這間店有賣嗎？」

人魚把裝了海苔的塑膠袋遞給我，咧嘴一笑。

「問妳耳朵裡面的漩渦就知道了。」

漩渦。聽到這個，我立刻想起那所服務中心。

帶著彷彿做了一場夢的心情，恍恍惚惚回家的路上，我從包包裡摸出那顆糖果。所以，那確實是實際發生過的事。盯著上頭有藍色漩渦打轉的糖果看了好半晌，又把它塞回包包了。

回到家，朔也和潔西卡並肩站在廚房裡，不知道聊什麼聊得很開心。潔西卡手上拿著書，朔也在砧板上切酪梨。煎好的厚厚蛋捲也已經切成長條狀，裝在盤子裡。

潔西卡回過頭。

「啊、梢，妳去了grocery嗎？」

「grocery？我去的是桐谷商店啊。」

我從塑膠袋裡拿出海苔，朔也告訴我：

「那種小雜貨店，在英語裡就叫grocery。」

這名稱聽起來真時髦，簡直不像同一間店。第一次見到潔西卡那天她也說了grocery，原來是指桐谷商店嗎？

朔也拿著菜刀說：

「潔西卡說她想做粗海苔捲壽司。」

「我會加油。」

潔西卡單手握拳，另一隻手把書放在餐具櫃上。是黑祖洛伊德的簽名書。天真無邪的潔西卡。對她，我本來應該是沒有什麼好印象的，現在看到這樣的她竟然覺得好可愛。好羨慕她啊，可以對誰都這麼坦然直率。

沒錯。其實我很羨慕潔西卡。這份心情讓我愈來愈自卑。我做不到，無法像她那樣對初次見面的人敞開心房，也無法毫不猶豫地踏入人際關係中。

煮好的飯倒進醋飯桶，朔也淋上壽司醋，我用飯杓攪拌。米粒飽滿有光澤，冒出蒸騰蒸氣。香甜的醋味飄散，刺激著食慾。聽從朔也指示，潔西卡拿扇子對著醋飯桶搧，一邊搧一邊跳起類似盂蘭盆舞的舞蹈，三個人笑成一團。

「好，開始捲嘍！」

朔也攤開捲簾，放上海苔，再將醋飯均等鋪上去。像讓小孩躺在墊被上睡覺那樣，把食材一一放上去，最後靈巧地用捲簾捲起來。緊握幾次調整形狀後就完成了。

打開捲簾，出現一條漂亮的粗捲壽司。簡直就像拆禮物一樣感動，潔西卡和我忍不住一起發出「喔喔——」的歡呼。

可是，輪到自己捲時，才知道這比想像中難上許多。不是捲到一半食材噴出來，就是醋飯擠出來。潔西卡更誇張，明明跟她說明了作法，她還是連最基本的海苔正反面都分不清，也無法平均鋪上醋飯，最後只能在堤防般隆起的醋飯堆上散放食材。都以為她要放棄捲壽司，乾脆做成散壽司了，她又毫不遲疑捲起捲簾，結果只能用慘烈來形容。

「梢的問題是醋飯放太多了，還有，妳捲的時候太戰戰兢兢了。捲壽司的時候最重要的就是一鼓作氣，不要猶豫，上就對了。」

在朔也的指導下，我把捲好的第一條壽司放入盤中，再在捲簾上重新放一片海苔，打算從頭來過。

重要的是一鼓作氣，這樣啊。可是，我朝「毫不猶豫上就對了」的潔西卡做出的成果偷瞥一眼。

「潔西卡的問題在於太隨性，這樣也會失敗。」

朔也笑了。潔西卡也咯咯笑著說：

「失敗是什麼意思？」

「嗯……失敗啊，就是error？」

聽了這個解釋，潔西卡歪了歪頭。

「error？No——那不是error，只是和朔也做的不一樣。That's all。」

That's all。如此而已。那不是失敗，只不過是和朔也做的不一樣，如此而已。

朔也的表情也驀地正經起來，接著用力點頭。

「妳說得對，抱歉。」

我內心深受撼動，視線落在眼前的兩片海苔上。That's all。或許真是如此。

將三人捲好的壽司切好，裝進大盤子，我們一起享用晚餐。朔也還手腳俐落地做了放入鴨兒芹和手鞠麩的味噌湯。

各自從三人做的壽司裡挑選自己喜歡的，放在小盤子上吃。好像是捲的時候力道不足，我做的粗捲壽司用菜刀切到一半就崩了。潔西卡做的則已經稱不上是壽司捲，更像分成一小份一小份的散壽司。不過，她對自己的成品似乎非常滿意。

潔西卡大口咬下朔也做的粗捲壽司，眨了眨眼。

「好有意思！」

我和朔也面面相覷，笑了出來。朔也訂正她「是『好吃』才對吧」，潔西卡也不知道到底有沒有聽懂，只是笑著說「對啊」。

外國人學日語，或許比日本人學英語更難。日語常有模稜兩可的說法，潔西卡才來一年就能與人溝通到這種程度，實在很厲害了。

日語英語夾雜，我們三人天南地北閒聊。

潔西卡說她哥哥來日本留學過，所以她也想來看看。還說回國之後想考心理諮商師的執照。也提到她媽媽是義大利人的事。

潔西卡去廁所的時候，我跟朔也說：

「原來潔西卡是混血兒啊，她的爸爸媽媽是國際聯姻呢。」

朔也一邊喝湯一邊回答：

「嗯，不過對他們來說，這或許不算什麼特別的事。在澳洲，像她這樣的人很多，畢竟那裡是個多元民族國家嘛。這叫 melting pot 喔。」

「melting pot？」

「意思是熔爐，指許多不同人種及文化共存融合。」

把碗放在桌上，朔也抬頭看看上空。

「人種不同也能成為一家人，仔細想想，結婚真是一件厲害的事。」

一家人。

這詞彙令我有點緊張。朔也繼續說：

「不過，為什麼不同國家的差異會這麼大呢？有的國家盛行一夫多妻制度，也有像法國那樣，即使不正式結婚也一直在一起的伴侶很多。就算只看日本這個國家，不同時代的常識，有時也完全不同啊。才不過百年之間就有很大的變化，人類真是不可思議的生物。」

而我們即將去做結婚這件不可思議的事。成為一家人，這是多麼不得了的一件事。

潔西卡回來了。她一回來，朔也就走進廚房說「來切西瓜吧」。

潔西卡往我對面一坐，捻起一塊我做的粗捲壽司。

「朔也說，婚禮要在神社舉行？」

「嗯，應該。」

如果沒有取消的話。

「很棒，對吧？」

我沒說YES也沒說NO，抽動嘴角笑了笑。

這時，潔西卡突然皺起眉頭。

「梢，妳沒在笑。」

「咦？」

「其實妳沒在笑。大家都知道。」

被人面對面這麼挑明了說，我只覺得全身血液倒流。連指尖都冰涼起來。

深吸一口氣。因為我發現自己差點忘了呼吸。

「妳們的西瓜，要撒鹽嗎？」

廚房傳來朔也悠哉的聲音。

吃完東西，收拾好餐桌碗盤後，潔西卡上了二樓。她說要打包明天的行李。

我洗好澡來到客廳時，朔也正坐在桌邊攤開參考書。好像在為補習班的課程備課。

用毛巾擦著頭髮，不經意地往朔也手邊看去，忍不住倒抽了一口氣。

那是一幅描繪耳中構造的插圖，裡面有個小小的漩渦。

——問妳耳朵裡面的漩渦就知道了。

我想起人魚說的話。

這麼說起來，這類身體構造的知識，國中時就學過了。這東西叫什麼來著啊……這小小的漩渦又知道什麼了。

我探頭窺看參考書，朔也抬起頭。

「怎麼啦？」

「啊、沒有啦。只是覺得好懷念喔，這個……像蝸牛一樣的東西。」

「喔喔，妳說耳蝸嗎？這在日語裡也叫漩渦管。」

朔也把參考書拉到我面前，開始熱切說明起來。

「聲音是透過空氣振動傳導的，鼓膜首先感受到振動，再由聽小骨將聲音的刺激傳遞給這個漩渦管。漩渦管接收振動後，經由聽覺神經傳遞到大腦，這時我們才終於有聽得見的感覺。」

為了將聲音的刺激傳遞到漩渦管，耳朵的其他機能先感受到振動，傳遞出去，漩渦管再接收下來。

換句話說，漩渦管的最大任務就是「接收」。好好聽人家說話，就是指接收嗎。

剛才潔西卡說的話在腦中復甦。

——其實妳沒在笑。大家都知道。

都被人家這麼說了，我該如何是好呢？我就只會這樣啊。這就是我，有什麼辦法。

接收不了。我果然沒有好好聽人家說話。

我用毛巾搓揉頭髮，朔也忽然問：

「明天要不要去機場送潔西卡？是十一點的飛機吧？」

「……嗯。」

沒義務去送機吧。不過在同一個屋簷下共度了三天，對我而言幾乎等同路人的對象。可是，要是現在回答不去的話，似乎顯得我個性彆扭。

不經意的，朔也像想起什麼似的笑起來。

「潔西卡啊，真的是個好孩子呢。總是笑臉迎人，不拘小節。我最喜歡她不自卑也不自以為是的地方。」

我無法點頭。心就像被揉成一團的紙屑般縮起來。

明明朔也只是在稱讚潔西卡，為什麼我卻覺得自己被貶低了呢？

我緊緊抓著毛巾一角說：

「朔也，你為什麼會想跟我結婚？」

「怎麼又在說這個？」

朔也笑得眼角下垂。

「就是想跟妳結婚啊，只有這樣不行嗎？」

「這樣的話，跟法國人一樣不去登記，只要一直在一起就好了不是嗎？」

「話雖如此，這裡是日本耶。因為跟梢並肩站在廚房裡時，我心想『啊，好想跟這個女生結婚喔』。」

「也就是順勢嗎？」

「嗯，要這麼說也差不多啦。」

腦中發出某種斷裂的聲音。原本隱藏的尖銳情感噴發。

「順勢結婚好嗎？把結婚當歐趴皮，這樣真的好嗎？」

朔也噗哧一聲笑出來。我這麼認真他還笑。

「朔也總是想到什麼就做什麼，順勢而為啦，用『不為什麼』來決定重要的事啦，這種做法，我完全不能理解。」

「嗯……」，朔也沉吟著，終於露出為難的表情。

「順勢也很重要啊，至少我至今都是那樣活過來的。」

「……讓我思考一下，到底要不要結婚。」

朔也眉毛抽動了一下。

「因為我搞不清楚了。不知道這樣就決定真的好嗎？說不定我根本不適合結婚。把這麼不安定的現在說成最棒的時期，我真的很討厭這樣。」

聽見下樓的咚咚聲。

我沉默了。

「浴室，我可以用了嗎？」

潔西卡一邊哼歌一邊走向浴室。

我是鐵。

堅硬的鐵。

就算戴上琥珀，就算露出耳朵，也無法變得柔軟有彈性。

無法像潔西卡那樣不拘小節。

我先鑽進被窩，朔也也躺進旁邊的棉被裡。我們保持背對背的姿勢，裝作睡著的樣子。可是，我知道他一定醒著，也察覺我還醒著。過了一會兒，我偷偷觀察他的狀況，朔也依然背對著我。

閉上眼睛還是睡不著。不久，身旁傳來朔也的鼻息聲，我又火大起來。掀開棉被，走向廚房。

牆上的時鐘指向十二點。

我從冰箱裡拿出裝了麥茶的水壺，倒在杯子裡直接站著喝。餐具櫃上，潔西卡的《瓶中》還丟在那。

我伸手拿下那本書，坐在椅子上讀了起來。

這是一本彷彿童話一般的科幻小說。講述異世界中小人國的故事。

被關在玻璃瓶中的女孩，只能隔著玻璃看世界，就這樣在瓶子裡長大。路過的其他小人或生物，都用稀奇的眼神看著瓶中的女孩。

有一次，女孩隔著玻璃陷入情網了。對方是一個外表和個性都很好的小人青年。也對女孩有好感的青年說：妳出來吧。可是女孩說：瓶蓋蓋著又有玻璃阻隔，她出不去，只能把自己關在瓶中。

然而，女孩其實是知道的。知道自己有翅膀。也知道瓶蓋輕易就能打開。只要待在瓶中就很安全。雖然無法被人擁抱，反過來說，也不用擔心被踐踏。所以她說服自己也說服別人，說自己無法離開瓶子。

我坐在廚房椅子上，一口氣讀完這本小說。

那個女孩根本就是我。

「我害怕去外面的世界。也好擔心他是否真的願意接受沒有玻璃阻隔的真實的我。既然如此，倒不如待在這裡比較好。」

女孩這番話，使我哭得唏哩嘩啦。長久以來，始終躲在堅硬冰冷瓶中的女孩。玻璃既是阻擋她與青年接觸的牆，同時也是守護她的盾牌。

沒錯，我一直很害怕。沒有自信，無法坦然接受。告訴自己朔也不可能那麼愛我，那樣太奇怪了。我不可能被選上。

是我自己不允許我自己被接受。不允許自己被誰所愛，即使那個人甚至希望與我共度終生。可是，這本小說教會了我。最後一幕，女孩自豪地張開翅膀，從瓶中飛出來。

真正的幸福，不是被別人選擇，而是處在「我愛我自己」這件事當中。不認識我的洛伊德老師寫的這本小說，拯救了我。被嘲笑也沒關係。我真心認為這本書是為我寫的。

慢慢闔上書本，看一眼牆上的時鐘。時間將近六點，窗外天色已經大亮。好久沒熬夜了。不過整個人很清醒，就算鑽回被窩大概也睡不著。想再喝杯麥茶，我從冰箱裡拿出水壺，放在桌上。

瞬間，手忽然一滑，水壺傾倒，麥茶流出來。急忙移開書本，已經來不及了。封面染上茶色的污漬。

我冒出冷汗，試著用面紙擦拭，卻只是把紙張擦皺，擴大茶色污漬。儘管沒有影響到簽名，這麼寶貴的書竟然被我弄髒了。這是潔西卡在日本留下的珍貴回憶之一啊。我不知所措，怎麼辦才好。

這時忽然想起，啊，不是有「遇到麻煩時就吃這漩渦糖果」嗎。我蹦跳著快步跑到客廳，手伸進托特包。翻攪了一會兒，撈出那顆糖果。只要吃下這顆糖果就行了嗎？這樣的話，書就會恢復原狀？

剝開玻璃紙，把糖果放入口中。堅硬的糖果，不知為何入口即化，味道是有點辛辣的香料味。

看看書本，什麼變化也沒發生。這時，樓梯傳來下樓的腳步聲，潔西卡來了。一臉睡眼惺忪的樣子說「早安」。

不行了，只能放棄。

「潔西卡抱歉！我把潔西卡寶貝的書弄髒了！」

潔西卡睜圓眼睛，我停也不停地繼續往下說：

「這本小說，我很慶幸現在讀到了它。彷彿比誰都更理解我的煩惱，輕輕從背後推了我一把似的，就是這樣的一本小說。書裡有個跟我一模一樣的主角，拜潔西卡之賜，我才能遇見這麼棒的書。可是，我卻把它弄髒了。這不是買新的回來就能解決的事吧，畢竟這是世上絕無僅有，專為潔西卡簽名的小說。我真的非常對不起妳。」

糟了，連珠砲似的講得這麼快，潔西卡一定聽不懂。看來還是得先說聲「I'm sorry」才行。可是接下來呢？要怎麼說？

無視狼狽的我，潔西卡拿起書本確認，接著露齒而笑：

「沒關係啊，這點小污漬不算什麼，根本稱不上弄髒嘛。梢就是對什麼都太在意了。」

……咦？

這次輪到我睜圓眼睛了。好流暢的日語。一覺醒來日語突然變得這麼流利嗎？我說的話，她也好像都有聽懂。

對了，這說不定是那糖果的功效。雖然書無法恢復原狀，但發揮了能使我和她這樣對話的力量。潔西卡坐在椅子上，我也坐下來。

「梢的煩惱，是指和朔也結婚的事嗎？」

「……我很不安。想不通朔也非我不可的理由，也沒有自信。」

「妳真傻啊，朔也明明就那麼喜歡梢，那種事用看的就知道了啊。」

「可是，朔也就算單身也沒有任何不方便，他比我更會烹飪，不必跟我結婚也沒關係吧？」

潔西卡歪了歪頭。

「這是什麼意思？」

一如往常的「這是什麼意思」，但語氣有些不同。

「朔也擅長烹飪，就沒有和梢結婚的理由了嗎？」

啊，對喔。

我一方面討厭那個把女人比喻成耶誕蛋糕的時代，自己卻仍認為烹飪就該是女人的工作。廚藝比男人差就是可恥的事，因此感到自己不如人。

「就算不提這個，朔也和我也是完全相反類型的人，要相互理解很困難。」

「『相互理解』和『變成一樣』是兩件事喔。彼此帶著不同的東西走在一起，這樣不是很好嗎？」

潔西卡說的話，聽在耳裡像是動聽的旋律。感覺得出我身上的漩渦，那隻小蝸牛，好好地接收了這聲音的振動。

「……我真的能應付這麼大的變動嗎？」

我自言自語般說著，潔西卡就用促狹的語氣問：

「妳可以的，其實自己早就很清楚了吧？」

她的笑容撼動了我。明明是我的事，她看得比我自己更清楚。

想了幾秒，我用力點頭。

對，我很清楚。我沒問題。我可以的。所以那本小說才會這麼感動我。

彷彿呼應潔西卡一般，我們相視微笑。我現在是真的在笑。

「妳們兩個起得真早。」

朔也頂著睡得亂翹的頭髮出現在廚房。瞬間，空氣的顏色為之一變，眼中所有景物的輪廓似乎都清晰起來。

潔西卡對朔也笑，一如往常說著生硬的日語。

「梢，好厲害。我好驚訝。她的英語說得好好。」

「欸？妳在說什麼啊。潔西卡的日語才流利吧。因為剛才不是……」

潔西卡顯得很訝異。

……我們剛才，到底是用哪國語言交談的？

仔細回想，總覺得那甚至不是語言。更像是某種，從身體內部傳遞的互動。

朔也的眼神對上我的視線。想起昨晚吵架的事，彼此都露出尷尬表情。

我爽快地說「來吃早餐吧」，他就鬆了一口氣似的打開冰箱。

「說的也是，昨天的壽司料也還有剩。」

朔也把裝了壽司料的盤子放在桌上。潔西卡掀開保鮮膜，捻起一條蟹肉棒偷吃。

「喂！」

不理朔也的糾正，潔西卡把蟹肉棒放入口中。耶嘿一笑，低聲說：

「好吃。」

咦？

她知道什麼時機該說好吃。昨晚不是還說錯成「好有意思」嗎？

啊，原來如此。

我總算明白了。

即使只有蟹肉棒，還是「好吃」。

但是，和其他壽司料放在一起，就變成「好有意思」了。因為各自帶著不同的東西走在一起，所以很棒。

潔西卡不是講錯，她是明白詞彙的意義才那麼說的——

為了送潔西卡搭機，我們一起前往羽田機場。

辦理好登機手續，坐在機場大廳時，潔西卡看到走過我們眼前的一個人時，忽然大叫「嗚喔！」。

「洛伊德老師！」

「欸！」

我情不自禁站起來。

聽到潔西卡的叫聲而回過頭的那人，穿著黑色襯衫和合身長褲，臉上戴著深色太陽眼鏡。

這個人……這個人就是黑祖洛伊德。

「啊、午安。」

黑祖洛伊德對潔西卡微笑，大概是記得簽書會的事。

「我，要回布里斯本。」

「這樣啊，真巧，我也正要出國旅行。」

「洛伊德老師的書，我會讀。我會學日語。我會寫信。」

洛伊德老師點頭說「等妳喔」。

洛伊德老師拉著行李箱就要離開，我終於忍不住開口：

「洛伊德老師！」

洛伊德老師再次回頭。

「那個……那個，我讀了《瓶中》。感覺這本書拯救了我。心想，這本書，或許是為我而寫的。」

洛伊德老師沉默了一會兒，然後這麼說：

「是啊。」

摘掉太陽眼鏡，視線筆直看著我：

「是為妳而寫的。」

眼淚奪眶而出。原來是這樣，原來真的是這樣啊。獲得肯定的答案，我真的好高興。露出關愛的眼神，洛伊德老師對我說：

「謝謝妳讀了它。妳能接收到真是太好了。」

我的背上，張開了大大的翅膀。

啊，我今後也要繼續從事與書相關的工作。一定要一輩子做下去。

洛伊德老師重新戴好太陽眼鏡，輕輕點頭後離去。

臨別之際，我和潔西卡交換了地址。英語地址和日語地址，兩者都寫好交給她。指著我名字裡的「梢」字，潔西卡說：

「這是什麼意思？」

剛上國中，第一次擁有英日辭典時，我曾查過這個字。所以，我自豪地說：

「treetop。」

喔！潔西卡眼神發光，雙手一邊揮來揮去一邊說「鳥會來喔」。那是張開翅膀飛翔的動作。

送潔西卡上飛機後，我們走路去搭電車。

「……昨天，對不起。」

我一道歉，朔也就搖頭說「沒有啦」。

「我也很抱歉。沒能好好表達清楚……」

朔也提高語氣。

「所謂順勢，聽起來或許很輕浮，但是，或許該說是時機成熟了吧。我很相信自己這方面的感覺。掌握局勢的流向，抓緊『就是現在！』的時機。對我來說，順勢完全不是一件輕浮的事。」

聽了他認真的說明，我緊張的情緒獲得解除，歪了歪頭說：

「原來朔也是這麼相信靈感的人啊？」

「不、這很科學喔。順應自然的道理。」

朔也停下腳步。我也停下腳步。

「我認為不結婚也能獲得幸福喔。那樣的人生也不錯。只是我啊，活在二〇〇七年的這個國家，覺得要是生於不同地方的我們能成為一家人的話，這樣的選擇也很有意思吧。」

不可思議。

要是昨天的我，一定會覺得他這番話聽起來很隨便。可是現在，我的耳朵感受到的，卻是非常真摯又豐富的話語。

我輕輕伸出一隻手。察覺我意圖的朔也，也對我伸出一隻手。我們牽起對方的手。

現在我牢牢抓住的這隻手，不是屬於我的東西。朔也的手。我們是絕對不會合而為一的各別存在。

正因如此，才能夠牽起對方的手。

「……妳的手啊。」

一起往前走的朔也，紅著臉這麼說。

「嗯？」

「只能在圖書室看著梢的那時候，我很喜歡妳的手。」

第一次聽到他這麼說，我凝視朔也。

「梢撫摸書本的手非常溫柔。我心想，妳真的很喜歡書。梢雖然不太說話，但是把書交給學生時的手，讓人心生愛憐。我心中湧現想這麼告訴妳的情感，就這樣喜歡上妳。」

朔也他——

朔也他看見了我的翅膀。

雖然無法教導十幾歲的孩子什麼，至少自己或許能將閱讀的喜悅傳達給他們。懷著這個想法，我立志成為圖書室老師。或許我想救的，是少女時代除了書之外沒有其他朋友的自己。

朔也確實理解我所愛的是什麼樣的我，也喜歡上了這樣的我。沒有比這更能使我安心的事了。

「雖然不是說現在馬上……」

朔也說著，牽著我的手稍微用力。

「那棟房子，只拿來住太大了對吧？因為爺爺以前是鎌倉雕的師傅，為了方便搬運作品的人進進出出，玄關設計得很寬敞。我在想，如果能拿這間屋子來做點什麼就好了。」

我也用力回握他的手。

「這樣的話，我想來經營租書店。放幾個大書櫃，只要來這裡，誰都可以看書。不只出租，還可以收購客人看完不要的書。我想打造一個讓人與書本不期而遇的地方。」

感受到我的贊同，朔也不斷點頭微笑。

「不錯耶。嗯，很好喔，那樣。」

「不過，接下來自己會變成怎樣我也不知道，是要繼續當圖書室老師，還是跟朔也一起開店，只是偶爾過來幫忙，或是去做完全不一樣的別的事。到時候再決定吧。」

「嗯，當然。」

好令人雀躍啊。接下來會變成怎樣呢？

各種選擇，各種可能性。因為是一個人所以做得到的事，因為是兩個人所以做得到的事。

啊，結婚不是終點也不是起點。只是我這一生中經歷的種種過程之一。

即使結婚之後展開兩人生活，那也還是我的人生。我的人生裡有朔也。朔也的人生裡有我。不屬於誰也不擁有誰。

為此，首先我得好好站穩腳步。好好愛自己。唯有這樣，才能好好握住朔也的手。

結合與獨立。對我來說，這兩者都是結婚的意義。

所以我決定了。

下次我要主動求婚。

將側邊的頭髮塞到耳後。

緊緊握住在胸前搖晃的琥珀，像是緊握護身符。

二〇〇一年 高音譜記號篇
Kamakura Uzumaki Annaijo
Kamakura Uzumaki Annaijo

巴士緩緩傾斜車身，轉過一個彎。

差不多快到鶴岡八幡宮了，乃木同學還在說個沒完沒了。

今天是教學參觀旅行的日子，現在才剛出發不久，正從我們居住的靜岡往鎌倉前進。我因為曾祖父住在鎌倉的關係，早就去過那裡好多次了。不過，這還是第一次和同一所國中的同學一起去，感覺很不可思議。

巴士上的位子由抽籤決定，抽到坐我旁邊的正是乃木同學。我們過去頂多只有日常打過招呼，他平時也不是特別出風頭的那種人，沒想到竟然這麼多話。

我說自己在暑假時去電影院看了兩次《神隱少女》，乃木同學就開始講起一部叫《2001太空漫遊》的西洋電影。他講得口沫橫飛，大概太激動了，還熱得把學生制服的鈕釦解開兩顆，一邊解一邊說：

「我覺得啊，說不定庫柏力克其實是未來人。」

他口中的庫柏力克，好像是那部電影的導演。乃木同學在TSUTAYA租了這部以二〇〇一年為時空背景的科幻老電影，興奮得直嚷著自己看了一部非常厲害的作品。

那雙黑眼珠比例特別大的眼睛，透露出認真的眼神。乃木同學有張像洋娃娃的臉。就是那種橫躺下來眼睛會閉上，臉頰膨膨的嬰兒造型洋娃娃。就算勉強自己用男生的語氣說話，老實說也不太適合他。

「妳不覺得太奇怪了嗎？那部電影是一九六八年上映的耶。連阿波羅十一號都還沒上月球，電影裡登陸月球的場景，卻和後來的實際影像一模一樣。」

「也就是說，他是來自未來的人？」

「嗯。要不然就是曾經穿越時空，去過未來，再回到過去拍了這部電影。不過，現代的科技還追不上庫柏力克看到的二〇〇一年就是了。電影裡的二〇〇一年有個叫HAL的人工智慧電腦，人類只要躺著說『HAL，把床調高』或『把螢幕搬過來一點』，他全部都會按照指示做好。HAL也很會講話，但外型不是孩子氣的機器人，只是會發出聲音的電腦，這點很帥呢。」

「那樣的時代總有一天也會來臨嗎？」

我望向車窗外。未來人類會這麼懶得自己動，連一點小事都要電腦代勞嗎？秋高氣爽的十月，天空萬里無雲，一隻大老鷹橫空飛過。

乃木同學靠在椅背上說：

「可是，人類也很快就能上月球旅行了吧？很有夢想啊，我想上去看看。」

「咦——？真的上了月球，夢想就不再是夢想了吧？」

月亮也好星星也好，就是因為遙遠到去不成，才會如此閃亮，為人帶來力量啊。

富士山也是。遠遠看的時候是那麼美、那麼神聖。可是，小學時我們全家去爬了富士山，那可真是累得要命。路崎嶇不平，容易滑倒不說，山上又很冷，斜坡陡峭，還會得高山症，爬到一半真的覺得自己快死了。對打出生就是靜岡縣人的我來說，富士山本是一直在那裡溫柔守護大家的存在，沒想到爬過一次之後，在我心目中完全成了大壞蛋。

人類錯了。明明有其他更多該進化的事。

比方說，像是這種事。

今天早上，我做了個夢。

夢到小朔。夢到我最喜歡的小朔。就算決定要夢到也未必能實現的夢。

夢中，小朔抱著我說「我最喜歡妳啦，一華」。夢中的他把我當成一個女人愛，非常重視我。醒來之後，即使知道那是夢，滿足的心情依然不變，我比以前更愛小朔了。

夢真厲害，具有這樣的威力。

現實世界中的小朔根本不會這麼做，夢卻讓我擅自變得這麼喜歡他。

我要怎樣才能出現在小朔夢中呢？

比起上月球，比起讓人工智慧電腦代勞任何事，我更希望能實現這個。

「噯、你知道要怎樣才能出現在喜歡的人夢中嗎？」

我這麼一說，乃木同學原本已經很大的眼睛更是睜得又圓又大。

「我不知道，園森同學妳知道嗎？」

「我也不知道啊，你想想看嘛。」

教學參觀旅行的小隊是男女混合，先由男生女生自己分別自己找三四個人分組後，再互相找尋配對的小組，合併成一個小隊。

我和平時到哪都在一起的花音還有瑠美先組成一隊，然後，連城同學來找花音配對，花音也理所當然、二話不說接受。

男生的小組成員有連城同學、湯川同學和乃木同學。

雖然過去很少注意到他，乃木同學真是一個不可思議的男生。

他不太發表自己的意見，平時表現也不特別突出。沒看過他經常和特定對象混在一起，但是反過來說，不管看到他和誰在一起都不覺得奇怪。總覺得他隨時處於穩定的精神狀態下。身為足球隊王牌選手的連城同學和實力派守門員的湯川同學，再加上表面上隸屬文學鑑賞社，其實一放學就回家的乃木同學，這樣的組合，似乎誰都不覺得奇怪。

幸好在巴士上跟乃木同學坐，拜此之賜，這趟參觀旅行在意想不到的樂趣中展開。

起初，是聽到乃木同學說「很久以前，鎌倉這地方原本是海底」，於是我們聊起姆大陸古文明和諾斯特拉達姆斯大預言的事。這下，我連從以前就很感興趣的地球歷史、生物演化，還有想挖掘化石的事都講了。聽到我說「每次看到地層都覺得好興奮」，乃木同學就猛點頭說「我也是！」。那時我真的高興得快哭了。

關於如何讓自己出現在喜歡的人夢中的方法，乃木同學也很認真為我思考。

「睡前看電視的話，電視裡出現的人不是很常出現在夢裡嗎？這樣的話，不如算準對方快睡覺的時間打電話過去，這招如何？」

「不行啦。這樣就算能順利出現在對方夢中，那也是因為一華先打了電話過去啊。夢到又怎樣。要讓對方隔天早上起床後，心想：『咦？我為什麼夢見了一華？』然後開始把我放在心上、喜歡上我才行。」

「那可真是難題。萬一在夢中被討厭的話，豈不是收到反效果。」

乃木同學雙手環抱在胸前。

看著他那認真思考的表情，我不由得一陣感動。過去，我從來沒有這樣的朋友。應該說，或許我從來沒跟任何人這樣聊天過。

我在學校裡花費最大力氣做的事，就是跟上大家看的電視話題，聽班上同學聊些閒言閒語時配合著答腔，還有模仿大家用流行的詞彙講話。我真正喜歡、經常在想的事情，說出來只會被取笑而已，更何況，也沒人想知道那些。

從靜岡到鎌倉，並肩坐著聊了許多的乃木同學對我而言，變成距離很近的人。一開始我們兩人都有些膽怯，互相試探，直到確認對方是安全的之後，就像進入森林一樣四處探索。

有時，可以聽見坐在前排的花音和連城同學的笑聲。瑠美和湯川同學則坐在再前面一排。

抽籤之神啊，謝謝您。雖然我知道這是花音動過手腳的抽籤結果，但也正因如此，更要謝謝您。

在鶴岡八幡宮的停車場下車後，班上同學就按照預先分好的小隊行動。

包括中餐在內的四小時，跟著事先分好的小隊成員，去事前決定好的地方。

「四點回到停車場喔，請大家嚴格遵守時間！」

將擔任學年主任的老師反覆大喊的聲音拋在腦後，學生們魚貫走出停車場。

我們小隊要先去逛小町通上的店，順便在那邊找吃午餐的餐飲店。跟我們有同樣想法的小隊好像不少，本來就很熱鬧的整條小町通上，到處都是穿制服的學生。

穿黑色高領學生服的男生，和穿深藍色水手服的女生。相同打扮的深色集團，擠滿整條街道。

大家身上的後背包可以選擇自己喜歡的顏色，不過大多數人不是黑就是深藍。包包上各自掛著不同的吊飾或別上徽章。我的背包上掛的是博美狗造型的卡通娃娃。明明是想透過吊飾展現自己的特性，到最後給人的感覺還是差不多。

聽說上個世代的國中生揹的不是後背包，當時的主流背包，是名叫「學生鞄」的黑色皮革書包。媽媽學生時代用的就是那個，她說「太厚的書包很土，要故意壓得扁扁的」，我聽不太懂意思。為什麼厚的就土，故意壓扁才帥呢？那種感覺我無法體會。這種事，究竟是誰決定的啊？

街道上有西餐、日式料理等五花八門的眾多店家，以一間和菓子店為界線，道路一時中斷。我朝橫在眼前的那條巷子望去，看到遠處有個舊舊的玻璃工房招牌。看得出窗上貼的紙張寫著「蜻蛉玉製作體驗」，令我心頭頓時雀躍起來。

蜻蛉玉就是有著漂亮圖案的玻璃珠。像串珠那樣開有小洞，可以串成飾品，或用來裝飾髮簪。體驗的意思，應該就是能自己製作一顆蜻蛉玉吧。

「欸，那邊有蜻蛉玉耶。」

我朝走在我半步之遙前方的瑠美這麼喊。瑠美不感興趣地回一句「蜻蛉玉？」。聽見花音的叫聲，她又再度轉向前面。

「妳看，好可愛！」

紀念品店的店面陳設著陶器擺飾，有兔子造型、青蛙造型等等。

「真的耶。」

我也站過去表示同意。這句「真的耶」是我滿常使用的慣用語。其他類似的慣用語還有「對啊」、「沒錯」和「有道理」。自己都覺得像個機器人，但這詞彙力比人工智慧還差。

「跟妳很像嘛。」

連城同學指著狸貓造型的陶器對花音這麼說。花音輕輕搥打連城同學，嬌喊「過分——」。這種時候，我只要收斂微笑就好。這樣最安全。

瑠美拿起其中一個擺飾，和花音一起連聲喊「好可愛」。我探頭看店裡的東西，有大佛周邊商品，還有玩具日本刀，連城同學已經帶著另外兩個男生走進去了。花音和瑠美也跟著進去，只有我站在原地。

花音她們在店裡玩得好像很開心。

一下下就好。只要去看一下下就好。我想親眼看看蜻蛉玉是怎麼做出來的。

我離開紀念品店，一個人走進那條橫巷。

玻璃工房的門半開半閉。入口的檯子上放著蜻蛉玉的商品，也貼有標價，但店家似乎愛賣不賣的，感覺吸引不到什麼客人。路過這裡的人也只是路過而已。

我往裡面窺看，角落坐著一個女人，正在製作蜻蛉玉。脖子上掛著毛巾的工房大叔在旁邊手把手指導。沒有其他人了，這裡就像個偷偷使用魔法的秘密小屋。

大叔察覺我的存在。

「妳要來體驗嗎？」

我搖搖頭。

「只要一下下就好，請讓我參觀。」

「好啊，過來這邊。」

我一走過去，那個女人就朝我轉頭。我忍不住輕輕發出「啊！」的叫聲。這個人，我知道。大大的嘴巴和有「富士額」之稱的美人尖正是她的特色，她是女演員……呃，名字想不起來，但我曾在電視劇裡看過這個人。

我驚訝地站在那裡，女演員小姐就對我微微一笑，眨了眨眼。感覺像是在說「別告訴大家喔」。我想，這一定是她的私人行程，不願造成騷動吧。我也用力點頭表示「好的，我不會告訴別人」。

女演員小姐拿著一根細長的藍色玻璃棍在火上炙烤，等玻璃像麥芽糖一樣融化，再將軟化的玻璃團團纏繞在一個金屬片上。原來這樣就能形成蜻蛉玉了呀。在火焰包圍下發紅融化的玻璃，繞著金屬片逐漸變成球體。火山熔岩是不是就像這樣呢？

我還想繼續看下去，但是差不多該走了。再不回去，大家會發現我不見了。我對他們兩位鞠個躬，決定回去了。

沒想到，一走出橫巷，我不禁懷疑自己的眼睛。那裡本該是熱鬧的小町通，但……眼前沒有半間店面，只有住家。我嚇了一跳，轉身想走回玻璃工房，這次連橫巷都不見了。剛才明明是從那邊走過來的啊。

我緩緩環顧四周。

各種形狀的房子。有西式宅邸，也有日式平房。打理過的庭院花壇裡，擺著松鼠造型的擺設。車庫角落停放紅色的三輪車，一棟兩層樓公寓的陽台上，還晾著衣服。

眼前的景色沒有哪裡奇怪，卻不知怎地很不現實。或許是因為一切都帶點懷舊感。

說不定——

說不定，我像乃木同學說的那樣，穿越時空了。又或者，我來到了異次元世界。這裡搞不好連地球都不是。

我東張西望往前走。可是，既找不到能當線索的事物，更別說遇見誰了，這裡半個人都沒有。明明有那麼多住家，看起來也都好好地有人住，卻看不到半個人影。

不可思議的是，我一點也不害怕。別說害怕了，反而產生一股按捺不住的亢奮感。哎呀，要是乃木同學也在這就好了。

在一間有高聳圍牆的房屋旁轉彎，發現前方有間店鋪。

原本可能是白色的外牆，現在整體而言黑黑髒髒的，玻璃門上掛著「CLOSE」的牌子。隔著門往裡面看，整面牆上都掛著時鐘。

看來是間鐘錶行。每個時鐘的指針都指向不同時間，我也不知道現在這裡到底幾點。分組時，每一小隊都有一個人負責戴手錶掌控時間，我們小隊是湯川同學負責，所以我也沒手錶，真教人懊惱。早知道那時就舉手攬下這份差事了。

忽然發現店門旁角落立著一塊招牌，厚實的木板上，以毛筆字寫著「鎌倉漩渦服務中心」幾個字。是日語。這麼說來，至少這裡還是地球上的日本。

漩渦啊。這奇妙而令人雀躍的命名，促使我往前走。招牌下方畫著一條朝下的紅色箭頭，朝箭頭指的方向望去，有一道細細的戶外階梯，通往地下室。

我壓抑激昂的情緒走下階梯，盡頭是一扇咖啡色的鐵門。或許，從這裡就能通往異世界。手握住圓形的門把，一個深呼吸後，用力拉開門。

…………一片漆黑。

只緊張了短短一秒。心想：這是宇宙黑洞嗎？

不過，燈光立刻映入眼簾，使我明白這裡也不是宇宙太空。腳下有一道螺旋階梯，繼續往下延伸。兩旁掛著幾個小燈泡，沿著這宛如星座般的亮光，我一步一步走下去。

漆黑的牆壁逐漸變成藍色，就像天色漸亮一般。

踏上最後一級階梯時，眼前出現兩位老爺爺。

那裡是一個小小的空間，差不多三坪左右。老爺爺們在靠牆的圓形木桌前對坐，正在下黑白棋。兩人中間有一個菊石複製品，像剛才看到的時鐘那樣掛在牆上。螺旋狀團團轉的殼，真漂亮。好有品味。不過，除此之外，這間服務中心裡什麼都沒有。

這些人是人類？

語言能相通嗎？話說回來，招牌上寫的是日文就是了。

我不知所措站在那，老爺爺們同時抬起頭。

……一模一樣。

眼睛鼻子嘴巴，全都分毫不差地相同。但是不知為何，散發出的氣質完全不一樣。

或許是髮型的關係。瀏海的髮梢，其中一位爺爺的往外側翹，另一位爺爺的往內側捲。再仔細一看，鬢角也是這樣。

往內捲的老爺爺開口了，他手上拿的是白棋。

「妳走散了嗎？」

太好了，他的聲音很溫柔。

知道可以和老爺爺們順利溝通，我鬆了一口氣，同時思考起「走散」的意義。

我這樣算走散嗎？只是回過神時，發現自己闖進一個不可思議的地方。

不，說不定老爺爺指的不是路的事情。

是啊，我或許是走散了。

和朋友走散，從學校走散，也和自己走散了。

我點點頭。

頭髮向外翹的老爺爺用不拘小節的語氣說「那可真難為妳了」。他手上拿的是黑棋。

老爺爺們默契十足，同時起身朝我低下頭。

「在下外卷。」

「在下內卷。」

真是簡單明瞭啊。還有，也很好記。

我莫名開心起來，剛才悲哀的情緒被沖淡了些。

「我叫園森一華。」

我自我介紹後，內卷先生笑咪咪地說：

「那麼，讓我們來聽聽一華同學的事吧。」

聽我的事，哪方面的事呢？

我倒是有很多事想問老爺爺們……

「我的事很無聊啦。」

低下頭這麼嘀咕，內卷先生就提醒我說：

「不用去想怎麼討我們歡心沒關係喔。」

我抬起頭。內卷先生白色的瀏海像鋼琴弦一樣閃閃發光。

「沒錯，我們是來為一華同學提供諮詢服務的嘛。」

外卷先生也笑著這麼說。

他們兩位都穿灰色的西裝，打著深海般深藍色的領帶。同樣的衣服。我看著這個出了神，不自覺地說起來。

「用一樣的東西……」

——「用一樣的東西」像個緊箍咒。這或許是現在最讓我痛苦的事。

二年級時，我和花音、瑠美以及另一個叫由奈的同學，組成了四人小圈圈。愛漂亮又有行動力的花音和瑠美，在教室裡往往是眾所矚目的焦點。不明白她們為什麼願意接近不起眼的我，剛開始的時候，我既困惑又開心。

由奈在小團體裡扮演炒熱氣氛的角色，雖然和她不會聊太多深入的話題，但只要有由奈在，我的心情就會比較輕鬆。這個小圈圈有個不成文的默契，那就是——四人自然而然分成「花音＆瑠美」和「由奈＆一華」的兩組。

四個人一起度過的時光是開心的。我們會互相教對方怎麼編髮，或是拿漫畫借來借去，週末還會約在麥當勞鬼混。

可是，我早就發現了。其實我並不真的開心。我只是……覺得安心而已。知道自己在學校裡沒有被排擠，能像個正常國中生一樣過平凡的生活，這使我感到安心。我拚命努力，只為了讓她們認同我是「小圈圈的一分子」。所以，即使花音一再跟我借作業去抄，我也不曾拒絕過。借給瑠美的漫畫書從來沒還過我，我也什麼都沒說。

從去年開始一直都是這樣。

我和花音瑠美，或許屬於不同「種族」。

比方說，受女生歡迎的連城同學喜歡從後面拉女孩子的馬尾，她們總能大方地笑著說「別這樣」。她們也會在下課時間拿小鏡子檢視自己的臉，這些事由她們做起來就是很自然。

至於我，從來沒有男生會突然摸我，如果真有人拉我頭髮，那只可能是為了霸凌，我也只會發出哀號發抖。在教室裡照鏡子這種事，我根本連想都沒想過，也不會把放有小鏡子的化妝包帶來學校。

只有一次，和由奈獨處時，她這麼說：

「她們跟我們啊，就像公主和侍女喔。」

這話雖然帶有自嘲的意思，由奈的語氣並非嫌惡，而是坦然接受。也可以說是看開了，反正就樂得當個侍女吧。我看著某種程度堪稱豁達的由奈，不免有些佩服。

那是二年級結業後的春假，我們四人去車站前購物中心玩時的事。那個購物中心其實只是比較大的超級市場，只是在我們這種鄉下地方，稱得上大型商業設施的，也只有那裡了。平常說到跟朋友出去玩，頂多就是搭公車到車站前，然後在購物中心裡消磨時間。

聊著希望四個人升上三年級後還能分到同一班的事，花音說「不如在後背包上掛四個人一樣的吊飾吧」。那不是提議，已近乎指令。

在服飾店裡，花音選了名叫「博美P」的博美狗卡通造型吊飾。這是花音的心頭好，她的鉛筆盒和手帕都是博美P的圖案。

瑠美嚷嚷著「好可愛」，由奈也說「花音就是有品味」，我也附和著說「真的——」。

和花音她們一起站在收銀櫃檯旁，買下這四人集團的會員證。至於我是否認為這個吊飾可愛，那種事一點也不重要。

暗自期待升上三年級後班級成員重組，或許我就可以建立新的交友關係了。

可是，換班之神好像還是想把扮演侍女的任務派給我。不只如此，看看整個班上，新加入的同學裡，能和我組成小圈圈的人是一個也沒有。

這麼一來，我只能繼續待在這個小圈圈，和花音及瑠美形影不離了。不管怎麼說，至少畢業之前，我在班上還能有個容身之處，反而得感謝上天才是。

由奈自己一個人被分去了隔壁班。在走廊上遇到她時，她垂著眉毛，一臉難過地說「只有我脫隊了」。

我其實有點羨慕由奈。總覺得，由奈自己心裡也很慶幸這個結果。

放完五月的黃金週連假，上學途中我看見由奈，她已經把後背包上的博美P拿掉了，所以我沒有叫她。花音和瑠美提也不提由奈的事，放學後雖然我們三人總是一起回家，週末她們只會兩人自己約碰面。我知道她們似乎在計畫九月迪士尼海洋開幕後要瞞著我去玩。這樣也好，就算邀我一起去，我只會覺得喘不過氣而已。

可是，三人在一起的時候，當她們聊著我聽不懂的話題，格格不入與被封閉的感覺還是緊緊纏繞我的身體。只能握緊拳頭安慰自己，忍耐到國中畢業就好。

「我也想像由奈那樣，拿掉博美P，讓自己獲得解脫。可是，我更怕在班上被排擠、孤立，這樣的恐懼和不安更強烈……其實我不怕落單，我怕的或許是被大家取笑『那個人沒朋友』、害怕因此被大家討厭。」

我撫摸背包上的博美P。這孩子沒有錯，可是——

聽我說完，老爺爺們忽然並排站在我面前，朝驚訝的我伸出雙手，豎起拇指。

「精采的漩渦！」

我露出錯愕的表情，四隻拇指上的漩渦看起來像在轉動。我的眼睛也跟著團團轉，一陣頭暈腦脹。

這時，牆上的菊石突然轉了一圈。

「欸！那是活的嗎？」

我嚇了一大跳，外卷先生樂不可支地說：

「正如妳所見，活跳跳的。這位是我們服務中心的所長。」

「所長！」

不是複製品，原來是貨真價實的菊石嗎？我激動起來，菊石……不、所長先生原本緊閉的殼蓋彈開了。我知道，這個口蓋在日語裡叫「頭巾」。口蓋打開後，裡面有好幾根半透明的腳探出來蠕動，腳的根部出現圓圓的眼睛。

哇啊，真的活著！我果然還是穿越時空了吧。

「這個世界現在是什麼時代？侏儸紀？還是更早以前？」

我這麼問，外卷先生說：

「這裡沒有那些概念。思想是能自由穿越時空的。」

這時，所長先生咻轟一聲離開牆壁，慢慢飄在半空中。我倒抽了一口氣。所長先生一邊發出浴缸塞子拔掉時那種聲音，一邊在桌面上方迴轉，最後身體一斜，整個倒下。沒錯沒錯，菊石在海裡就是這樣飛也似的游泳呢。我著迷地看著那鮮明的螺旋花紋。

「唔唔唔唔。」內卷先生摸摸自己的下巴。

「所長說，要腳踏實地。」

「對我說的嗎？所長先生這麼對我說的嗎？」

「是的。」

我用尊敬的眼神望向內卷先生。他竟然能跟菊石溝通。太厲害了，好羨慕喔。

「那麼，就讓我們來為您帶路吧。」

內卷先生舉起一隻手，為我帶路。

順著他的手看過去，服務中心的角落放著一個大甕。總覺得這房間好像忽然變大了。我跟外卷先生並肩跟著內卷先生走，菊石所長飄浮在我們頭頂，我感動地看著彷彿在空氣中游泳的所長。好棒喔，我們現在活在同一個時空下。

走到甕邊，發現那個甕大得如同一座太鼓。

「好美的水藍色……」

那甕美得教人忍不住嘆息。淡淡的藍色有一種虛無飄渺的感覺，同時又很輕柔優雅。

內卷先生告訴我：

「這種顏色稱為甕覗。別稱覗色。或許因為很像窺看水面上映出的天空顏色吧。不過，這只是種種說法中的一種。」

「取這名字的人看到映在水面的天空時，那天一定是晴天。」

「這很難說喔，或許是祈求天晴的心願，在他眼中映出這個顏色。」

我覺得好像想起了什麼，望向內卷先生。

「您的意思是……想像力？」

內卷先生點點頭。我嘆口氣，喃喃自語：

「小朔也常提到想像力……」

他總說，想像力很重要。

小朔在橫濱某間國中當理科老師。他大我十五歲，今年三十歲。不過，我倆之間最大的阻礙，在於他是媽媽的弟弟，也就是我的舅舅。我只能悄悄懷著這無法告訴別人的愛戀心意。

「小朔。」

外卷先生複述我的話。

「是我的舅舅，他是教理科的老師……這是我從未告訴別人的秘密，我喜歡他。」

聽我這麼告白，外卷先生就用力拍了自己的額頭。

「那還真是sensational啊。」

「果然會想這麼說嗎？」

「因為很『sensa』tional啊。」

外卷先生一邊咧嘴竊笑，一邊強調「sensa」部分的發音，我這才留意到他是在講雙關冷笑話。日語的「老師」，發音和「sensa」很像。

他在開玩笑。這笑話實在太無聊了，我忍不住噗哧。

「喔喔！笑了笑了。」

外卷先生洋洋得意地衝著內卷先生這麼說。內卷先生裝作完全沒聽見的樣子。接著，外卷先生催促我走到甕前。

「那麼，一華同學，請妳到這邊來。」

甕裡裝了滿滿的水，清澈澄淨。

所長先生轉了個方向，來到我面前。沒想到能以這麼近的距離目睹真正的菊石。

好想讓乃木同學也看到。這麼想的瞬間，所長先生以猛烈的速度衝進甕裡。嘩啦嘩啦濺起水花。我慌忙彎下身，還來不及反應，所長先生就掉到水底，看不見了。

「……消失了！」

「別擔心，不是消失，只是移動而已。」

外卷先生說。

「移動到哪去了？」

「這個妳就先別問了，總之，再看一次甕裡吧。」

外卷先生伸手指向甕，我朝裡面窺看。

所長先生帶起的水波，描出了一圈又一圈的漣漪。看著看著，那逐漸扭成某種形狀，黑色的線畫出一個記號後，就固定下來了。

「妳能看到什麼嗎？」

內卷先生以沉穩的聲音這麼問。我回答：

「高音譜記號？」

下一秒，水面的高音譜記號失去顏色，彷彿溶解於水中，不留一絲痕跡。外卷先生像發表什麼似的，高聲宣布：

「那麼，一華同學的諮詢結果，就是高音譜記號。」

「欸？什麼意思？」

內卷先生與我同時說道：

「這應該能成為幫助一華同學的道具。請從這扇門回去吧。」

內卷先生伸長手，指向一扇白色的門。

浮現深藍色牆上的這個四方形，一定就是通往現實世界的出口了。我站在門前，勉強擠出聲音說：

「我還想……再待在這裡一下……」

內卷先生溫柔微笑：

「這裡呢，不是為了讓人一直待在這裡而存在的地方。而是為了讓一華同學住的世界，變得更加豐富精采。」

果然還是不行啊。我沮喪地低垂視線，這才注意到門的旁邊放著一個小小的檯子，上面有個藤籃。藤籃裡高高堆滿糖果，用透明玻璃紙包著的糖果，上頭是藍色的漩渦圖案。

看到寫著「遇到麻煩時就吃這漩渦糖果」的卡片，我不假思索伸出手。外卷先生說：

「請自由取用，一人只限一顆。」

一人只限一顆。

本來想幫乃木同學也拿一顆的。我拿起一顆糖果，放進裙子口袋，小心翼翼詢問：

「請問，可以幫朋友拿嗎？」

外卷先生歪了歪頭，脖子發出「喀啦」一聲。

「非常抱歉，無法接受這個要求。這是為前來諮詢者提供的服務，規矩就是規矩。」

「……這樣啊。」

沒辦法。即使是這樣的世界也有它的規矩吧。不管去哪裡，都沒有完全自由的地方。

「外卷先生和內卷先生穿一樣的衣服，這也是規矩嗎？還是因為你們感情好，所以穿一樣的？」

我這麼一問，他們兩位便看了看對方。一會兒之後，內卷先生回答：

「與其說我們刻意穿一樣，不如說我們各自選擇了適合自己的穿著，自然而然就一樣了。」

適合自己的。

沒錯，這套典雅的灰色西裝和洗練的深藍領帶，都非常適合他們兩位。

內卷先生說：

「玻璃工房就在對面。」

「欸？」

我望向內卷先生。是啊，就算我沒說，一切全都看在他們眼底。

「那麼，路上小心。」

老爺爺們異口同聲這麼說，向我鞠躬行禮。我毅然決然地打開門。

好刺眼。

外面光線明亮得幾乎刺痛雙眼，我緊閉眼睛，先做一次深呼吸，才把眼睛睜開。

眼前，是剛才去過的那間玻璃工房。

……我回來了。回到這邊的世界了。

回過頭，果然不出所料，那裡已不見服務中心。這裡只有連接小町通的那條橫巷。我站在迷路前一刻走過的地方。

往工房裡窺看，女演員還拿著玻璃棒，用火炙燒前端的蜻蛉玉。時間似乎沒有經過多久。

我朝紀念品店轉身。心想或許……但這一絲期待落空，什麼都沒有發生，我回到紀念品店內。

花音手上拿著貓咪絨毛玩偶。看到我走進來，她只稍微把臉朝這邊轉，既不像在等我，也不像找過我的樣子，繼續跟瑠美打鬧。

我發著呆，拿起印有鎌倉地圖的手拭巾打量。手拭巾上畫著頗具喜感的插畫，有大佛、江之電、大銀杏樹，還有鴿子。

過了一會兒，連城同學說「走吧」，花音和瑠美什麼也沒買就走出去了。男生們手上提著印有店家商標的塑膠袋。

總覺得腦漿糊成了一團。我默默跟在大家背後，走到三間店面外的蕎麥麵店。默默吃了午餐。

我知道自己經歷了非常不得了的事。去了那麼美好的地方，又這樣回來了。內心其實滿開心的。雖然不想告訴大家，唯獨乃木同學，我發現自己很想與他分享。有機會兩人獨處的話，再偷偷跟他說吧。

離開蕎麥麵店後，先穿過小町通，再朝若宮大路走。我們的計畫是，走回鶴岡八幡宮的途中，順道去荏柄天神社參拜。

連城同學說，荏柄天神社是以學問之神聞名的神社。成績頂尖的他，高中要考靜岡首屈一指的名校。

「畢竟你將來要當政治家嘛。」

湯川同學邊走邊這麼說。連城同學的爸爸是市議會議員，這事大家都知道。連城同學苦笑著說「又還不一定」，花音就說：

「要是成為小泉總理那樣的政治家，不是很帥嗎？」

我對政治的事不太清楚，不過也隱約感覺到，今年四月，那個叫小泉純一郎的人成為總理大臣後，世人的反應好像和過去不太一樣。他說要改革日本，成為一個好國家。抱持如此遠大志向的人，精神不知道有多堅強。連城同學也想成為這樣的人嗎？

我們沿著步道一邊走，一邊逛出現在眼前的商店。不知何時，和在巴士上的位置分配一樣，連城同學和花音，湯川同學和瑠美，我和乃木同學走在一起。

乃木同學說：

「園森同學要考哪間高中？」

「應該是波高吧？」

「喔、我也是！」

乃木同學笑了。這樣啊，我有點高興。

從以前到現在，我們學校每年差不多有一半的學生會去讀波高。大部分成績不上不下的學生，幾乎都選擇就讀這間走路就能到的公立高中。

我放慢腳步，和前面四個人拉開距離。

「我跟你說，不要告訴別人喔。」

我壓低聲音湊近乃木同學的臉，他紅著臉點頭。

「我剛才穿越時空了。」

「……………真的假的！」

乃木同學睜大圓圓的眼睛，真怕他眼珠掉下來。

「說穿越時空好像不太對，不是單純的前往未來或回到過去，而是像去了異次元，一個叫鎌倉漩渦服務中心的地方。在一間老鐘錶行的旁邊，有一道戶外階梯，下樓到底會看到一扇鐵門，打開之後又是另外一道螺旋階梯。沿著走下去，會遇到一對雙胞胎老爺爺，還有活生生的菊石會在空中飛……」

說到這裡，我忽然不安起來。

總覺得這些話聽起來，就好像睡醒後跟別人分享自己的夢境。毫無脈絡可言，內容莫名其妙，說的人自己覺得超有趣，聽的人卻無聊得要命。類似這種感覺。

乃木同學用認真得近乎可怕的表情凝視我。就算是他，大概也受不了了吧，我閉起嘴巴。

「然、然後呢？那在哪？」

這次，輪到乃木同學湊近我的臉。原來他沒有受不了啊，放下心來，我繼續說：

「就在剛才去的紀念品店旁邊，不是有一條橫巷嗎？走到底有間玻璃工房，我去那邊參觀之後，想回去找你們卻突然迷路了。」

「真虧妳回得來。」

「嗯。我有說想在那邊多待久一點，但被強制遣返了。回來之後，發現這邊的時間還跟原本差不多。」

乃木同學深吸一口氣，再「呼——」地吐出來。

「好厲害，好厲害喔，園森同學。」

他對我說的話沒有一絲懷疑。不管怎麼想都覺得腦袋有問題的這番內容，他卻百分之百相信我。與其說相信我說的話，更應該說，他相信另一個世界確實存在。

「……我們再去一次吧。」

乃木同學面朝前方這麼說。我用力吞下口水，因為自己內心也正想著一樣的事。

「妳說在紀念品店那邊的橫巷嘛，這樣的話，繼續往前走一點就會到那附近了。既然園森同學會被強制遣返，就代表那個世界不會囚禁人類或對我們不利。所以，去了一定也能平安回來。既然回來的時間和去之前差不多，就不用怕大家擔心了。」

我點點頭。我也想再見到那兩位老爺爺和菊石。想跟乃木同學分享這段經歷。

一邊走一邊注意橫巷，乃木同學確認玻璃工房的位置後，朝我使了個眼神。決定展開行動。

「先去玻璃工房，然後試圖從那裡走出小町通。」

我們從若宮大路拐進橫巷，前往玻璃工房。走在前面那四個人沒發現我們脫隊。

「啊、對了，我還在玻璃工房遇到女明星。」

「欸！誰啊？」

「名字忘記了……說不定乃木同學看到就知道了。她感覺不是去工作，是私人行程。」

乃木同學嘀咕著說「大都會果然就是不一樣」。

我們兩人站在玻璃工房入口往裡窺看，女明星已經不在那裡了。只有大叔坐在店內一角的椅凳上打瞌睡。

「接下來走出小町通對嗎？」

「嗯。」

我們往紀念品店的方向去。剛才就是在我這麼做的時候，周遭景色突然轉變了。

可是，這次事態沒有任何改變。我們和幾個同學擦身而過，其中有人跟乃木同學打招呼，通往異次元的氛圍愈來愈淡薄，現實感愈來愈強烈。

「重來一次好了。要忠實複製妳原本的路徑。」

首先，稍微進去紀念品店一下。接著去玻璃工房。然後回頭。

還是不行。不管嘗試幾次，我們只是在同樣的地方來來回回而已。

乃木同學仰頭望天，發出「嗯——」的聲音，又蹲下來。

「我想一定是這樣的，園森同學。」

我也在乃木同學身旁蹲下，聽他用冷靜的語氣分析：

「那不是想去就能去的地方。想透過算計前往是不行的，只有在自然的法則下，當各種複雜要素符合時，才能正好踏入那個縫隙一般的地方。就算人類隨便想去或試圖找尋，一定也不會順利。」

「這麼說來，已經去不成了嗎……我好想讓乃木同學也看看那個地方。」

乃木同學聽到我這麼說，嘴角微微上揚。

「謝謝。我想，園森同學之所以去得了那所服務中心，應該是出於某種必要性。當我也出現那個必要性的時候，肯定就去得成了。所以，今天我先不去沒關係。光是能聽到園森同學的分享，我就心滿意足了。」

跟大家分頭行動已經過了十分鐘。我們回到若宮大路上，找尋同一小隊的同學。

「啊、找到了。」

發現我們的是湯川同學。他站在肥皂店前，對我們高高舉起手。我們小跑步上前，連城同學說：

「跑到哪裡去了啊？害我們好擔心。」

乃木同學雙手合十：

「抱歉、抱歉。聞到可麗餅的香味，跑進一條小巷子，出來就找不到大家了。」

「我看你們兩個很可疑喔。」

湯川同學吹了聲口哨。

我全身僵硬。就算是乃木同學，被跟我一起開了這種玩笑，他一定也會不開心。

沒想到，乃木同學嘿嘿一笑說：

「你別太羨慕我喔，這樣對園森同學過意不去吧。」

我很訝異。

乃木同學把我當成一個女孩子尊重。更讓我訝異的是，連城同學和湯川同學都自然而然地笑著接受了乃木同學的反應。

花音和瑠美依然什麼也沒說，只裝作不當一回事的樣子看了我一眼而已。

「那我們走吧。」

在連城同學的發號施令下，我們六人再次一起往前走。

從參觀旅行回來後，我開始經常和乃木同學聊天。

星期一、三、四的早上，學校會在跟教室不同棟的理科教室，舉行自由參加的輔導課。乃木同學說，星期二和星期五他也會提早到學校，自己待在無人的理科教室裡。

「從理科教室不是可以看見山嗎？參加輔導課的時候，我從教室裡看見山上出現UFO，大概看到三次左右。可是，上輔導課的時候一直看窗外會被老師罵，所以星期二和星期五，我就一個人去那裡，趁上課前盡情看天空看個夠。」

園森同學要不要也來？因為乃木同學這麼邀我。於是，我也開始在一樣的時間去理科教室。一直以來我都討厭早起，現在卻不知怎地樂在其中。

我們到現在還會不時聊起那所服務中心的事。乃木同學說，他去圖書館查了跟菊石有關的書。

「聽說菊石的殼啊，一開始是細長的圓棍狀喔。後來才在漫長的時間中扭成了那種螺旋模樣。」

「漫長的時間？是多久？」

「三億年左右。」

「……也太久了吧。這種事，學者是怎麼調查出來的呢？」

我不由得發出讚嘆的聲音。

乃木同學看著窗外說：

「我想，從化石上一定能知道很多事。有時候去水族館，不是偶爾會看到泡在福馬林裡的標本嗎？我每次看到那個都覺得好驚悚。或許覺得那種做法太直白了吧，只是勉強想留住外型，到最後還不是破損了。相較之下，我更喜歡化石。經過漫長光陰的洗禮，自然而然保留的形狀，反而能告訴人們更多東西，激起更多想像力。」

真的就像他說的這樣。乃木同學總是能把我無法順利說出口的話，正確地表達出來。每次和他聊天，都覺得自己內心好像變得愈來愈遼闊，心中的泥土像被耕耘了一番，變得愈來愈柔軟蓬鬆。

對我來說，乃木同學宛如救世主。即使花音和瑠美讓我的日子不好過，即使發生再多讓我失去自信的事，唯有和乃木同學共度的早晨時光，能使我重拾平靜的心情。

啊、對了。乃木同學這麼說著，從背包裡拿出一本雜誌。那是一本叫《DAP》的情報誌。

「庫柏力克啊，說他受到卓別林的影響。」

乃木同學說，因為今年正好是二〇〇一年的關係，市面上的雜誌經常可見以《2001太空漫遊》或庫柏力克為主題的專題報導。

我不是很熟庫柏力克，但雜誌上那張黑白照片倒是看過。

「卓別林是喜劇演員吧？」

「嗯。他本身會以演員身分演出喜劇，也會自己寫劇本，還擔任導演，製作了很多電影喔。」

乃木同學說了幾部卓別林拍的電影名稱，還說其中他最喜歡《城市之光》這部片。

「這個小鬍子很不錯吧？我長大之後也來留這種鬍子好了。說不定能掩飾一下娃娃臉。」

「欸——？我好想看喔，乃木同學留小鬍子的樣子。」

原來他介意自己的娃娃臉啊。就是娃娃臉才好啊。

UFO今天也沒出現。乃木同學翻著《DAP》。

「哎，好好喔，可以做雜誌。編輯啦、撰稿啦，要怎樣才能從事這種工作呢？」

看著介紹電影資訊的頁面，他喃喃地說。

「大都會果然就是比較好。走在路上都能遇到明星，還常舉行有趣的活動，也有大型書店和主題樂園。像我們這邊，就連要去看個電影都得先搭公車再換電車。平平是念三年高中，在這種鄉下地方和在大都會生活的人，擁有的未來完全不同吧，妳不覺得嗎？唉，我好想住在東京。」

「一旦說出口，就會變成真的喔。」

這是小朔的意見。他說，無論好壞，只要把事情說出口就會成真。乃木同學從雜誌上抬起頭，望向我。

我說得一副好像是自己獨到見解的樣子。

「不是有個『狼來了』的傳說嗎？」

「妳是說，少年一再謊稱狼來了，結果當狼真的來的時候，就沒人相信他的那個故事？」

「嗯。大家都說這個故事要傳達的訊息是『太常說謊就會失去信用』。可是，我覺得……另一個訊息是『只要說出口的事就會成真』。」

乃木同學露出佩服的表情用力點頭，接著，下定決心似的，做出斬釘截鐵的宣言：

「那麼，我、我要住在東京，還有，將來要做雜誌，做寫文章的工作！」

「一定會成真的。」

「還要留小鬍子！」

「這個不用講得那麼大聲啦，你自己高興怎麼留就怎麼留吧。」

說的也是喔。乃木同學笑了。

十一月進入下旬後，早上實在很冷。班上教室雖然有開暖氣，理科教室卻沒有。星期二的今天，乃木同學手插在長褲口袋裡，跟我聊作家黑祖洛伊德的事。

那是一個剛出道兩年左右的科幻作家。說到我常看的書，不是外國的兒童文學，就是少女小說，科幻小說是我不熟悉的領域。

「三年前吧，文學雜誌《海原》舉辦極短篇小說的公開徵文，最大獎的獎金是五十萬圓！」

「乃木同學，你去參加了嗎？」

「我本來想啊。想說，我國語課成績好，寫的讀書心得報告也曾入選過，極短篇的話，說不定寫得出來。可是結尾收不好，最後還是放棄了。這才知道，寫文章的文思也分很多種。」

「文思也分很多種？」

「對，我腦中的文思啊，不屬於創造故事的那種。似乎比較偏向針對已經完成的作品撰寫感想的那種。」

乃木同學擅長自我分析。

喜歡什麼，擅長什麼，難以達成什麼。

「雖然那次就這樣放棄參加徵文了，當時雜誌上刊登了挺進最終決選的十篇作品，除了評審委員和編輯之外，還進行讓讀者投票的企劃。其中也有黑祖洛伊德的作品，當時讀了之後，我就覺得這個人的小說最有趣，於是投下我神聖的一票。」

「那黑祖洛伊德因此獲得大獎了嗎？」

「沒有，得大獎的是其他人。黑祖洛伊德拿下了讀者獎。不過也因為這次得獎的緣分，獲得編輯賞識，隔年就正式出書了。」

乃木同學揚起下巴，簡直就像在炫耀自己出道文壇似的。

「這麼說來，乃木同學是黑祖洛伊德出道的推手嘍！」

「沒有啦，怎可能光靠我一個人。不過老實說，我是覺得自己幫了一點小忙啦。所以也很支持作家作品。一方面相信自己的眼光，一方面也是希望自己看好的作家能繼續活躍文壇。」

乃木同學的眼睛閃閃發光。認識他之後我才知道，說起自己喜歡的東西時，人的眼睛會這麼閃亮。

「下次我借妳書啊，妳讀看看。」

「嗯，謝謝。」

看一眼牆上的時鐘，乃木同學站起來。晨間班會的時間差不多要開始了。

「唉——今天也沒看到UFO。」說著，乃木同學打開理科教室的門。這時，花音正好從外面走過，嚇了一跳似的望向我們。

最近花音的心情很不好。應該是因為那個傳聞的關係。

有人說，連城同學交女朋友了。是別校的女生，好像和連城同學上同一間補習班。

所以，我比平常更小心避免刺激花音。理科教室的事，打從一開始就沒跟她們說。另外，我想乃木同學應該沒發現，回教室的時候，我還特地跟他錯開一點時間。

今天早上，在理科教室門口遇到時，花音雖然看到了我們，但卻什麼也沒說，轉頭就往跟教室相反的方向走掉了。她今天是值日生，大概要去教職員室拿講義吧。

第一堂課的下課時間，花音帶著英文筆記本坐到我前面的位子。原本坐那個位子的女生跑到後面的小圈圈裡，正將MD拿給瑠美。最近她們似乎流行編輯MD裡的曲目交換。

「回家作業，借我抄。」

「喔、好。」

我緊張地攤開筆記本。花音把我寫在上面的英文，原樣抄在自己的筆記本上。

「早上怎麼了？沒事吧？」

來了。

搖著手中的自動鉛筆抄寫，花音向我散發一股威嚇的氣勢。我盡可能強裝平靜回答：

「為什麼這麼問？」

「我以為乃木同學把妳叫去理科教室罵妳什麼啊。」

「沒有啦，我從理科教室前面經過時，正好看到乃木同學在裡面，就跟他說聲早安而已。」

「是喔。」

花音自動鉛筆尾端的博美P看著我。我自己也知道，這藉口聽起來很牽強。

發出嘲弄的笑聲，花音說：

「那傢伙很有病，竟然說什麼沒看到UFO。」

「嗯？喔，好像是有這麼說。」

「總覺得乃木那傢伙很不妙，就是所謂電波系吧。」

「確實。」

我笑了。

確實。

我對乃木同學的壞話表示了贊同。

好想哭。

乃木同學是我的救世主，我卻說了背叛他的話。

內心深處那些翻鬆了的柔軟土壤，再次變得硬邦邦。

「不過上次參觀旅行的時候，一華妳也很會撩乃木啊。沒想到妳外表乖乖的，這方面很有一套嘛。」

我堅硬的心被鎚子敲得鏗鏗作響。抄完作業，花音闔上筆記本。

看到她的筆記本封面，我不由得倒抽一口氣。

在用原子筆寫上的英文字母「KANON❺」旁邊，有個高音譜記號。對了，花音經常在自己的簽名後面加上這個記號。好久以前聽她說過，媽媽是吹奏樂手，為她取「花音」這個名字，就是希望她也能喜歡音樂。

能對我提供協助的道具。那是什麼意思呢？抄完作業就沒我的事了，花音站起來，走進瑠美她們的小圈圈中。

隔天星期三，我一早就在理科教室裡上數學的晨間輔導課。

老師說什麼，我完全沒聽進去，攤開講義看窗外。山頂上好像有什麼黑黑的東西在動，定睛一看，原來只是鳥。

昨天，後來花音就一直不理我了。不只如此，總覺得放學後瑠美在教室角落跟花音講話時，好像也偷瞄了我一眼。

❺「花音」的羅馬拼音。

繼續這樣下去，她們兩個都不理我了怎麼辦？

剩下的國中生活將會陷入地獄吧。二月有畢業旅行，到時也是交情好的人分組後再合併小隊行動。還有，畢業典禮結束後，大家在拍照和傳畢業紀念冊寫的時候怎麼辦？

我可不想這種時候成為多出來的討人厭傢伙。好不容易熬到今天，要是現在才從死抓著不放的小圈圈裡被排擠出去，那該有多可怕。

再說，我也不知道她們兩人高中要考哪所學校。萬一又上了同一所高中，她們對我還不熟悉的人散播我的壞話怎麼辦？

要是乃木同學是女生就好了。這樣的話，我就不用偷偷摸摸跑去理科教室跟他見面，一整天都可以光明正大膩在一起。

我很軟弱。軟弱、奸詐又卑鄙。

湯川同學開我玩笑那時候，乃木同學保護了我。他用開朗的語氣說「你別太羨慕我喔」。可是，我卻無法在花音她們面前這麼做。

不管花音和瑠美怎麼想，我只要珍惜與乃木同學的關係就好了不是嗎？或許這輩子都不可能再交到像他一樣的朋友。乃木同學對我來說，就是這麼特別的人，不是嗎？頭腦明明很清楚這一點，身體卻動彈不得。

怎麼辦？我該怎麼做才好。

老師在黑板上寫算式。

我真正想知道的事，學校課堂上從來不教。

結束輔導課回到班上，正把講義收進抽屜裡，乃木同學就走到我位子旁。

「這個，是昨天跟妳說的黑祖洛伊德的書。」

乃木同學將一本單行本小說遞給我。

我立刻四處張望，找尋花音的身影。花音和瑠美站在窗邊看著我。

「……謝、謝謝。」

「這本超有趣的。什麼時候還都可以喔。」

乃木同學大方說完，就回到自己位子去了。

我急忙走向教室後方的置物櫃，把書塞進自己的後背包。回到座位上回頭一看，花音和瑠美已站在我面前。我全身僵硬得像座石像。

瑠美要笑不笑：

「妳在跟乃木交往喔？」

「……不是啦。」

「我想也是，嚇死我了，還以為一華品味那麼差。」

花音什麼都沒說。只是默默站在一旁觀察我的反應。

我努力擠出最大的笑容，誇張地猛搖頭。

「怎麼可能，我有喜歡的人了啊。」

欸？誰？誰？花音和瑠美將我圍起來逼問。

「不是這間學校的……年紀比我們大，住我家附近。我喜歡成熟一點的人啦，乃木同學那種娃娃臉，一點都不是我喜歡的型。」

是喔。瑠美這麼說著，往旁邊瞥了一眼。

我也朝那方向望去，看見乃木同學正從置物櫃裡拿出字典。我心頭一驚，但也不可能辯解什麼了。他一手拿著字典，面無表情走開。

……一定聽見了吧。剛才我說的話。

石像龜裂，我覺得自己從頭到腳碎成了一片一片。

級任導師泉老師走進教室，開始晨間班會。老師說第一堂課的社會老師今天請假，要我們自習。

老師走出教室後，花音像是心滿意足了，問我：「一華，妳有帶電子雞來嗎？」我跳起來，把手伸進背包。

——這樣就好了。我已經明白了。

即使不能再和乃木同學聊天，也只不過是回到參觀旅行之前的生活。可是，要是被擠出花音她們的小圈圈，生活中就會充滿困擾。就算這是虛偽的友情，我也得維繫住。

所以，不能做出激怒花音和瑠美的事。只有保住自己在小圈圈裡的地位，繼續討她們歡心，才能過安穩的日子。

高音譜記號一定是在建議我「要腳踏實地，好好跟在花音身邊」。

隔天，我把借來的書放進紙袋，算準輔導課快開始前的時間，教室裡沒半個人的時候，放進乃木同學的抽屜還他。封面上貼著寫上「謝謝你」的便利貼。

我已經沒有和乃木同學交朋友的資格了。我這麼認為，心情就像踐踏了救世主耶穌畫像的信徒。

那本書我沒有看。既沒有看書的心情，也覺得不能再跟乃木同學扯上關係。

後來，星期二和星期五早上，我也不去理科教室了。反正原本就沒有做這種約定。

同時，我也盡可能迴避乃木同學的視線。

進入十二月不久，某天放學後，正要出教室時，乃木同學叫住了我。

花音和瑠美站在門口看我。我們約好等一下三個人要一起去商店街的麵包店。買一個麵包可以得到一張優惠券，集滿十張優惠券就能換一個博美P的盤子。花音說她想要，也約了我一起去。

「有空嗎？一下就好。」

「我有話想跟園森同學說。」

「……我有急事。」

乃木同學沉默了三秒，無力地問：「那什麼時候才有空？」

他的聲音聽起來像是快哭出來。我才更想哭呢，現在就想立刻跟他一起去理科教室。

「他在跟一華告白吧？」

瑠美對花音說，用故意讓我們聽見的音量。

我不敢再看乃木同學，放聲大喊：

「夠了，不要再來跟我說話！」

憤怒的語氣，並非對乃木同學生氣，我是對自己火大。

跟在花音和瑠美身後，去商店街買下自己壓根不想吃的麵包，還買了三個。

站在結帳櫃檯旁，用這三張交換券，換來我在小圈圈裡的容身之處。

三星期後，泉老師在班會上說：

「雖然很突然，乃木同學會在第二學期結束後轉學。」

我猛地抬頭，教室裡一陣騷動。

今天是星期五，下星期一是節日的補假，和週末連在一起成了三連休。星期三開始放寒假，換句話說，包括今天在內，第二學期再兩天就結束了。

在全班同學的注目下，乃木同學不好意思地低下頭。老師簡短說明：

「乃木同學的爸爸臨時被公司外調，他們要搬到東京去了。雖然很快就要升上三年級，現在轉學過去，正好可以報考東京的高中。乃木同學希望老師保密到最後一刻，所以直到今天才告訴大家。好，乃木同學，你也跟大家說句話吧。」

乃木同學難為情地起身，只說了「剩下兩天，請大家多多指教」就坐下來了。

「只有這樣喔——」湯川同學這句話惹得大家都笑了。

是啊。乃木同學不是那種會在大家面前長篇大論的人。在我面前時活力四射的表情和說不完的話，就是他對我大大敞開心房的最好證明。

乃木同學想告訴我的，就是這件事啊……

我用力咬緊牙根，強忍淚水。要是現在哭出來，花音她們又不知道會說什麼了。我只能裝作一點也不在意，撥弄髮梢、摸摸指甲，等待時間過去。

那個週末，星期六我和爸爸媽媽去橫濱參加了親戚的婚禮。

婚禮的主角，是媽媽和小朔的堂弟俊介，也就是我的堂舅。

雖然我正為了乃木同學的事沮喪，能見到小朔還是很開心。小朔一看到穿冰沙綠色洋裝的我就說「好像小公主」。

婚禮在教堂舉行。俊介舅舅穿西裝禮服的樣子很帥氣，新娘也很可愛，光看就令人產生幸福的心情。在牧師的引導下，新郎新娘於神前立誓，參加婚禮的賓客一起唱讚美歌。

儀式結束後，大家移動到另一個像鄉村別墅的婚宴會場。桌椅雖然擺在室內，通往露台的落地窗全部打開，感覺就像在庭園裡用餐。宴會採用可自由移動的庭園式自助餐，氣氛非常美好。

我和小朔一起坐在露台上吃蛋糕。充分利用「黏舅舅的外甥女」地位，我成功獨佔了小朔。我也有這種智慧犯的一面，上次花音說我「外表乖乖的卻很有一套」，或許沒說錯。

「小朔也想結婚嗎？」

我這麼問，小朔沉吟了一會兒。

「如果只問想不想結婚，那我還不確定。哪天有了喜歡的人，我也想跟那個人結婚的話，一定就會結了吧。」

好棒的回答。這表示，小朔現在沒有喜歡的人。我擺出外甥女的表情說：

「那到時候，我也幫小朔唱讚美歌吧。」

我從小腰包裡拿出一張紙，是剛才教堂的人發的影印樂譜。今天的讚美歌，是第312號讚美歌〈深深的摯愛〉。

我第一次唱這首歌。在管風琴的伴奏下，模仿聖詩班唱歌的樣子，哼出還算像樣的歌曲。

拿到樂譜時，內心浮現一個疑問。因為歌詞裡，有一句「恩友耶穌」。

「小朔，這句『恩友耶穌』是什麼意思啊？耶穌怎麼會是朋友？」

小朔什麼都會回答我。知道的事就仔細解釋給我聽，不知道的事也會陪我一起思考。我真的好羨慕小朔學校的學生。

「因為耶穌也是人啊。」

「欸？是喔？」

小朔用溫柔的眼神看著驚訝的我：

「嗯。雖然很多人以為耶穌是神，其實他是神的使者，跟我們一樣是人喔。應該是在施洗約翰的章節吧，耶穌對大家說，以後我不再稱你們為僕人，乃稱你們為朋友。」

這樣啊，救世主是朋友……

「這麼說來，隱匿基督徒踐踏的，就是朋友的畫像嘍？」

總覺得，這比踐踏神的畫像更教人心裡難受。

看我沮喪的樣子，小朔拍拍我的頭。

「怎麼啦？一華公主有什麼煩惱？」

「我不是公主，我是侍女。」

小朔把手從我頭上放下，輕輕撫摸我的肩膀。我再也忍耐不住，哭著對他說：

「為了不被排擠，我拚命配合大家，卻對好不容易合得來的唯一一個朋友做出過分的事……」

我哭得唏哩嘩啦。小朔只是溫柔地摟住我的肩膀說「這樣啊、這樣啊」。露台這邊的位子靠角落，正好在一個死角，庭園裡的大家又都在聽俊介舅舅的朋友拉小提琴聽得入迷，沒人注意到我。

「妳說的我很懂喔。國中或高中的時候，無論如何都想跟大家往同一個方向走，否則覺得自己無法前進，校園裡就是會瀰漫這種氣氛。像這個五線譜一樣，非得擠進線跟線的中間不可，要不然就不知道自己該待在哪裡才好了。看在當老師的我眼中，有時也覺得很難受喔。或許我不該在學校這麼大的集團裡任教，要是能在更小的地方，好好面對每一個學生就好了。」

我有些意外。還以為小朔當國中老師當得很開心。說不定，哪天他會換工作。

「和別人不同，並不等於比別人差。每個人都有每個人的優點，得建立一個接受更多樣化的社會才行。我也相信時間久了，時代一定會慢慢轉變成那樣。」

小朔看著樂譜這麼說，指著高音譜記號。

「一華，妳知道高音譜記號的意義嗎？」

「咦……」

聽到小朔口中說出「高音譜記號」這個字，我心跳加速。忽然有一股預感，這件事會為我帶來很棒的提示。

「這裡的這個啊……」說著，小朔對端著空盤走過去的服務生說：「不好意思，請問有筆嗎？」服務生從圍裙口袋裡拿出原子筆交給小朔，又走到庭園裡去了。

小朔把影印的樂譜放在桌上，用筆畫下一個高音譜記號。

「這個漩渦的中心。妳看，是不是像十字架一樣縱橫交錯？這裡就是So喔。」

「是喔！」

我高聲反問，小朔就用言外有意的語氣笑著說「So[6]」。他好像是想和外卷先生一樣講雙關語冷笑話，我不禁噗哧一笑。小朔也咧嘴微笑。

「這個記號原本代表英文字母的G。經過漫長的時間演變，才成為現在的形狀。」

「……好像菊石喔。」

我喃喃低語。經歷過漫長的時間，變成螺旋的模樣。

小朔眨著眼睛，疑惑地問「菊石？」，但也沒有特別在意，又繼續往下說：

「現在雖然習慣講Do Re Mi Fa So Ra Si Do，很久以前是從Ra開始的呢。Ra Si Do Re Mi Fa So，分別對應ABCDEFG。日本人則是用把音符讀成『いろはにほへと』，也就是I Ro Ha Ni Ho He To。換句話說，So就是G，在日語中則是To。所以，日語的高音譜記號❼，指的就是So喔。」

小朔在紙張的空白處做了個英文字母、片假名和平假名的對照表，然後又說：

「所有事物都在逐漸改變中，這就是所謂無常。即使是這個高音譜記號，一

❻日文中「對」的發音。

❼日語寫成「To音記號」。

千年後可能也不是這個形狀了。音符可能也不再從Do開始排列，樂譜說不定也不再是五線。可是，就算狀況隨著時間改變，So的位置還是這裡，只要有確定的軸心就不會走音。依然能演奏出優美的名曲。」

說著，小朔用手指撫摸樂譜上的曲名——〈深深的摯愛〉。

「害怕自己脫離五線譜的心情，我很能理解喔。學生時代，學校和家庭就是自己的全世界，會有這種心情也是沒辦法的事。可是啊，如果老是害怕被排擠或被嘲笑，以此為軸心採取行動的話，就算不被排擠，說不定還是很難找到真正的同伴。所以，希望一華能擁有屬於自己的『So』的軸心，這樣的話，不管誰笑妳都不會當一回事了。這麼一來，接下來無論發生什麼事，妳都不會迷失自己，也能獲得真正的同伴喔。」

小朔把原子筆放在桌上。

漩渦的中心，屬於我自己的「So」。

我凝視著小朔畫下的那個高音譜記號。

端著放了空杯的托盤，剛才那位服務生又回來了。小朔特地站起來，一邊對服務生道謝，一邊把原子筆還給他。

在橫濱的外婆家住了一個晚上，星期天傍晚，我們回到靜岡。

星期一補假，我去了購物中心。

明天是能見到乃木同學的最後一天。我想好好道歉，好好說謝謝，送他一個禮物。

因為沒送過男生禮物，不知道該選什麼才好。手頭也沒有太多錢。

想到可以送書，就朝購物中心裡的書店走去。黑祖洛伊德的書，他應該全套都有，不如買圖鑑或是攝影集吧。

到了書店，看到文具區旁貼了一張「化石展銷會」的海報，我睜大眼睛。這間書店有時會像這樣，在店面擺一些不是書也不是文具的臨時商品。我懷著興奮的心情看放在展示台上的化石。化石這種東西，得要多少錢才買得起啊。

恐龍的牙齒、三葉蟲、猛獁象的骨頭。這些都裝在火柴盒大小的小塑膠盒裡，規規矩矩並排在展示台上。

還有……找到了。菊石。

有淺咖啡色的，帶點灰色的，還有白色的。每個都跟五百圓硬幣差不多大，沒有一個相同。

我精挑細選，選了一個殼上花紋最密集，有著大理石般花色的菊石。

盒子角落貼著一張小標籤，上面寫的是「白堊紀」。一億四千萬年前的菊石，價格用我的零用錢還勉強買得起。一千一百圓。加上百分之五的消費稅，總共一千一百五十五圓。

正要伸手拿起來時，背後傳來「一華？」的聲音。是花音和瑠美。

兩人看了看化石展示台，又看了看我，不知為何笑得很開心。

「欸？不會吧？化石耶？」

「嗚哇，真不敢相信。」

瞬間，我遲疑了。

可是，一想起前天小朔畫給我看的高音譜記號，緊繃的身體就放鬆了。

我默默拿起為乃木同學挑選的美麗菊石。

背對花音她們，朝結帳櫃檯走去。她們臉上是什麼表情，會說什麼話，我都不想知道。這是第一次能夠這麼想。

在櫃檯問結帳的店員：「這是要送人的，可以幫我包裝嗎？」店員微微一笑說「好的，沒問題」。

在我等待店員用有書店LOGO的包裝紙將小盒子包裝起來時，花音她們似乎一直在看這邊。我一走出店外，兩人就像等著這一刻似的，花音問：「那該不會是要送乃木的吧？」表面上像說給瑠美聽，但我知道，她是故意說給我聽的。

「送男生化石，有夠好笑。」

瑠美刻意做出捧腹的動作大笑。

我笑著對她們說「明天見」，朝電梯走去。

沒必要因為害怕她們而說謊，也沒必要因為愧疚而生氣。

我喜歡化石，乃木同學也是。希望他記住我們聊化石話題的那段開心時光，所以想送他這個禮物。不管誰來取笑或輕蔑我，我的軸心也不會偏移。我的「So」就在這裡，腳踏實地。

電梯往下。視野角落瞥見花音和瑠美還震驚地站在原地。我覺得有點好笑，忍不住說出那句「別太羨慕我喔」。

隔天，我一大早就去了理科教室。

其實我本來想前一天晚上打電話給乃木同學。可是今年起，我們學校廢除了通訊網，我連他家的電話都不知道。

乃木同學不一定會來。可是，我想在這裡等。

坐在靠窗的位置，望著山頂。

乃木同學。

乃木同學、乃木同學。

對不起呀，真的對不起。

能和乃木同學變成好朋友，我明明是那麼高興，卻因為自己的軟弱，和乃木同學疏遠。

這樣下去什麼都無法表達，我不想要那樣。

一個人默默等待的關係，感覺冷到了骨子裡。我把凍僵的手伸進裙子口袋，這時，手碰到某個東西。

……對了！我完全忘了還有這個，「遇到麻煩時就吃這漩渦糖果。」

這種好東西，我怎麼到現在才想起來。

剝開玻璃紙，把糖果放進嘴裡。糖果融化的速度超乎想像的快。因為是藍色，還以為會是蘇打口味，沒想到是類似檸檬的酸甜口味。

我再次雙手合十，用心許願。

乃木同學，快來，請你快來。

這時，山頂上有什麼發出光芒。

「啊……！」

我跑到窗戶邊。

銀色圓形的太空船。沿著鋸齒狀路線移動後，迅速消失了蹤影。

……UFO。

好厲害，我看見了，世上真的有UFO。

晨間班會都開始了，乃木同學還是沒有來。

聽到老師說乃木同學感冒請假時，我全身失去力氣。

「今天原本是最後一天到校的日子，乃木同學自己也很遺憾，可是聽說他發了高燒。」

遇到麻煩時吃的漩渦糖果一點用也沒有。還是說，出了什麼差錯？我希望來的不是UFO，是乃木同學啊。

……這樣下去就見不到面了吧。

還是問老師乃木同學家的地址，放學後去看他好了。可是，萬一他發高燒在睡覺，打擾他休息也過意不去。

昨天的事，花音和瑠美都沒來說什麼。我一如往常道「早安」，她們也回應了「早安」。就只有這樣。只要我自己不表現得小心翼翼，她們大概也覺得捉弄我沒意思吧。

上午的課結束後。

打掃完，收下老師發的通知書時，乃木同學居然進教室了。

「發燒沒關係嗎？乃木同學。」

老師驚訝地問。

「好像已經完全退燒了。」

乃木同學搔搔頭說。

啊。不過太好了。

等一下得想辦法跟他說話。這麼一想，忽然緊張起來。

不經意的，與乃木同學四目相接。

不知為何，乃木同學浮現鬆了一口氣的笑容。我也受他影響，跟著笑了。然後，自然而然理解，等一下要在理科教室碰面。

放學後，我在理科教室等，乃木同學帶著大包小包來了。要帶回家的東西這麼多啊。

將沉重的紙袋放在地上，乃木同學喘口氣，站在我面前。

我不假思索低下頭。

「對不起！」

我一開口就是道歉，乃木同學不知所措地說：「不、那個……」

「我……能和乃木變成好朋友，我很高興。心情像是被大大地拯救了。可是，就因為太在意花音她們的看法，不但對你說了那麼過分的話，還躲著你，真的真的很抱歉。」

「沒關係啦，妳的道歉我已經聽夠多了。」

「……咦？」

抬起頭，乃木同學用溫柔的眼神看我。

「我啊，夢到園森同學了喔。」

夢到我？

「今天早上發了嚴重的高燒，雖然覺得可惜，也只能跟媽媽說要請假，就再躺回棉被裡了。睡著之後，就夢見園森同學站在這裡等我。園森同學在夢裡一直跟我道歉，雙手合十，一副快要哭出來的樣子。」

說到這裡，乃木同學將一隻手伸進制服口袋。

「然後，不知為何，夢裡園森同學拿著這個。我週末時準備好的東西。」

乃木同學從口袋裡伸出的手上，放著用書店包裝紙包起來的小盒子。

……這個！該不會是——

「這個啊，我一在購物中心的書店看到，就想送給園森同學。」

乃木同學滿臉通紅，把小盒子遞給我。我用顫抖的手收下，愣愣地說「謝謝」，乃木同學又急促地說起來：

「後來，發生了很不得了的事。我醒來後，發著呆想『夢到園森同學了呢』，人還躺在棉被裡，忽然感覺窗簾外面有什麼在發光。覺得奇怪，就把窗簾拉開一看……」

「UFO！」

「對！」

乃木同學豎起食指。

「真的只是一瞬間，UFO橫過我眼前。大小跟一輛汽車差不多，銀色的圓形，中間有漩渦圖案喔。我哇哇大叫，UFO就像打什麼暗號似的閃了幾下，隨即消失。那之後我就感到身體變輕鬆，燒也完全退了。UFO治好了我的感冒！」

乃木同學蹦蹦跳跳，望向窗外。

原來如此。那顆糖果還是發揮了效果。它讓我出現在乃木同學的夢中，還連UFO都送來。拜糖果之賜，我才能在這裡見到乃木同學，跟他說話。

不過——

不過我這邊發生的，不是糖果帶來的奇蹟。我從後背包裡拿出小盒子，交給乃木同學。

他一看就露出驚訝的表情。

「欸？咦咦咦？可以打開嗎？」

我們並肩站在窗邊，一起拆開包裝紙。出現在彼此手中的，都是小小的菊石化石。

「…………好棒……」

乃木同學選給我的，是全白底色上散布紅色斑紋的可愛配色。乃木同學吸了吸鼻子。

「抱歉，我好想哭。太高興了，謝謝妳。」

站在他身旁的我也是滿心激動。一不小心就一樣了，適合我們的東西。

吸著鼻子，乃木同學說：

「心是不是長在臉的正中央啊。不然高興或感動的時候，鼻子怎麼會酸到發疼啊。」

「可是，悲傷的時候，胸口也會痛痛或重重的吧。我每次都在想，感動的眼淚和悲傷的眼淚應該是不同地方製造出來的。」

「啊、這說法真有意思。或者，心可能長得像氣球，會在身體裡到處移動。高興的時候就往上飄，悲傷的時候就往下沉。」

要是能永遠跟乃木同學聊這些有多好。

和男生女生或距離遠近都沒有關係，要是能永遠永遠這樣，想聊天的時候，高興聊多久就聊多久，那該有多好。肉體真是笨重又絆手絆腳的麻煩東西。

「園森同學說得沒錯，話說出口就會變成真的呢。」

乃木同學忽然這麼嘀咕。

「可是，是我自己沒有好好說清楚。我說想住在東京，指的是更久之後，長大成人之後的事。現在我還……想在這個連電影院都沒有的鄉下地方，和園森同學一起上高中。」

我也一樣。想跟乃木同學一起上波高，聊更多各式各樣的話題，一起見識未來。我用雙手包住菊石，代替沒有說出口的心情。

我們只是小孩子，生活中的一切會隨父母的方便完全改變，沒有辦法阻止即將到來的分離。

可是我知道，這不會是結束。不管去了哪裡，這都不會是最終型態。

脫離國中生涯，度過高中時代之後，我們仍會持續不斷轉變。像從長棍變成螺旋的菊石一樣，我們自身也會隨時代不停地演化。

「謝謝你，乃木同學。今後我會一次又一次想起和乃木同學聊天的時光。這麼一來，就能隨時保持快樂的心情，遇到難過的事也能堅強面對。因為我清楚確認了，這裡就是真正屬於我的地方。」

庫柏力克或卓別林的電影也好，黑祖洛伊德的小說也好，每當接觸到這些東西時，他們一定都會將乃木同學帶到我身邊。一邊在彼此的新生活中團團轉動，我們一定會再次交會。

「我也——」我的朋友乃木同學說。

「我也不會忘記的喔。即使成為留了小鬍子的大人，也絕對不會忘記和園森同學共度的時光。」

團團轉動，扭轉成螺旋狀的菊石。現在拿在我們手中的，是一億四千萬年的光陰。

心意能穿越時空。每當我們想起彼此，不管身在何時何地，都能再度見面。

乃木同學視線赫然望向窗外。我也喊了一聲「啊！」。

山頂閃過一道銀光，團團繞了幾圈後又消失了。
就像笑著用力揮手對我們說「下次見」的朋友。

一九九五年
花丸篇
Kamakura Uzumaki Annaijo
Kamakura Uzumaki Annaijo

期待是悲哀的傲慢。

用文字處理機打出這行字，又立刻刪掉。這是昨晚的事了。指尖擅自打出這句子，總覺得拿來當台詞也無法順利傳達想表達的事。我想起那句「懂的人才懂的腳本，等成名之後再寫」。舞台劇導演中的大師級人物，阿久津芳郎在雜誌專訪中說過的話。

身為劇作家的鮎川茂吉想要成名，就得寫出更多直搗人心的台詞才行。抱著這個永遠脫離不了業餘領域的小劇團，我前天過了四十歲的生日。茨城老家的父母老是說「也該做出一番成果了吧」，「做不出東西就給我回來」。接下來肯定又是那句「都供你讀到W大畢業了還這樣」。

懷著憂鬱的心情，我眺望大海。

九月的由比濱海岸，海風有點強勁。我打開來此途中去便利商店買的「好棍」麵包塑膠袋。細長的奶油卷麵包裡，夾著口味獨特的奶油醬，含百分之三消費稅在內，只要九十圓一條的這款麵包，就是我的午餐。從袋子裡將長棍狀的麵包推出四分之一，盤腿坐在沙灘上咬下一口。天上有老鷹盤旋而過。

「……真想在大箱子裡表演啊……」

我這麼喃喃低語，廣中就露出苦笑。

「茂哥，這句話你從去年就一直掛在嘴上喔。」

「箱子」指的是劇場等表演場地。跟我們平常演出時僅能容納百人的小劇場不同，真希望能在至少賣得出八百張票的地方演出。比方說陽光劇場之類的。那麼一來，背後也會有贊助廠商，就不用靠自己人苦心籌措舞台營運費用或到處發傳單宣傳了。真想趕快登上那樣的殿堂啊。

從剛才開始，廣中就蹲在沙灘上，不曉得在找什麼。

「你在幹嘛，廣中？」

「……嗯，找點東西。」

我手拿麵包站起來，走到廣中身邊。

廣中是隸屬我主持的劇團「海鷗座」的演員，算算彼此也有十二年交情了。他擁有我沒有的俊俏長相，散發一股出身良好的溫和氣質，是個難得的美男子。長相有點像三田村邦彥，水汪汪的眼睛，側臉看上去有點公子哥的味道。不過，實際上廣中也不是什麼富家貴公子，只是地方公務員的兒子，而他自己幾乎沒做過像樣的工作。只是，就算他什麼都不做，也會有人擅自養他、照顧他，導致這個人沒有野心與執著，才會全身散發一股不知人間疾苦的氛圍而已。

廣中和我同年，認識的時候彼此都是二十八歲，今年他也四十了。這傢伙呢，也是一邊偶爾接個單次的打工，一邊當演員。不過，能像這樣一起變老一起演戲也不錯，我覺得。

今天，受大學時代學弟所託，我們來鎌倉幫忙電視劇的拍攝工作。

外景比預期的提早在中午前結束，我們就決定在鎌倉附近逛逛。我和廣中都住中野，也都是第一次來鎌倉。聽說離開鶴岡八幡宮後，一路沿著若宮大路走就能走到海邊，我們便花了十五分鐘走到沙灘上。

廣中蹲下來，從沙灘上撿起一個什麼。

「那什麼？百圓硬幣？」

我才剛這麼說，手上的麵包就消失了。

怎、怎麼回事？變魔術嗎？

原本裝「好棍」的空麵包袋從空中落下，我不禁看得傻眼。原來是被老鷹叼走了，還靈巧地只叼走袋裡的麵包。

「……我的麵包……老鷹……」

「欸？被搶走了？被老鷹搶走了？好厲害喔，一眨眼的時間耶。」

廣中看了看天空，又看了看我，笑出來。

混帳，還我午餐來。

「我的飯糰，分你吃吧？」

「不用。」

廣中的飯糰不是便利商店賣的，是他女友綾子做的。我還沒落魄到要接收人家多到有剩的愛情施捨。

「你撿了什麼？」

我這麼問，廣中沉默了半晌，才略顯猶豫地張開手心。

櫻貝。

「……茂哥。」

「啥？」

「我要放棄演戲了。」

「欸？」

和麵包被老鷹叼走時一樣，突如其來的失落感襲擊了我。我抓住廣中的手臂。

「怎、怎樣啦，幹嘛忽然這麼說？」

「不是忽然喔，我思考很久了。我想把十二月的公演當作最後一次演出。」

十二月的公演，我報名了「演劇祭」。腳本已經差不多完成，正要進入讓演員讀劇本、對台詞的階段。

我把一切賭在這上面。這次的演劇祭不只是振興地方的小型活動，贊助廠商中還包括了電視台，屬於大型演劇活動。只要能在這裡獲得認同，就有機會開花結果。不管怎麼說，這次的評審委員長可是阿久津芳郎，若能奪下大獎，肯定能在他的協助下，再次站上大型劇場的舞台。

「別這樣……別說那種話嘛。演劇祭之後的下一齣劇本，我都已經在構思了。這次，我想描繪中年男女的純愛，女人雖然有家室，卻在丈夫不在家的時候，跟攝影師墜入情網，談了只限幾天的戀愛。很不錯吧？我會找超美的女明星來跟你合演的啦。」

「這根本就是抄襲《麥迪遜之橋》吧？」

唔。我放開廣中的手臂，摀住自己胸口。

沒打算抄襲那本最近流行的小說，只是情節確實很像。真的。

「啊、不然這樣吧，這個你覺得如何？過著貧窮生活，受父母與周遭迫害，依然不屈不撓面對命運的小女孩……」

「同情我就給我錢？」

廣中苦笑。他大概想說：「這次輪到抄襲高收視率連續劇《無家可歸的小孩》嗎。」「同情我就給我錢」，是劇中小女孩的經典台詞。

「這不是抄襲，是致敬。」

我如此堅稱，廣中卻用憐憫的眼神看我。我急忙辯解：

「好、好啦，最近可能靈感沒了嘛，這只是暫時的啊。每個人都會遇到瓶頸，下次我會寫出名作的，你等著瞧吧。現在只要像這樣一邊偶爾接接電視劇的工作，一邊……」

「這只是普通人也能報名參加的臨時演員，連臉都沒拍到喔。」

他說得沒錯。學弟塚地偶爾會問我要不要接臨時演員的打工，別說臉了，背影能入鏡都算幸運。觀看實際播出畫面時，連一秒都沒出現也是常有的事。不過，不管怎麼說，這仍算是正式的戲劇工作，至少我自認如此。

剛才，我和廣中演的，是一起前往鶴岡八幡宮參拜的「角色」。

在通往大殿的階梯上來回走了不知道幾次，也從種在參拜道旁的大銀杏樹旁經過了不知道幾次。樹齡千年的大樹，雖然已經活了很久，在大樹界裡似乎只稱得上中生代，給人還在第一線上活躍的感覺。那不輕易撼動的傲然英姿，使我產生自己也得好好努力才行的心情。我試圖說服廣中。

「可是，廣中你不是也有很多粉絲嗎？大家會難過的，要是觀眾因此不來看戲了怎麼辦？」

「最近舞台結束後的問卷調查，已經幾乎沒有人寫我的名字了啦。」

「沒這回事。我說，你再想想吧。我還想跟你一起做下去啊。我們不是一路一起追夢過來的嗎？」

「哪裡在追了！」

廣中吶喊著打斷我。看到我慌亂的樣子，廣中從我身上別開視線，對著沙灘嘟噥：

「……哪有在追，現在只是被夢想追趕而已吧。」

我默不吭聲。凝視手上的櫻貝，廣中說：

「我打算結婚。」

「……結婚？」

「綾子有身孕了，她說現在已經三個月。」

我知道廣中和綾子同居的事。綾子好像是牙醫還是什麼，廣中幾乎過著吃軟飯的生活。

「對茂哥過意不去……可是，我想好好找份工作，守護綾子和孩子。」

看來他心意已決。平常一副嘻皮笑臉的樣子，廣中這傢伙，今天居然給我擺出這麼正氣凜然的表情。

雙手插進牛仔褲口袋，我背對廣中。

「我去買午餐。」

「嗯，我在這等你喔。」

我朝便利商店走去，又忽然停下來，轉過頭。

「廣中啊……」

「嗯。」

「同情我就給我觀眾。」

廣中皺起眉頭，弱弱笑著說「我才沒同情你咧」。

最讓我生氣的不是別的，是那句「對茂哥過意不去」，高高在上個什麼意思啊。什麼叫對我過意不去，「我這麼幸福真是抱歉喔」的意思嗎？還是「茂哥靠演戲賺不了錢還孤家寡人的真可憐」？這不是同情是什麼！那傢伙變了啦，至少，以前的他不會在我講起劇本的事時開口打斷。

可惡。眼淚都流出來了。年過四十的大叔，被搭檔拋棄還哭出來，這是什麼搞笑短劇嗎？抬起手背抹眼睛，忽然覺得不對勁，東張西望環顧四周。

……這是哪裡啊？

離海岸最近的便利商店，照理說不用走五分鐘就該到了。沙灘上有一道通往馬路的階梯，一爬上來就該看到便利商店才對啊。來的路上就去過那家便利商店，我也以為自己應該是朝那邊去的，大概因為難過得胡思亂想，不小心跑進奇怪的地方了。

左右兩邊都聳立著氣派的住家，有頗具品味的大門和廣闊庭院的那種。一棟白色洋房的車庫裡，停著綠色的美國車。

這裡住的都是有錢人吧。年收入不知賺多少。你們這些人啊，能想像世上也有用一條「好棍」麵包當午餐的男人嗎？

可是，好像哪裡怪怪的。明明是住宅區，卻沒看見半個人。再說，這一區離海邊那麼近，怎麼會蓋這麼多房子。

視野角落有什麼動了動，定睛一看，是一隻翩翩飛舞的巨大鳳蝶。差不多有我的手掌張開到極限那麼大。大到這種程度實在詭異，看著看著還向我飛來，差點撞上我的臉。嗚哇，別來啊，別把鱗粉灑在我身上。

為了逃離鳳蝶，我繞過一堵圍牆轉角，眼前出現一間看似古董店的店鋪。隔著玻璃門往內看，屋內掛滿各式各樣老舊的時鐘。

門上垂著「CLOSE」的牌子，今天似乎公休。真的沒半個人。這裡到底怎麼回事，簡直就像附近所有人一齊從世界上放假似的。

仔細一瞧，店前一角立著一塊招牌。「鎌倉漩渦服務中心」，木板上以粗體毛筆寫著這行字，底下還有一條往下指的箭頭。建築外側設有戶外階梯，看起來應該是通往地下室。

既然是服務中心，至少能讓我問個路吧。前提是得要有人。我沿著樓梯往下走。

走到底，又是一扇鐵門。也太大費周章了吧。服務中心這種地方，不是應該更開放地歡迎民眾進入才對嗎？我轉動圓圓的門把，門後一片漆黑。心想，難道這裡也公休嗎？又看見微弱的燈光。眼睛適應黑暗後，發現還有一道螺旋階梯繼續往下，扶手上掛著小電燈泡。

我嘟噥了幾聲。

這種昏暗，這種狹窄，這種可疑的氣氛。對我來說，卻充滿了熟悉感。

這是……

這是小劇場吧。原來鎌倉海邊還有這種小劇場啊。在鎌倉辦一場公演好像也不錯。場地租借費應該很貴，就當先來勘查場地，姑且下去看看吧。

沿著螺旋階梯往下，原本黑色的牆壁漸漸轉成深藍色。很不錯的安排，能炒熱舞台正式開幕前興奮期待的心情。

下到最底端，腳一落地我就驚訝得說不出話了。這空間未免太狹窄。頂多站四個演員就嫌擁擠，也沒有照明設備和觀眾席，只在靠牆的地方擺張小圓桌，兩個穿西裝的老爺爺坐在那裡下黑白棋。牆上掛著土鍋大小的螺旋貝殼，原本以為是時鐘，但沒有數字也沒有指針。

「請問……」我才剛開口，老爺爺們就轉頭看我。長相……一模一樣。

「你走散了嗎？」

其中一個老爺爺說。

感覺身體中央被人揪住似的緊了一緊。我走散了嗎？

或許老爺爺只是想問我是不是迷路了，這句話聽起來卻莫名沉重。聽在我耳中，彷彿帶有其他含意。

是啊。我是走散了沒錯。和廣中走散了，從戲劇界走散了，也從這個世界走散。

隱約想著這樣的事，嘴上回答「算是吧」。

另一個老爺爺點頭說「真是難為你了」，兩位老爺爺同時站起來，向我行以一禮。

「在下外卷。」

「在下內卷。」

聽到這個，我馬上明白了。他們一定是雙胞胎對口相聲藝術家。仔細觀察，兩人的瀏海和鬢角，都和名字一樣向內或向外捲曲。

「鎌倉漩渦服務中心」大概是他們的組合名稱吧。只是這名字和他們的長相我都沒印象。

不、他們看起來都超過七十歲了，又表現得這麼落落大方，或許只是我自己見識不足，搞不好是地位很高的前輩藝人。可不能失禮了。

「我叫做鮎川茂吉。」

我也向他們低頭行禮。

外卷先生整個人往後仰。

「鮎川茂吉！」

是、是怎麼了？難道他認識我嗎？

這樣啊，我還真不能小看自己呢。長年下來的努力，總算沒有白費。要是能跟大前輩建立良好的人脈……

「這名字取得真好！」

用手指纏繞向外捲曲的鬢毛，外卷先生笑著說。

什麼啊，原來只是這樣，不是認識我喔。我重振精神，喘口氣。

「那個……請問，這裡是排練室嗎？」

「排練室？怎麼說？」

內卷先生溫和穩重地歪了歪頭問。

「就是……我下來的時候以為這裡是小劇場，可是沒看到觀眾席。」

「人生一切都是戲。」

外卷先生閉著眼睛點頭。接著他的這句話，內卷先生說：

「那麼，讓我們聽聽茂吉先生的事吧。」

「我的事？不、我只是要去便利商店，但迷了路……」

「唔嗯唔嗯。」

腦袋深處忽然竄過一陣輕微的麻痺感，也不知為何，我開始將浮現腦海的話語緩緩道出口。

如果是劇本，就這麼寫。

燈光轉暗。

——我成立海鷗座，是十八年前，大學剛畢業時的事。

還在就讀W大學時，校內有幾個戲劇團體，我加入的是名為「Emperor」的戲劇社。

儘管現在說這些也是徒增空虛，學生時代的我，被稱為率領Emperor的戲劇領袖。當我開始創作劇本後，Emperor的票房有了壓倒性成長，為了抽入場的號碼牌，觀眾還得提早三小時來排隊。成為廣受矚目的校園劇團後，雜誌和報紙紛紛來採訪，團長身兼劇作家的我出面接受採訪，沐浴在來自各界的讚美中。

升上大四之後，我仍沒開始找工作。除了繼續投身戲劇，我從未想過其他出路。

就這樣，我一畢業立刻成立了自己的劇團。三個同屆同學加入草創行列。我也不用特地做什麼，光是聽聞海鷗座成立，就有好幾個人來表示想加入。當時大家都太年輕，誤判了太多事，以為很快就能以職業劇團的身分闖出一番成就。

花了五年的時間，終於察覺職業劇團和大學戲劇社不一樣。首先客層就不同。在大學講堂舉行公演時吸引的學生觀眾，根本就不可能直接帶到職業劇團，最重要的是，我們已經無法像大學時代那樣，以學生的身分接受家庭金援，可以無後顧之憂地全力投入戲劇工作。一旦劇團的營收不如預期，生活就過不下去了。劇團成員的理念和價值觀也不再相同。正式團員在接二連三的更迭中減少，每舉行一次公演，都得到處找客座演員來救火。即使是這麼一個青黃不接的劇團，對我來說，依然像是自己可愛的小孩。

劇團創立六年後的某天，當我把自己關在爵士樂咖啡廳裡寫劇本時，遇見同樣靠一杯咖啡熬過半天，在那裡沉迷於閱讀文庫本的廣中。因為看他總是一副閒著沒事做的樣子，我就上前搭訕。「要不要來我們劇團演戲？」我這麼提議，廣中毫不猶豫又漫不經心地說「想試試看耶」。

廣中是沒有正職工作的家裡蹲，過去也沒有演戲經驗，只是他看了很多書和電影，很有當演員的天分和資質。還有，那種不食人間煙火的氣質是他最大的優點。

只要廣中一站上舞台，觀眾席就會發出尖叫和歡呼。公演結束後，收到最多花束的人也總是廣中。只要有廣中在，要多少劇本我都寫得出來，廣中自己也說

「和茂哥一起演戲很開心」。

那之後至今十二年，現在，劇團裡只剩下廣中一個正式團員。半年前，廣中上了電視，參加《笑笑也可以！》節目中的「酷似名人」單元。一旁幫他舉「不做必殺工作的三田村邦彥」牌子的就是我。究竟像不像名人，由參演節目的明星充當裁判，夠像的人就能拿到獎金。不過，那不是我們真正的目的。

我在牌子角落寫下宣傳劇團的文字。

「海鷗座劇團」下方，還寫上一星期後展開的公演日期與劇場名稱。這可是全國性節目呢。這可是《笑笑也可以！》呢。這麼一來，海鷗座的名頭將會響遍全國。塔摩利一定會問：「你們在搞劇團喔？」就算塔摩利沒問，至少識趣的關根勤等人也會問吧。到時候，賣剩一半的戲票就會秒殺了。要是能吸引到哪個電影導演來看戲，說不定還會提拔廣中去演電影，我們海鷗座就要走紅嘍。

可是，經不起打擊的期待瞬間落空。

我舉的牌子只在電視上出現短短兩秒，廣中的臉則是三秒。判定與三田村邦彥相似與否的投票結果，像和不像的票數各半。結束了。只有觀眾發出可有可無的笑聲，塔摩利和關根勤都沒說什麼，我們就被場記趕回後台了。

離開 ALTA 攝影棚，走在新宿街道上，我跟廣中說：

「今天這樣就夠了。總有一天，我們一定會上 TELEPHONE SHOCKING 單元啦。到時候，今天的錄影片段就會被當成寶貴畫面，拿出來播。」

《笑笑也可以！》的主要單元，是塔摩利與來賓一對一談話的「TELEPHONE SHOCKING」。能上這單元的，都是演藝人員或文化界人士，以結束談話後介紹一位「朋友」當隔天來賓的接力形式構成。要想出現在這個單元，前提就是成為足以獲得名人介紹的名人。

存起來放、存起來放。我笑著說。

每當覺得自己悽慘落魄時，我都會小聲叨唸「存起來放、存起來放」。等將來成為大人物，這些歷史都會變成佳話。為此，現在就要製造話題存起來放。在這種高知名度節目上露臉也是很重要的，不管怎麼說，我們已經在富士電視台留下腳印。

然而，戲票的銷售沒有跟著動起來，別說電影導演了，連打工地方的同事也沒人來說「看到你上電視嘍」。即使預先存起來放的話題已經多到滿出來，我只能選擇視若無睹。

不過，上《笑笑也可以！》倒也不是毫無收穫。唯一因此與我聯絡的，就是大學學弟塚地。

寫在板子上的那場公演結束後不久，半夜接到他打來的電話。醉醺醺的聲音，起初完全聽不懂他在說什麼，還以為是惡作劇電話，正想掛斷，電話那頭傳來「是我啦，塚地啦，Emperor的社員！」。我才即時縮手。

塚地是Emperor時代的學弟。真要說起來，那時的他就已經偏向幕後工作人員，我對他只留下「是個好相處傢伙」的印象。當年他會自己跑來我家勤奮幫忙，還經常說好聽話捧我。

「我看了喔，笑笑也可以。本來覺得不可能吧，沒想到真的是茂哥。這個電話號碼也是，還以為一定換了，原來你還住在那裡啊？中野的破爛木造公寓。」

一問之下才知道，塚地大學畢業後就進了電視台工作。得知他現在做的是電視劇的拍攝工作，我就提出近期見個面的要求。

「好喔。」塚地很乾脆地接受了。他指定的見面地點不是咖啡店或居酒屋，而是自己工作的電視台交誼廳。這對我來說反倒是好事，我心想。這麼一來，不只聊完往事就告終，說不定還能靠他的門路在那裡找到什麼工作機會。或許他還能幫我介紹幾個電視業界的大頭。

約定那天，到了電視台，請櫃檯小姐幫我聯絡，坐在天花板挑高的交誼廳等了一會兒，塚地就來了。和學生時代相比，他胖了許多，還戴著奇怪的白框眼鏡。

「哎呀呀呀，好久不見了呢。」

塚地一屁股在我面前坐下。說來理所當然，他看起來已有一把年紀。不用說，我自己也老了。

塚地從真皮名片夾裡抽出一張名片遞給我。頭銜是「製作人」，我睜大眼睛。

「劇團經營得怎麼樣啊？」

掏出萬寶路香菸點火，塚地這麼問。

「啊、嗯，說順利也算順利啦，只是想再積極擴張一點吧。上次我不是上了笑笑也可以嗎？那時跟我一起的演員很受歡迎……」

我話說到一半，一個滿面油光，身穿西裝的大叔從旁走過。

「喔，是阿塚老弟啊。」

「啊——您早。」

塚地一手挾著萬寶路，一手舉起來跟對方打招呼。明明已經下午了，說的卻是「早安」，業界人果然都這麼說。

「聽說上禮拜的收視率很不錯唷。」

「嘿嘿，託您的福啦。」

他們兩人聊了一會兒，似乎是關於某部趨勢劇的事。被對方稱為「阿塚老弟」的塚地不時夾雜低級笑話，跟那位大他十歲左右的大叔笑成一團。

我等著塚地幫我介紹，大叔卻看都不看我一眼就走了。塚地拿出第二根萬寶路，一邊點火一邊問：「然後呢，你講到哪了？」

存起來放、存起來放。學不會教訓的我，在內心深處這麼低喃。

「我在考慮，海鷗座除了舞台劇，也該拍些影像作品了。」

「想說，或許有什麼能讓我們參與的電視劇或電影工作。」

「喔——」

「是喔。」

吐出的煙圈，包圍塚地的臉。

「那這樣吧，我這邊有時臨演人數不太夠，有需要時再跟你說。」

「……嗯。麻煩了。」

臨時演員啊……

說的也是，期待塚地會為我做什麼，是我太一廂情願了。

後來，塚地聊起以前社團夥伴的現況、以前常去的哪間店倒了之類的事，抽了第三根萬寶路。

最後，他刻意秀出手腕上的勞力士手錶，說「差不多該走了」。站起來的時候，對我笑著說：

「茂哥，你很拚耶。」

塚地真的通知有臨時演員工作時，我考慮了很久要不要接受。我想，他只是在展現自己的權勢，為的是嘲弄我罷了。

不過，我還是邀廣中一起接受了擔任臨演的委託。不管塚地打的是什麼主意，接觸那樣的拍攝環境對我們來說，也是一種寶貴經驗。再者，說不定還能碰上什麼機會。事實上，告訴我這次演劇祭資訊的人也是塚地。別的不說，擔任臨演至少能拿到微薄的打工費。

「總覺得這幾年，所有期待的事都背叛了我。不過，最近我明白了，這不是背叛。只不過是我帶著不符合自己身分地位的傲慢，一心指望別人對我釋出善意罷了。到了這個地步，連廣中都說他要退團……但是，我還是滿腦子都只有演戲的事，明明都已經四十歲了才失去最後的靠山。不過，或許我只是不甘心吧。我也不知道，說不定我只是都走到這一步了，沒辦法回頭而已。」

聽我說到這裡，外卷內卷這對搭檔忽然並肩站到我面前，朝我豎起雙手拇指，異口同聲喊：

「精采的漩渦！」

「欸？」

四隻拇指上的指紋團團轉動，看著看著，產生一股喝醉酒般的奇妙感受。

這時，牆上的螺旋貝殼也轉動起來，好像LP唱盤。

我又「欸」了一聲，這東西怎麼會動？用遙控的嗎？

盯著貝殼看了一會兒，殼蓋砰地打開，裡面竄出幾條蠕動的腿。喂喂，居然是活的？

「這、這是什麼？」

我嚇得倒退，內卷先生平靜地說：

「不需要害怕，這是我們中心的所長。」

「什麼所長！這看上去像菊石的東西怎麼會！」

「不是看上去像，牠就是菊石。也是這所服務中心的所長，請注意你的言詞。」

內卷先生皺起眉頭，語氣嚴峻。這種穩重的人生氣起來，真的很恐怖。

「不好意思。」我道了歉，再望向所長，腿根處出現一雙大眼睛。漆黑的眼珠，總覺得好像在哪看過。

我喃喃自言自語，外卷先生走到我身旁。以為把所長說成魷魚又要挨罵了，

「……好像魷魚喔。」

外卷先生卻說：

「說得沒錯，菊石屬於頭足綱，不是貝類，和魷魚及章魚同類。」

「這、這樣喔。」

「別看牠長這樣，還是肉食動物。以小型甲殼類與微生物為食。」

「是喔！」

外卷先生咧嘴一笑：

「別猶豫，覺得厲害就說吧。」

咦？

他現在是在講雙關冷笑話嗎？「別猶豫（魷魚）」？

外卷先生對我露出挑釁的眼神。我懂了，這是測驗。他一定想考驗我的詞彙能力與文字品味。我做一個深呼吸。

「想知道外面有沒『有雨』嗎？我可以為您說明喔。」

「你這方面的能力，『優於』其他方面嗎？」

「綽綽『有餘』。我最喜歡說明了。」

「態度這麼自大，令人感到『憂鬱』。」

「說這什麼話！『由於』您是長輩，我才不跟您計較呢。」

「只為這點小事就發怒，看來你也還只是一條『幼魚』啦。」

「您也不必用游刃『有餘』的表情說這種話吧。」

沒完沒了，停不下來。

看我氣喘吁吁的樣子，內卷先生果斷表示：

「你們兩個鬧夠沒，我都心有餘悸了。」

我和外卷先生面面相覷。外卷先生把頭湊向內卷先生。

「……你剛說什麼？」

「啊？」

「心『有餘』悸，你說了吧？」

內卷先生紅著臉搖頭否認。

這時，所長忽然脫離牆面，發出浮潛時那種咻轟咻轟的聲音，慢慢往前飛。

「咦？飛起來了……？」

「今天的所長，好像有點想睡覺。動作也慢條斯理的。」
「……是喔。」
所長伸出兩條腿搖擺，像在跳草裙舞。內卷先生看著所長的動作，點頭稱是。
「所長說，該把外殼脫下捨棄了。」
我全身無力。不會吧，做夢也想不到這菊石是在跟我說話。
「……呃，所長是這樣說的嗎？」
脫下外殼，捨棄。
總覺得意思是要我別再緊抓著過去的風光，趁早退出戲劇界吧。我一陣失望。
「那麼，就讓我們來為您帶路吧。」
內卷先生朝前方伸出手。帶路？這麼小的地方有需要帶路嗎？
才剛這麼想，就覺得服務中心的另一頭變得好遠。內卷先生與外卷先生並肩站在一起，所長先生則像翻車魚似的飄浮在他們頭頂上方。我跟著三人，一步一步往前。
內卷先生帶我去的地方，放著一個和太鼓那麼大的甕。甕的表面是幾近泛白的淡淡水藍色。
「真美。」

情不自禁這麼讚嘆，內卷先生就說：

「這種顏色稱為甕覗，來由眾說紛紜，其中一個說法是來自製作藍染時，稍微把布浸入染液又立刻拿出來的染法。」

「藍染……」

「甕覗是藍染中最淡的顏色。對藍染工匠來說，也是最考驗技術的顏色。因為這是無限接近白色的藍。」

我入迷地觀察甕的顏色。過去不知道有多少工匠費盡苦心，想挑戰染出這個顏色。既不能比這個更淡，太濃又稱不上是甕覗。若能順利染出理想的甕覗色，一定能為工匠們帶來無上喜悅。

「那麼茂吉先生，請到這邊來。」

外卷先生站在甕前對我招手。我照他所說走過去，探頭往甕裡看。甕有著看不到底的不可思議形狀，像浴缸那樣裝滿水。

所長漂啊漂的漂來甕上方。菊石這種生物，不是早在許久以前就絕種了嗎。為什麼會出現在這？眼前的景象散發一股說不出的悠閒，我還沉浸其中，所長突然以猛烈的速度朝甕中下墜。

「欸？咦？」

只見所長一邊打轉一邊落入甕底，愈變愈小。我還驚魂未定，牠已經小得像一粒米，最後消失無蹤。我急忙問：

「剛才那是意外嗎？還是出於所長的意願？」

「一切順其自然就好。」

外卷先生用戲劇化的語氣這麼說。所以到底是怎樣？我覺得被糊弄了，心頭悶悶的。

「總之，你不用擔心。請再看一次甕裡。」

我把臉湊向甕邊。所長不見了之後，水面還有幾絲漣漪，一圈一圈地晃動，漸漸化為某種形狀。

紅色粗線……在漩渦外側畫出類似蕾絲花邊的圖案……

內卷先生問：

「你看見了什麼嗎？」

「嗯？花丸[8]？」

我一做出回答，水面的花丸瞬間消失。這是怎麼回事？

「那麼，茂吉先生諮詢的結果，就是花丸。」

外卷先生愉悅地說。我還在想要怎麼回答，這次輪到內卷先生對我微笑：

「想必這會成為幫助茂吉先生的道具。請從這扇門回去吧。」

「咦？哪裡有門……」

哪有這種東西？才剛這樣想就看到了。

一扇白得突兀的門。旁邊還有個斗櫃，上面放著籃子。我走向門邊，看見籃子裡堆滿用透明玻璃紙包住的糖果。旁邊的卡片上寫著「遇到麻煩時就吃這漩渦糖果」。確實，糖果上有著一圈一圈的漩渦圖案。

外卷先生說：「請自由取用，一人只限……」我沒等他說完，已一手抓起一把糖果。我遇到的麻煩多如牛毛，恨不得能把整籃糖果帶回去。

外卷先生狠狠拍打我的手。

「這可不行。一人只限一顆，才會有餘裕。」

才會「有餘」裕？怎麼，又要開始雙關冷笑話大戰啦。

我把糖果放回籃子，抓起一顆糖果應戰。

「一人一顆，年年『有餘』。」

怎麼樣，只要年年有餘就夠了吧？外卷先生挑了挑眉。

---

❽日本的幼兒園及小學，老師在成績優秀的學生考卷或簿子上畫的記號。

「你還想證明自己的實力『優於』我嗎？」

彷彿要跟他對抗似的，內卷先生做出制止的動作。

「夠了夠了，『由於』時間的關係，茂吉先生該離開了。」

……雙關成立。搞不好內卷先生才是最有實力的人。

外卷先生嘴巴還在開開闔闔，大概還想講更多冷笑話吧。不過，最後他還是露出看破一切的笑容。

「好吧，不必猶豫了！」

面對外卷先生歡暢的笑容，我也報以微笑。總覺得全身都放鬆了。好久沒笑得這麼痛快。

「便利商店就在對面。」

彷彿就等內卷先生說出這句話似的，兩人一起向我鞠躬。

「那麼，路上小心。」

便利商店就在對面？怎麼會？這裡不是地下嗎？

一頭霧水的我伸手拉開門把。

門一開，溫暖的風吹拂臉頰，有大海的味道。

眼前真的是那間便利商店。我錯愕回頭，前方不遠處，正是剛才我失去好棍麵包和廣中的那個沙灘。

T恤、西裝褲、牛仔褲和毛巾纏繞在一起打轉。烘衣機玻璃門內這番團團轉的光景，使我想起那所諮詢服務中心。有兩個老爺爺、有會飛的菊石，還有甕中的花丸。那到底是怎麼回事？

在投幣式洗衣店等衣服烘乾的空檔，我拿著紅筆畫圈圈。除了主要收入的錄影帶店打工外，我還幫函授學校改學生的考卷賺外快。雖說賺不了多少錢，好處是可以利用這種空檔時間做。投幣式洗衣店裡放了幾張椅子，儘管沒有桌子，但有釘在牆上的檯子，所以我常坐在這裡改作業或構思劇本。

一個捲髮阿姨提著垃圾袋進來。這間投幣式洗衣店附設澡堂，好像是同個老闆經營的。這位阿姨就是管理員，平常不是坐在澡堂櫃檯顧店，就是補充冰箱裡的果汁牛奶，要不然就是來打掃洗衣店。

阿姨手腳俐落地將垃圾桶裡的東西裝進垃圾袋，發出窸窸窣窣的聲音。以前垃圾袋給人的印象都是黑色，去年，東京都政府開始推廣這種半透明的垃圾袋。

四目交接，我用眼神打了個招呼，阿姨就皺著眉頭抱怨「不管怎麼打掃都打掃不完」。我也敷衍回應「就是說啊」。

「真希望有人能發明自動掃地的機器人。」

「啊哈哈，那是科幻小說的情節了吧？」

「說的也是。」

阿姨咧嘴一笑，嘴裡有一顆閃亮的金牙。阿姨提著垃圾袋出去後，我再次把目光放回正在改的考卷上。

國二學生。國語試卷。須賀勉同學。「勉」讀作「TSUTOMU」。

打叉。打叉。打叉。打叉。勉同學這次的考卷一如往常，漢字全都寫錯了。他是創造新字的天才。明明考卷是在家寫的，去查字典也沒關係，或許他的原則不容許自己那麼做吧，全靠實力作答。不會寫也不留白，這點倒是值得誇讚。

勉同學國語成績不好，社會、理科和英語也不好。只有數學成績高人一等。以函授學校的方式學習，彼此看不到臉也聽不到聲音，連一次都沒見過面。改考卷的人也不一定每次都是同一個人。可是，只要改過某個孩子的考卷幾次，交換彼此親筆字的過程中，就會產生奇妙的情感。擅自想像起對方是什麼樣的孩子，開始覺得可愛起來。

長文閱讀測驗。請閱讀下列文章，描述劃線處作者想表達的心境。

這篇文章，是女作家描寫窺看鳥巢時，發現鳥蜷縮成一團睡著了的散文。劃線的句子是「如花一般」。作者在寫下這句話時，內心想著什麼呢？標準答案是「覺得很美」。換句話說，是覺得鳥美得像一朵花。

勉同學在解答欄內寫的答案是「把鳥和花搞混了」。我用紅筆打叉，寫下修改過的答案。作者看到蜷縮著身體的鳥，聯想到花的姿態，因此覺得很美。應該是這樣才對吧。

這時，嘎的一聲，自動門打了開，一個身穿緊繃T恤的女人走進來。這就是最近流行的「迷你T」吧。肚臍都露出來了。為了不讓她發現，我刻意斜眼偷窺，女人卻忽然朝我轉頭。

急忙轉移視線，重新握緊紅筆。女人不知為何停止動作，似乎正緊盯著我看。

「嗯——？」

女人發出沉吟的聲音，大踏步朝我走來。我嚇得抬起頭。這陌生的女人，在我面前瞪大眼睛。

「鮎川茂吉！」

「……欸？」

是不是哪裡有寫我的名字，而她跟外卷先生那時一樣，只是想稱讚「真是個好名字」嗎？我東張西望，女人張開大大的嘴巴笑了。嘴唇上塗著滿滿紅色的口紅。

「果然沒錯，這副窮酸樣，你是鮎川茂吉對吧？海鷗座的。」

「……妳怎麼知道？」

「我曾是粉絲啊。」

女人這麼說著，轉向洗衣機，從印有服飾店商標的紙袋裡拿出要洗的衣服。

「我原本都住在鎌倉的老家，這個月才搬來東京。我姊住中野，所以我也搬到這附近。沒想到鮎川茂吉也住這附近啊，真巧。」

居然是粉絲。這是真的嗎？Emperor時代也就算了，現在會對我說這種話的人已經很少見。我激動得放下紅筆站起來。

可是，等等喔。她說的是「曾是粉絲」。過去式啊？不、這或許只是一種表達方式。

「妳看過我的戲嗎？」

「嗯，最初是我高中的時候，和戲劇社的學長姊一起。那都已經是九年前的事了吧，在下北澤的站前劇場。」

「那、那妳覺得如何？」

「完完全全看不懂。」

「……唔。」

「然後，超級超級有趣。台詞凍結發光，像冰柱一樣插在身上，又痛又爽。最後溫柔地滲入心中。看完之後，連續好幾天還會想起來，再次享受冰柱融化的感覺。那時看的，就是這樣的舞台劇。」

多麼美好的讚詞。我胸口發熱，女人看起來忽然變美了。她雖然不是正統派的美女，或許能說是個性美，有魅力吧。真想把這個女人——不、這位女性說的話錄音起來，一再反覆播放給自己聽。再不然，至少也要寫下來，一次一次重讀。

我的這位粉絲，美得像一朵花的女性，把衣服放進洗衣機，加入洗衣粉之後，又接著說：

「後來我又去看了好多次，不過有段時間自己的事情太忙，就遠離了劇場。直到去年，久違地再次去觀劇，結果那部戲一點意思也沒有，我好驚訝。」

女人投入硬幣，啟動開關，洗衣機開始轉動。

真希望自己像那菊石所長一樣，掉進甕底消失不見。這就是我現在的心情。先被捧得高高的，再狠狠跌落。

「……怎樣沒有意思？」

我在椅子上坐下，靠著椅背。女人看起來已經不像一朵花了。是說，我都還沒追究剛才那句「窮酸樣」是什麼意思呢，這女人真沒禮貌。

「總覺得跟在其他地方看過的東西很像，如果要看這種東西，我又何必特地看鮎川茂吉的舞台劇。」

嗶嗶嗶——電子音響起，我在用的那台烘衣機停了。

我緩緩拉開烘衣機的門，拿出裡面的衣服。皺巴巴的襯衫和西裝褲都像貓咪一樣溫暖，是我現在唯一的慰藉。

「我啊，好不容易通過了試鏡。」

沒頭沒腦的，女人雙手扠腰這麼說。

「這十年來，能參加的試鏡我都去參加了，這次終於通過，要以女演員身分出道了。」

我盯著女人看。

嘴巴很大，笑的時候嘴角上揚，兩邊眼睛大小不一樣，令人印象深刻的「富士額」美人尖。女人告訴了我她的名字和年齡。

紅珊瑚，二十六歲。是個新人。

她說的試鏡，為的是替明年上檔的國內電影找尋女演員所舉行的。儘管沒能拿下女主角的寶座，被導演看上的珊瑚，仍得以女配角的身分演出。

不隸屬任何劇團或經紀公司的她，這才終於加入某間經紀公司，有了非專屬的經紀人幫忙打理工作事務。

儘管只是尚未正式出道的新人，好歹也是貨真價實的明星了。我想現在或許還沒那麼忙，便跟她商量看看能否來演海鷗座的舞台劇。「才不要！」她想不都想就拒絕了。

「不過，我想去排練場看看。就讓我這專業女演員來給你們一點建議吧。」

即使不喜歡她高傲的口氣，我們或許真的需要客觀的意見。

即將到來的十二月公演，這次包括我在內，有五個演員站上這次的舞台。平常都跟公民館借場地當排練室，就請她三天後的星期天去那裡看我們排練。

除了我和廣中，這次的演員包括不時來幫忙的客座演員民惠、愛紗，以及第一次參加演出的良平。民惠和愛紗都是三十幾歲的女生，平日白天是上班族。良平則是在我打工的錄影帶店工作的大學生。

「今天會有明年將在影壇出道的女明星來看喔」，聽我這麼一說，良平就興奮地問：「真的嗎！」他那及肩的長髮毛毛燥燥，看著我都覺得熱。好像是想模仿木村拓哉吧，可惜差遠了。打從四年前那部叫《東京愛情故事》的電視劇捧紅江口洋介後，留長髮的男人是愈來愈多了。

「我說你啊，至少排練的時候給我紮起來喔。」

我指著他的頭，良平就嘻皮笑臉地應了一聲「好喔」，拿橡皮筋把頭髮綁起來。

這時，珊瑚大聲打著招呼進來了。瞬間，整個場地都綻放光彩。

「我是紅珊瑚。」

跟上次一樣搽著大紅色口紅咧嘴微笑的珊瑚身邊，跟著一個陌生面孔。年紀大概和珊瑚差不多。

「嗳、我帶朋友來了。這孩子立志當小說家喔，筆名叫黑祖洛伊德，多多指教嘍。」

黑祖洛伊德笑也不笑一下，只抬起眼睛看著我說了聲「您好」。長髮在後領上方紮成一束馬尾，髮型跟良平差不多。

「寫小說的啊？」

我問的明明是洛伊德，珊瑚卻嘰哩呱啦說起來。

「沒錯，雖然只是同人誌，鎌倉的舊書店也買得到呢。這孩子的小說很有意思喔。」

洛伊德怯生生地把封面寫著「螺旋」的小冊子交給我。

快速翻閱了一下這本用影印紙裝訂成的同人誌，裡面有用文字處理機打字的，也有手寫原稿，還不時穿插著插圖。

「茂吉先生，你好歹也是W大文學部畢業的吧，幫忙讀一下，給個感想嘛。」

那種事跟讀小說一點關係都沒有，「好歹」也是多餘的。不過，一口回絕太幼稚，我一邊說「是可以讀看看啦」，一邊將同人誌收進包包。

眾人圍成圓圈坐下，依序自我介紹後，良平說：

「珊瑚小姐，妳的本名叫什麼？」

「珊瑚是我的本名喔，本姓桐谷就是了。」

「欸，還真的叫珊瑚喔？」

「因為我出生在鎌倉的海邊嘛。我父母的命名品味就這樣。順便一提，我姊叫乙姬，我媽叫人魚。」

眾人發出又像歡呼又像哀號的聲音，彼此之間的距離似乎拉近了些。

鎌倉海邊啊，上次才去呢。我想起那次的奇妙遭遇。

「不久前哪，茂哥才在由比濱海邊被老鷹搶走麵包呢。」

廣中這麼說著瞎起鬨。我苦著一張臉，珊瑚咯咯大笑。

「在海邊吃東西很危險的。我記得不知道哪邊應該有立警告牌啊，說老鷹會搶人的食物，要小心。」

「……我沒發現。」

我站起身來，用力擊掌。

「開始嘍！」

珊瑚和洛伊德移動到靠牆邊的位置，抱著膝蓋坐下來。我們從吊嗓開始，然後再次圍成圓圈坐下來讀劇本、對台詞。

劇本大致上已經完成，不過實際上還要配合演員動作做微調與修改。演出時間是五十分鐘，按照演劇祭的規定，下個月就要將劇本提交給執行委員會了。

大致上對過一次台詞後，珊瑚走到圍成圈的演員身邊說：

「嗳、劇本借我看一下好嗎？」

良平把自己手上的劇本遞給她，珊瑚面無表情站著翻閱。我們緊張地屏氣凝神等待，珊瑚讀完劇本後，用犀利的視線看了我一眼。

「這個，是茂吉先生寫的吧？為什麼會變成這樣？你看，像這邊這句台詞。」

珊瑚指著翻開的頁面。

「什麼為什麼……？」

我一時之間說不出話。

「……多點刺激，不是比較好嗎？」

聽到我含糊其詞的回答，珊瑚露出難以接受的表情。不過，把劇本還給良平後，她什麼也沒說就走回牆邊了。洛伊德依然抱著膝蓋坐在那裡，默默看著我們。

什麼嘛，這女人很難相處耶。不是說要給建議嗎？哪有人這樣講話的。

正想請她回去時，珊瑚拉著洛伊德的手說「下次再來」，就自行離去了。

廣中自言自語地說「被罵了，太好了」，莫名其妙。

「你在高興什麼？她根本就只是來找碴的吧？」

「珊瑚小姐真的是海鷗座的粉絲呀。希望她下次再來。」

視線望向遠方，廣中這麼說。

這麼說起來，我才想起沒跟珊瑚交換過聯絡方式。在洗衣店遇到時，我只告訴了她今天排練的地點和時間。以後就算再也不見面也不是什麼奇怪的事。

「誰知道呢，或許只是大明星一時心血來潮。」

懷著無處發洩的心情，我回到排練場上。

沒想到，和珊瑚的重逢比預期的更早。

一星期後的傍晚，我在投幣式洗衣店等烘乾，順便改考卷的時候，珊瑚又提著紙袋走進來。

「啊。」

「……喔。」

彼此都有些尷尬，我低下頭不看珊瑚，動著手上的紅筆。

珊瑚把衣服丟進洗衣機，空紙袋掛在手上，朝我這邊走來。

「上次你也在寫這個，這什麼？」

「函授學校的學生考卷。幫國中生改考卷賺外快。」

「是喔。不知為何，做這種事情的時候看起來頭腦好像很好。」

「畢竟我好歹也是W大畢業的嘛。」

我故意這麼嘲諷。珊瑚今天穿一雙鞋底厚到不行的涼鞋，跟京都舞妓穿的木屐有得拚。就算時下正流行，真虧她穿這種鞋子走路不會扭到腳。

「你不是還在錄影帶店打工嗎？」

「嗯，那個已經做十年了喔。上次換了新店長，比我還小八歲。」

「茂吉先生現在的收入，只靠改考卷和錄影帶店？」

「嗯，差不多吧。偶爾還……」

「嗯？」

「不、沒事。」

「什麼嘛，奇怪耶你。」

本來想說「偶爾還會去幫人家拍電視劇」，想想還是算了。今天沒有心情虛張那種聲勢。

這時，聽見某種嗶嗶嗶的聲音。跟洗衣機或烘乾機告知行程結束的聲音不同。珊瑚從熱褲口袋掏出一個火柴盒大小的方形物體。是BB. Call呼叫器。

「知道了、知道了啦。」

珊瑚按掉呼叫器的通知音。

「公司讓我帶在身上的。我住的地方沒申請電話，因為NTT申裝費就要七萬，貴死了。我去回個電話喔。」

澡堂往前走一點就有個電話亭。

珊瑚走出去後，我想起白天塚地打來的電話。

他問我，想不想當影子寫手。

「不是有個叫前島弘樹的明星嗎？我認識他經紀公司的社長，為了製造話題，公司想讓他以小說家的身分出道文壇。所以，他拜託我幫忙找一個口風緊又有文采的人啦。對方會提出大概想寫怎樣的故事，接下來就靠你的文筆寫成小說。只要好好遵守保密義務，報酬保證不會虧待。」

話筒另一端，塚地嘿嘿笑著說。

當下我只回答現在滿腦子都是演劇祭的事，請他讓我考慮一下。沒錯，我願意考慮。明明應該一秒都不猶豫地拒絕才對。然而，別說拒絕了，我甚至試著打探能拿到多少酬勞。

「憑前島弘樹的名氣，輕易就能銷售十萬冊吧，封口費兼買斷原稿的費用，兩百萬跑不掉。這不是一件壞差事，只要寫一百五十張左右稿紙就行了喔。之後說不定還會委託第二部、第三部作品。」

……兩百萬。

我不知道影子寫手的行情落在哪裡，但錄影帶店的工作一個月收入只有十萬左右，改考卷的外快大概是兩萬。要是再增加其他打工，我就沒時間寫劇本和排練了，收入少也是沒辦法的事。假如照塚地說的交出一百五十張稿紙的小說，就能拿到那麼多錢的話……

可是，比起金錢，更令我動心的，是塚地後來的另一句話：

「再說，只要和對方經紀公司社長建立良好關係，總能有辦法養活自己。」

塚地莫名加強了語氣。

「不管是繼續搞劇團，還是事到如今才去當上班族，對茂哥來說都很拚吧。差不多是該想辦法擺脫現狀的時候了不是嗎？泡沫經濟都破滅了啊。把劇團收一收，暫且當個影子寫手，之後再拜託社長讓你寫一部電視劇腳本，這樣不是很好嗎？我啊，是好心才跟你說這些的喔。」

聽到這裡，我想起鎌倉那所服務中心的人說的話。

——差不多該把外殼脫下捨棄了。

塚地說的，或許就是這個意思。

珊瑚回來了。

「吼，真是的，煩死了。掛電話之前，還跟我說什麼已經不年輕了，為了皮膚好也該早點睡。根本被當成阿姨了嘛。」

「才二十六歲就被說不年輕了嗎？」

「沒辦法啊，我們公司多的是十幾歲的小女生。」

珊瑚在我旁邊的椅子上坐下，伸長光滑纖細的雙腿。看在我眼中，珊瑚已經夠年輕了。

「不過，我很快就要變成真正的阿姨了喔。我姊懷孕了，現在三個月，我好期待喔。」

現在三個月，會和廣中的孩子差不多同時期出生吧。

「對了，洛伊德的小說，你看了嗎？」

「喔，嗯。」

這是謊言。那本同人誌還在我包包裡，沒拿出來過。

「那孩子很努力喔。一邊在山崎麵包工廠工作，一邊寫小說到處投稿新人獎。取黑祖洛伊德這筆名也已經六年了，不管被淘汰幾次，還是持續投稿。」

我腦中浮現身穿白色工作服，在工廠工作的黑祖洛伊德身影。我那條在由比濱海岸被老鷹叼走的麵包，說不定也出自洛伊德之手。下班回到家之後的洛伊德，肯定絞盡腦汁拚命創作小說吧，懷著自己作品總有一天會入圍的信心。

像洛伊德這樣流血流汗，為了成為小說家而持續寫作的人多如繁星，隨便找我代筆寫的原稿，卻能用前島弘樹的名字出書，而且還能輕鬆賣出十幾萬本。

——只是被夢想追趕而已吧。

廣中是不是這樣說過？夢想、夢想？夢想是什麼？

「錄影帶店的工作很忙嗎？」

珊瑚蹺起二郎腿問。

「店裡除了錄影帶也出租CD，週末還算滿忙的。不過，只要經歷過昭和進入平成時代那陣子的人啊，就知道這點程度的忙碌根本不算什麼。當時，電視上不管轉哪個頻道，看到的都是一樣的畫面。」

「我記得！平常播的節目紛紛停播，從早到晚都是紀念天皇的特別節目。」

「對，所以店裡所有錄影帶都被借光，真的是忙壞了。連平常完全沒人要借，佈滿灰塵的錄影帶都被借走，架上一掃而空。等到客人歸還錄影帶，又得再忙一次。光想我就背脊發涼。」

珊瑚哈哈大笑。

「茂吉先生有沒有推薦的電影？」

我毫不猶豫給出答案。史上最愛的那部電影。

「《巴格達咖啡館》。」

「是喔，那我也來跟洛伊德說。」

珊瑚左右張望了一會兒，接著，抓起紅筆和我的手，在手臂上寫下數字。

「這是我呼叫器的號碼，下次排練的日子決定好了，再跟我說。」

四天後，我才剛到公民館門口，就看到珊瑚和洛伊德蹲在那。

為了拿租借的集會室鑰匙，平時我總是第一個到。這兩個傢伙居然比我還早來。一看到我，珊瑚就站起來。

「噯，這盆栽是公民館的人種的嗎？」

我從來沒注意過，入口附近通往後院的地方，放了幾個植物盆栽。珊瑚指著長了許多黃綠色軟軟葉子的植物問。

「這是小番茄吧。」

「是嗎？」

我對植物一竅不通。

「不過，這棵瘋長了。」

「瘋長？」

「嗯。不開花結果，只有莖和葉子不斷抽長。」

「……好討厭的說法。」

那不正是在說我嗎？

開不了花，當然也就結不了果，只是垂頭喪氣地活著而已。

跟櫃檯拿了鑰匙，打開集會室。才剛走進去，珊瑚丟下一句「我去上廁所」，人就跑掉了。

集會室裡剩下我和洛伊德兩個人。

洛伊德板著一張臉，站在我身邊。我不知道該說什麼才好，尋思著話題。

「上次的小說，我讀了。很有趣。」

熬不住沉默的尷尬，我情不自禁又說了謊話。

「好多年來都一直在投稿是嗎？」

「一直落選還一直投啊」這句話，我終究收回心底，沒說出口。洛伊德臉朝下點了點頭。

「為什麼能持續這麼久呢？」

「……因為有……有人在。」

斷斷續續的聲音，在安靜的房間裡聽來詭異。我有些驚恐，再問一次：

「有誰在？」

「我也不知道。不是特定的人，就是某些人。為某些人而寫，希望小說能被該看到的人看到，一股非寫不可的衝動驅使著我。那個誰有多少人，什麼時候能被看到，我都不知道。只是，如果讀了小說的人覺得那是為自己而寫的，肯定就是這樣沒錯了。」

我呆呆看著視線落在地板上的洛伊德，一種內臟被扯出來的痛楚襲擊了我。我非常明白洛伊德想表達什麼。與其說明白，不如說，我想起來了。曾幾何時，在各種思緒夾雜中遺忘了的心情。現在的我，還懷有如此純白無瑕的熱情嗎？

看我默不吭聲，洛伊德忽然抬起頭。

「《巴格達咖啡館》，我借錄影帶來看了。非常棒。」

……竟然看了啊。一推薦馬上就看了。

「欸，今年幾歲了？」

我這麼問，洛伊德略顯不悅地回答「二十五」。

二十五歲。還要十五年，才會來到我這把年紀。

「……一定能成為小說家的。」

這既是鼓勵，也是確信。就算沒看過作品我也知道，這傢伙，一定辦得到。

洛伊德用近乎瞪視的眼光看著我說：

「我早就做好這打算了。」

我無言以對，很快地笑了，湧現一股輸慘了的心情。說的也是，抱歉啊。

這天，團員到齊後，正要開始排練時，發生了令人震驚的事。

民惠說她要退出這次的舞台。

「真的很抱歉。我被公司委派一個一直很想做的計畫了，加班和假日出勤的次數都會增加，也有可能出差，我想專心在工作上。」

民惠在一間小設計公司工作，經常抱怨公司幾乎只讓她做行政事務。三十一歲的她目標不是成為女演員，她只是把戲劇視為畢生志業，才會持續至今。既然本行的工作順利起來了，以那邊為優先也是理所當然的事。海鷗座不是個養得活職業演員的劇團，所以也沒辦法。

民惠歉疚地說：

「現在的話，應該還來得及找人代打吧？」

「這個嘛……」

說著，我望向珊瑚。廣中、良平和愛紗的視線也同樣集中在珊瑚身上。察覺眾人的視線，珊瑚睜大眼睛說：「幹嘛？」

良平嘻皮笑臉地說：

「珊瑚小姐，能不能拜託妳呢？電影開拍還是很久以後的事吧？」

珊瑚撇開頭。

「不要，絕對不要。」

這樣不行，良平的語氣太輕浮了。我正色拜託她：

「拜託了。我會增加珊瑚的台詞，也會增加有妳出場的戲。」

聽到這個，珊瑚的表情更不悅了。

「請跟我經紀公司接洽。」

「公司說OK就可以嗎？」

「不可以。」

廣中笑出來，用滑稽的語氣說「那還不是不行」。

現在是笑的時候嗎？廣中那副事不關己的樣子令人火大，我走向珊瑚，打算下跪懇求。

一看我走近，珊瑚就不懷好意地笑著說：

「正好不是嗎？」

「咦？」

「劇本，從頭寫過吧。」

「……不、就照這樣演下去。」

「那我再問一次。為什麼寫這麼多場揍人的戲？為什麼暴力性的台詞那麼多？」

我無可奈何，只好回答。原因只有一個。

「……這次的評審委員長，是阿久津芳郎啊。」

珊瑚輕蔑地笑了。

「我就知道。只為了討好舞台風格暴戾的阿久津芳郎，只為了投評審委員長所好，你就寫出那種根本不像你的劇本。」

珊瑚站起來。

「我不會再來。辛苦了。」

珊瑚大跨步走出房間，洛伊德也慢慢跟著她走出去。

三天了。雖然想去洗衣服，卻不想見到珊瑚。

不是在生她的氣。只是珊瑚說的太一針見血了。自己最軟弱的地方被人那樣直接指摘出來，實在沒臉見她。

就這樣拖著拖著，髒衣服愈來愈多，快要沒有能穿的西裝褲時，決定趁上午時間去投幣式洗衣店。兩次在那裡遇到珊瑚都是傍晚，早上去應該沒問題。以防萬一，今天就不帶函授學校的考卷去改了，雖然麻煩，只好途中先回家一趟。

沒想到，才剛把衣服丟進洗衣機，珊瑚也來了。還以為她在這裡堵我，珊瑚看到我也嚇了一跳。原來彼此打的都是一樣的算盤。

大概不甘心就這樣回去，珊瑚用力踩著腳步走進洗衣店，打開洗衣機的門。從紙袋裡拿出髒衣服，粗魯地塞進去。

「欸？暴力男，你也在啊？」

關上洗衣機門後，裝作現在才發現我的樣子，珊瑚盯著我看。我一方面覺得火大，另一方面，她這種桀驁不遜的態度卻又使我莫名鬆了一口氣。

「妳才是咧。難得家人幫妳取了珊瑚這種美麗植物當名字，姿態就不能端莊點嗎？」

「女人就該端莊，這種思想根本是男尊女卑。奉勸你多學點性別相關的知識啦。再說，珊瑚是動物不是植物，你連這也不知道？」

「……是這樣喔。」

被她這麼一說，好像真的是這樣。以前在電視上看過珊瑚產卵的節目。

「對啊，跟海葵、水母是同類。」

聽到這個，我忍不住說：

「那妳知道菊石是魷魚的同類嗎？」

「欸？跟魷魚同類？不是貝類？」

是喔——珊瑚直率地發出讚嘆。

「對啊，菊石有很多隻腳，跟魷魚一樣扭來扭去……」

我不知為何開心起來，兀自笑出聲音。那兩個老爺爺，現在不曉得在做什麼。所長從甕底回來了嗎？

「你在笑什麼啊，怪人。」

珊瑚被我傳染，跟著笑起來。不經意的，視線停留在某處。

「啊、管理阿姨又放了新的盆栽。因為上次的垂葉榕老是一副無精打采的樣子嘛。」

洗衣店角落放著一盆觀葉植物。線條渾圓的樹幹以及茂密的深綠葉片，是很常見的植物。之前放的是什麼，我已經想不起來了，可以確定的是，這盆以前沒看過。珊瑚走到盆栽旁，輕輕撫摸葉子。

「這是小葉榕吧。我外婆家的院子裡也有這種樹。」

「大多數觀葉植物，不管什麼時候看都只有葉子啊，這樣也算瘋長嗎？」

「這種不叫瘋長。比如說黃金葛，差不多十年才會開一次花，還得夠幸運才看得到呢。因為黃金葛的花總是毫無預兆就開了，只有神仙才知道什麼時候開花。」

像珊瑚一樣啊。我心想。

經過十年，忽然綻放的花。不知道什麼時候會開花，始終以成為女演員為目標努力的珊瑚。

「妳能開花真是太好了呢。這十年，一定很努力。」

這不是挖苦也不是忌妒，我打從心底這麼想。

珊瑚溫柔微笑。

「人家常說我大器晚成，像遲開的花。其實，我根本還沒開花，剛剛發芽而已。」

說完，她就難為情地縮了縮脖子，把話題拉回小葉榕上。

「對了，我記得小學時，好像在外婆家看過小葉榕樹上結了圓圓的果實，倒是不記得看過花。說不定不會開花。」

「不開花怎麼可能結果。」

不是看過忘記了，就是剛好沒遇上開花的時期吧。

「我啊……」

深深坐進椅子裡，我這麼說。

「我大概一輩子都只會瘋長，開不了花。」

珊瑚搖頭。

「你在說什麼啊，那種事還不知道吧。」

「我就是知道。現在的我什麼都沒有，失去青春，沒有才華，沒有毅力，也沒有錢。連廣中都要離開我了。」

那之後，我讀了黑祖洛伊德的同人誌。老實說，洛伊德的小說情節設定幼稚，結構鬆散，然而，卻帶有一股熱情明亮的力量，足以打動人心最深處。洛伊德才二十五歲，這讓我羨慕得要命。

洛伊德對自己有信心，也相信讀者，相信小說的力量。那股勇往直前的氣勢，我已經沒有了。這十八年的光陰，讓我疲憊不堪。

不該是這樣的。

成立海鷗座時，我所描繪的未來才沒有這麼寒傖。

我以為的四十歲，是早已功成名就，每次舉行公演，門票在電話預約的第一分鐘就售罄，認識很多演藝圈的明星朋友，上TELEPHONE SHOCKING單元，在看得到夜景的飯店最高樓層搖晃杯中的白蘭地。

「要是不能在演劇祭中獲得認同，我就要解散海鷗座了。這是最後的機會。」

「……用那種劇本？」

「嗯。」

要是不管怎麼做，狀況都無法比現在更好，就去接受影子寫手的委託吧。我開始這麼想。無名小卒的生活，或許比較適合我。

珊瑚氣急敗壞地說：

「那種劇本只是在迎合阿久津芳郎罷了。我不是說阿久津芳郎不好喔，他的舞台可不只有單純的暴力，正因透過暴力表現傳達更深刻的訊息，他才會被稱為大師。光是模仿表面，一下就會被看穿了喔，別再做那種事了，把茂吉先生的優點拿出來……」

「我就是一直只寫自己想寫的東西，才會到現在還沒沒無名啊！」

「成名真的那麼重要？」

「很重要，這不是廢話嗎？即使寫得出再出色的劇本，沒人知道就沒有意義，也賺不了錢，養不活自己。第一步就是得先有知名度才行。有知名度才有信用。永遠當個無名小卒，一輩子只會被瞧不起。妳不也是因為這樣才到處試鏡的嗎？」

你來我往的吶喊，在這句話後暫時停止。接著，珊瑚平靜地說：

「我……我認為成名、金錢或獎項，都是隨之而來的附加價值。」

「…………」

「我也被講過很多次喔，說我沒有女人味、氣質不好、長得難看、不年輕了。可是，這就是我啊。要是不能讓人認同這樣的我，豈不是一點意義也沒有。配合評審喜好做出來的形象，就算運氣好獲選了，也沒辦法長久維持。因為那就不是真正的自己呀。」

珊瑚說得很對。可是，聽在我耳中，這是想要的東西已經到手的人，才能表現出的從容。別說那麼殘忍的話啊，我跟妳不一樣，我已經四十歲了。

「多信任你的觀眾一點啊。」

珊瑚喃喃低語。

「茂吉先生真正想傳遞給觀眾的東西，都有好好傳遞到該傳遞的人面前喔。只是茂吉先生自己沒看見而已。舞台結束後的問卷調查，你都有仔細讀過嗎？觀眾的表情，有好好看過嗎？你眼中看見的，只有票房數字而已吧？」

我低下頭問：

「……劇本，重新寫過的話，妳願意上台嗎？」

「才不要咧。」

珊瑚依然一口回絕，接著，她用堅定的口吻強調：

「要是我上台了，不就不能好好欣賞表演了嗎？我要以粉絲的身分再次坐在台下的觀眾席，欣賞我最愛的海鷗座舞台劇。」

我們兩人都沉默了。

各自的洗衣機裡，我的襪子和珊瑚的T恤不斷攪動。

這次勉同學的國語考卷寫得也不怎樣。

我在家裡完成了改考卷的兼差。這次，勉同學寫對的漢字只有一個，其他都錯得離譜。打叉、打叉、打叉。算完分數後，翻到卷子背面，上面好像寫了什麼。

「我不覺得花一定是美麗的。那驚人的生命力，震撼了我。

花看起來總是一副不爽的樣子，是一群感覺很噁心，具有衛斜性的傢伙。

我不知道其他人怎麼想，但我這麼認為。」

我笑出來。

他說的是上次閱讀測驗的事吧。「衛斜」應該是「威脅」的錯字。

學生如果有個別想問的問題，明明可以寫在專用的提問紙上，不過，像這樣偷偷寫在考卷背後的做法，我倒挺中意的。

一邊想著怎麼回覆好呢，一邊笑著再看了一次，眼淚卻突然流出來。

花一定是美麗的，這種事是誰決定的呢？這就是正確答案嗎？

對花強韌的生命力抱持敬畏的那份感性，才更該好好加以善用吧。

勉同學直率的疑問與困惑，深深打動我的心。

身為改考卷的人，指導學生學校考試或大考時能拿到分數的正確答案才是我的工作。可是，我怎麼也無法在勉同學對花的這份感受上打叉。於是，我拿起紅筆振筆疾書。

「寫得很棒，請好好珍惜這顆自由的心。」

寫下這種評語，說不定會被派工作給我的公司責怪。但是，我不在意。我在勉同學寫滿拙劣筆跡的考卷背後，用紅筆畫下一個大大的漩渦，再加上花邊。

「給你一個花丸。」

放下紅筆又想到，給不認為花很美的勉同學一個花丸還真滑稽，自己有點想笑。不過沒錯啊，花既強韌，又經常一副不爽的樣子。我想把這樣的生命力送給你。勉同學一定也不討厭花吧。

整理好考卷，把文字處理機搬上書桌，插上插頭，打開螢幕。

是啊。

我從什麼時候開始，只想找尋會被打圈的答案。

模仿世人打圈的東西。

因為我不想再拿到更多叉。可是，這種行為或許是自己給自己打了叉。什麼是真正的圈，我已經搞不懂了。只計算票房數字，只覺得不夠，不夠，還不夠。從沒去想過專程來看戲的每個觀眾的心情。洛伊德說的「某個誰」，說不定就在其中。

我為什麼喜歡演戲？

我為什麼開始寫劇本？

我錯了。和演藝圈的明星交朋友，上TELEPHONE SHOCKING單元或住高樓層酒店都不是我的目的。那些都是我寫了劇本之後，隨之而來的附加事物。不管賺到多少錢，我還是會繼續吃好棍麵包。並不是因為便宜，不得已才吃它，我本來就覺得好吃才喜歡吃這款麵包。

我像是被什麼附身似的，在文字處理機上飛快打字。

腦中浮現舞台場景。

台詞源源不斷冒出來。

演員在我腦中做著動作。

湧出一股幾乎要撕裂全身細胞的力量，使我不知疲倦為何物。

只有這種時候才會現身的強韌生物潛入我的體內，驅使我的手敲打鍵盤。

是自己又不是自己的那種迷幻感。我像被捲入漩渦一般不斷書寫。

書寫。書寫。書寫書寫書寫書寫。

我想說的話，我想表達的事。

廣中、良平、愛紗，抱歉了。現在才更改劇本，抱歉。

但請讓我這麼做。海鷗座的戲，是這齣才對。

我怎麼會覺得自己什麼都沒有呢？我已經擁有一切了不是嗎？強壯的身體，

與指尖合而為一的文字處理機，不受任何人干涉的破爛公寓房間。而現在，我想寫的東西正如此源源不斷湧出。

脫下過去的我，捨棄。

看著吧，等著吧。不是四十歲的我就寫不出來的劇本，現在即將呱呱落地。

我幾乎花了整整兩天，馬不停蹄地寫。

聯絡打工地方說要請假，吃家裡囤貨的小雞牌泡麵，用味噌配電鍋裡的剩飯勉強填飽肚子。說得更正確一點，其實也不太餓。

不顧一切地寫完後，抬頭一看，天色早已全黑。時間是晚上八點。

確定原稿已經儲存進磁片後，用感熱紙印出來，一邊印，一邊猶豫接下來該先做什麼。

剛出爐的劇本，平常我總是讓廣中第一個看。

可是，現在浮現腦海的，是那五官比例不均，氣焰囂張的女人。

內心的恐懼探出頭來。這是現在的我所能寫出最好的劇本。要是珊瑚讀了這個還是說不行怎麼辦。那樣的話，這次我真的無法重新振作了。

或許沒必要給她看。說不定，她已經討厭我了。

一手拿著寫有呼叫器號碼的便條紙，我一再反覆拿起話筒又放下。到底該不該打她的呼叫器。

傷腦筋啊，這下麻煩了。我忍不住脫口而出，這才想起。

遇到麻煩時就吃這漩渦糖果。我不是還有這東西嗎？

找出去鎌倉時穿的牛仔褲，幸好還沒洗。我的原則是牛仔褲基本上沒穿兩個月不洗，現在這原則立功了。

剝開玻璃紙，放入嘴裡瞬間融化。原以為是甜甜的味道，沒想到是鹹味，嚇了我一跳。

剛吃完，電話就響了。原本遲疑的是自己要不要打，完全沒想到電話會自己打來，心用力跳了一下。

拿起話筒。才剛說完「喂？」就聽見對方狐疑的聲音。

「幹嘛？」

這高傲的語氣，一聽就知道是珊瑚。按捺內心的激動，我也不甘示弱地大聲質疑：

「妳自己打來的，還問我幹嘛？」

沒想到珊瑚生氣地說：

「什麼啊？是茂吉先生先打了我呼叫器的吧！」

「欸？不、我沒……」

原來如此，是糖果幹的好事。

我下定決心。讓珊瑚看吧，讓她做第一個讀劇本的人。

我請她到投幣洗衣店等我，珊瑚爽快地說「真拿你沒辦法，好啦」。

用感熱紙打印雖然不需要墨水，如果沒有小心拿取，隨便一碰就會留下受傷般的痕跡。我急著出門，也沒裝進袋子，隨手一抓就拿來了的緣故，紙緣捲起，留下捲曲的黑線。

「……希望妳能讀讀這個。」

我把赤裸裸剛出生的劇本交給珊瑚。珊瑚抿緊紅色嘴唇，一臉認真地接下。

珊瑚在最角落的椅子坐下，我不好意思坐在旁邊，就在洗衣店裡走來走去。滿腦子只有劇本的事，忘了順便帶髒衣服來，連洗衣服也沒辦法。珊瑚也是空手來的。

這時，管理阿姨走了進來。為小葉榕盆栽澆水。

珊瑚帶著可怕的表情，整張臉湊在感熱紙上。

我感到坐立難安，說聲「我去打電話」就走出了洗衣店。

澡堂再過去不遠，有個電話亭，我朝那裡走去。四面玻璃的電話亭，發出蒼白的光芒站在昏暗的路旁。

走進裡面拿起話筒，插入電話卡。餘額剩下四十五圓，夠我講完這通電話了。

按下塚地行動電話的號碼。響了十聲左右，正當我打算放棄，準備掛斷時，塚地接了。

「啊──喂？」

背景音很吵，他大概正在居酒屋吧。

「……我是鮎川。」

「啊、茂哥。等我一下喔。」

塚地似乎想換個地方，正在移動。等了一會兒，電話卡的餘額不斷減少。

「好了，不好意思，請說。」

聲音比剛才清楚多了。我有點緊張地開口：

「那個……關於影子寫手的事。」

「喔喔，那件事啊。」

「對我來說，負擔還是太大了……我想我沒辦法。」

「欸——？不會吧？你只要隨便寫一寫，嘴巴閉緊一點就能撈一筆了耶？」

「就是……沒辦法隨便寫一寫。」

呼——我聽見塚地無奈的嘆氣。

「我……我想再相信一次。」

「相信？相信什麼？」

是什麼呢？

相信自己，相信觀眾，相信戲劇。這些好像都是，又好像不是。我想相信的，似乎是另一種不同的東西。無法順利說明清楚，總之是一種圍繞著我的，非常巨大的東西。只要抱著敷衍的心情或惡意，那東西瞬間就會煙消霧散，捉摸不住。會擅自附在我身上寫下故事，彷彿怪物一般的那個漩渦。

「怎麼說呢……茂哥，你好熱血。」

話筒另一端的遠處傳來大叔喊「喂——阿塚老弟去哪啦？」的聲音。塚地回應對方：「我在這——現在就去！」

塚地這傢伙也是啊，在當上製作人之前，他不知嚐遍了多少辛酸，拚命撐過不眠不休的場記時代。塚地對我的「好心」，一定不是虛假。

「謝謝你啊，在各方面。」

我這麼一說，塚地就發出「唔欸？」的滑稽聲音。

「總之，請加油啦。」

「嗯，我會的，我會努力。」

「那就這樣。」

掛上了電話。

懷著清爽的心情放回話筒，電話亭的門忽然被人打開。我嚇了一跳，轉頭的同時，珊瑚擠了進來。

「怎、怎樣啦，擠到這麼窄的地方來。」

「我跟你說，剛才問了管理阿姨，她說小葉榕會開花。」

「咦？」

「小葉榕的花啊，開在果實裡面。真是個怪傢伙，可能很害羞吧。」

開在果實裡的……花？

真的是個怪傢伙。不大大方方展現花朵，大家怎麼看得見呢。

「茂吉先生一定也是這樣喔。現在，有沒有名氣都無所謂。身為劇作家，你早已結出了果實，花也好好開在那裡面喔。因為……這個……」

珊瑚將那疊感熱紙抱在懷裡，朝我靠上來。

「這個很棒，非常棒。」

說著，珊瑚的嘴唇親了我的臉頰。啾的一聲，伴隨柔軟的觸感，嘴唇吸附我的臉頰，身體的芯感覺就要融化。

「妳、幹嘛……」

「做得很好！」

珊瑚眼眶含淚。

黑夜將電話亭的玻璃門襯成了一面鏡子，映出我倆的身影。

……只親臉頰喔？嗯。不過。

也好啦。

映在玻璃上那個一臉窮酸樣的男人，忍不住嘴角上揚。

臉頰上，印著一朵大紅色的花丸。

一九八九年
霜淇淋篇
Kamakura Uzumaki Annaijo
Kamakura Uzumaki Annaijo

我生於時代與時代的縫隙間。

一九二六年十二月二十五日，時代由大正轉變為昭和。母親在昭和的第一天生下我，從那天起，到十二月三十一日為止，昭和元年只有短短七天。

喜歡閱讀的父親將我命名為「文太」。不知不覺，這樣的我也已度過六十四年的人生。

出生於期間短暫的昭和元年，並未使我感受到任何特別的意義。那說起來就像吐司邊或圍巾的流蘇部分，只是一段位於邊緣的時間。就像我這個人一樣。總是待在絕對不會成為主角的角落，或許我也樂於如此活著。

✦

一月三日，星期二。

正月已過兩日，我打算今天開始營業。

我在鎌倉經營名為「濱書房」的舊書店，自己非常中意這取自姓氏，毫無花巧可言的店名。不管怎麼說，它都很好記，樸實無華，彷彿隨處可見，我就喜歡這樣。這間十五坪的小店開在鎌倉車站東口，背對小町通往郵局方向走，過郵局不久的一條小巷子走到底就是了。

住家則在離西口走路十分鐘左右的地方。對無妻無子，獨自生活的我而言，即使正值新年假期，在家或在店裡都沒什麼兩樣。既然如此，不如把店打開吧，要是來鎌倉新年參拜的人潮能有一些順道逛過來店裡光顧就好了。

濱書房隔壁是一間空了好多年都沒人住的房子，也不太清楚屋主是誰。只聽說過似乎是住在逗子的有錢人，這裡是他們的別墅。對面的「潮風亭」定食屋和濱書房差不多時期開店，招牌上設置了宛如註冊商標的風車，比起觀光客，會來這裡用餐的，多半是當地人。

潮風亭的老闆娘千惠子太太今年就要滿六十歲了，工作起來依然手腳俐落，是一位性情開朗的人，經常拿店裡的菜給我，她總說「拿去當晚餐吃吧」。

我一到濱書房，正在店門口掃地的千惠子太太就抬起頭笑著說：「文大哥也是今天開工啊？」看來，潮風亭也從今天開始恢復營業。

新年難免要說聲「恭賀新喜」，今年這話卻有點難說出口。我想千惠子太太一定也懷著同樣的心思。差不多從去年九月開始，一直有報導說天皇的身體狀況不太樂觀，日本全國上下都進入自肅狀態。祭典等活動紛紛取消，電視廣告也修飾或變更了原本使用的詞彙。整個新年假期瀰漫著一股沉重氛圍。

「今年也請多多指教，承蒙照顧了。」

我只說了這些，千惠子太太輕輕低頭，回答「彼此彼此」，又繼續去掃地了。

拉起鐵門，打開大門，一邊讓室內通風，一邊拿掃把掃地，用舊抹布擦拭書櫃，再用羽毛撢子輕輕抹掉書本上的灰塵……在大部分的舊書店，羽毛撢子不是拿來四處拍打的東西，而是用來輕輕抹除灰塵。關上門，打開空調後，我就坐進收銀櫃檯後方的椅子。

起初我坐的是鐵椅凳，後來換成坐起來舒服的小張木頭椅子，上面還鋪了薄薄的座墊。手邊沒事、也沒客人上門的時間，我就只是坐在上面看書。

從我當上這間店的店主至今，一直都有大量手邊沒事也沒客人上門的時間。要是販售新書的書店，恐怕就不能這樣了吧。待在這裡的漫長時光中，我透過書本與各式各樣的作家相遇，進入各式各樣的故事之中，前往各式各樣的空間，接觸了各式各樣的人生。

作家是否還在世，作品內容是虛構或實際發生過，這些對我而言幾乎沒有意義。因為閱讀作品的當下，所有作家都活著，書中所有角色都實際存在。

「啊、開了開了。」

十一點多，店門被人推開，走進兩個熟面孔。他們是店裡的高中生常客。我闔起手上正在看的書。

「大過年的，來這種地方好嗎？」

「因為在家很無聊啊。電視上全都是跟天皇有關的節目，與其跟爸媽大眼瞪小眼，還不如來文伯這裡好。」

笑著這麼說的，是名叫黑戶六郎的男生。他額前留著長長的瀏海，我看了總礙眼，好心說要拿剪刀幫他修一修，他卻氣得不得了。看來這是年輕小伙子追求時尚的方式。

另一個叫九十九夢見的女孩，一進來就站在放文學書的架子前，專注凝視架上的書。這是她來這裡時的例行儀式。

兩人在地區性報紙上刊登招募的文學社團中認識，是一起製作同人誌的夥伴，也都在寫小說。約莫一年前，他們來店裡問能不能寄放同人誌，後來就變成了常客。學校放寒假後，更是幾乎每天都來。兩人現在都是高三學生，六郎畢業後要在工廠工作，夢見已經獲得推甄，決定就讀短期大學。

夢見結束她的儀式，大概覺得滿意了，就走到這邊來。編成麻花辮的頭髮晃啊晃的。

「新年快樂，文伯。」

「……嗯。」

我小聲點頭回應，報以微笑，起身走出收銀櫃檯。

「對你們作品感興趣的人愈來愈多了喔，光十二月就送出了五本。」

他們隸屬的文學社團，成員多半是高中生及大學生。社團每隔兩個月發行一本名為《螺旋》的免費同人誌。店門旁放了一個架子，我把同人誌和舊的電影場刊、傳單等一起放在那裡。

「其實啊，前陣子我第一次投稿了《海原》這本文學雜誌的新人文學獎，要是得獎的話，差不多該接到通知了。我滿有自信的，因為這次寫出了很棒的東西。」

六郎揉揉鼻子說。

同人誌裡，就數六郎的作品寫得特別出類拔萃，每期最後都有社團成員票選的排行榜，他的名次總是很高。感想欄裡也常有人用「天才」形容他。

「不過，我本來打算用筆名投稿的。一直想要用黑戶六郎為基礎做變化，想了好幾個，都覺得不太適合。文伯，要是你想到什麼帥氣的名字再跟我說。」

「你寫的是怎樣的故事？」

我這麼一問，六郎雙眼立刻炯炯發光。

「以平行世界為主題的大傑作。」

「平行……？那什麼，我沒聽過耶。」

六郎把我平常用來代替馬梯的圓凳拉過來，張開雙腿坐下來說：

「就是並行的世界。我們現在生活的，都說是三次元世界吧？可是，如果從四次元的角度來看，應該還存在無數個並行的不同世界。」

六郎解釋得很順口，我卻有聽沒有懂。看我有一搭沒一搭地回應「是喔」，他又手舞足蹈地說明起來。

「比方說，我現在人在濱書房這裡，可是，也可以有待在家裡的選擇。平行世界裡的我，現在或許在家睡午覺。那個我的周遭，也好好地存在著另外一個世界。就物理學來說，已有研究指出理論上這是有可能的事。」

「換句話說，沒被選上的人生，存在另一個世界裡嗎？」

「嗯，大概是這個意思。現實中雖然只有一條路可行，換成小說就可以遊走不同世界。科幻小說的一切都是無限自由的。」

六郎雙手抓著圓椅凳邊緣，穿籃球鞋的雙腳在半空中搖擺。順道一提，他對籃球似乎沒有興趣。這好像也只是一種時尚。

夢見站在一旁專注聆聽六郎說的話。我朝夢見轉頭：

「夢見也投稿了嗎？」

「嗯，不過她寫的是校園小說。」

回答這問題的不是夢見，而是六郎。六郎從椅子上站起來。把店裡當自己家似的四處走動，最後站在收銀櫃檯旁的錄音機前。這台錄音機，是去年底六郎從家裡拿來放的。

「可以放音樂嗎？」

錄音機旁邊疊著幾盒錄音帶。

「要放上次那種外國人的歌嗎？」

「不是，要是再放 Eurobeat，我看文伯大概要把耳朵塞起來了。今天放 TM NETWORK，我自己帶錄音帶來了。」

「還是外國人嘛。」

「不是喔，這是日本的三人組合。」

六郎笑了，我是一點都搞不懂。把錄音帶放進錄音機後，流瀉出熱鬧的樂聲。歌詞唱的是什麼，我也聽不出來。

「有其他客人上門就要關掉喔。」

「那不是太浪費這台錄音機的自動翻面機能嗎？別擔心啦，不會有客人上門的。」

這傢伙說得理直氣壯，我連生氣都氣不出來，反而笑了。自動翻面機能，是指播完錄音帶單面曲目後，自動翻到另一面從頭播放的機能。六郎配合曲子哼歌，忽然轉向我說：

「文伯年輕的時候，都玩些什麼東西啊？」

這問題來得太突然，我一時之間說不出話。夢見也看過來，等待我說出答案。

「已經忘記了啦。」

或許我只是想忘記而已。

一陣冷風吹過胸口，空虛落寞的心情襲來。

從以前就會這樣，最近這種感覺愈來愈頻繁。彷彿自己脫離了世界，踩不穩腳步的感覺。

六郎沒有繼續追問，把手伸進後背包。

「對了，來拍照吧。年底跟家人去旅行時拍的底片還有剩。我想把它拍完。」

六郎取出一個方形紙盒，這是名為「即可拍」的拋棄式相機。夢見伸手去拿。

「我來拍，六郎，你去文伯旁邊。」

「才不要咧，我只喜歡拍東西，不喜歡入鏡。」

說著，六郎拿起相機對準店內。站在書櫃前按下快門，再發出嘎啦嘎啦的聲音捲底片。然後忽然轉換角度，拍下坐在收銀櫃檯裡的我。這種看上去像玩具的相機，竟然連像樣的閃光燈都有。真是了不起的發明。仔細想想，在這個連相機都能用過即丟的時代，舊書店這一行根本就是在倒退走。

下一首樂曲響起，這次前奏安靜了些。

「啊、剩下最後一張底片了。我去拍店外觀。」

六郎帶著相機走出去。門一打開，潮風亭熬湯頭的香氣就飄了進來。

「午安。」

一個有著一頭波浪長髮的女孩走入店內。大部分瀏海像雞冠一樣吹得老高，剩餘的部分則像薄薄的簾子垂在額前，隱約可看見底下的富士額美人尖。

「聽見喜歡的歌，忍不住就進來了。這是《我們的七日戰爭》主題曲吧？」

「看吧！我就跟你說放音樂比較好，這下客人不是上門了嗎？」

跟在女孩後面進來的六郎得意洋洋。音樂或許能吸引得到年輕客人，但濱書房賣的都是純文學或歷史書呀。

Seven days war～女孩跟著哼錄音機播出的曲子，對我微笑。

「我偶爾會來吃潮風亭，但一直不太敢踏進這裡。」

她在店裡慢慢走動，最後停在寺山修司的書櫃前。寺山修司的書向來有穩定的銷售量，放滿一整層書櫃。

「我也把自己看完的書拿來賣好了，這邊也收購舊書吧？」

「當然，不過不是什麼都收喔。」

我語帶保留地說。事實上，常有客人抱來一整疊店裡不收的書。有的是書實在太破舊，有的是缺漏好幾本的文學全集，有的是不適合店裡的調性。

夢見說：

「我之前就想問了，舊書的價格是怎麼制定的啊？」

「與其說制定，基本上店主自己決定就可以了。有時也會參考其他舊書店定價，不過這行做到現在，大概都靠長年的直覺來決定吧。」

「過世作家的書比較貴吧？」

「這倒未必喔。有死掉以後書變貴了的人，也有死了就被遺忘的人。」

說完這句話，那陣冷風又吹進胸口。

寺山修司就一定不會被今後的日本遺忘吧。夏目漱石、芥川龍之介和太宰治也將永遠活在未來。因為他們留下了偉大的文學。

「時間決定價值嗎？」

夢見如此喃喃低語。

或許吧。書的價值就是作家的價值，或許也是作家人生的價值。

站在書架前，六郎將《螺旋》遞給剛才那位女客。他們好像已經彼此自我介紹過，不知道什麼時候，還順便連我和夢見的事也一併介紹給對方了。

「文伯，我下次再來喔。」

這個張開大嘴笑著這麼說的女孩，說自己名叫桐谷珊瑚。

✦

一月四日，星期四。

上午在橫濱有舊書商工會的聚會，我決定下午再開店。

其實就算公休一天也沒差，但一方面想到新年才剛過三天，一方面也想來店裡製作今年的舊書目錄。

舊書商工會的夥伴都是認識多年的老交情，雖然盡是些不善言詞，個性乖僻的傢伙，同類相聚總能帶來一股安心感。

跟熟面孔的池畑聊了一會兒，他忽然壓低聲音說：

「聽說來雷堂要收起來不做了。」

「欸？是喔！」

來雷堂在我們工會裡名頭最響亮，出手也最闊綽。店裡販賣不少絕版漫畫和受歡迎的舊雜誌，生意很好。

「現在地價不是一直上揚嗎？來雷堂又開在車站前。聽說用驚人的價格賣掉了那塊地。」

這樣啊，來雷堂……

看我悶不吭聲，池畑露出理解的微笑。

「不過，那間店一直都是夫妻倆攜手打理過來的嘛。現在兩人都六十五歲，可以領年金了。聽說是想趁現在把店賣掉，用這筆錢到處悠閒旅遊。」

啊，又來了。胸口一陣發涼。

該如何形容這種心情呢？雖然也可解釋為失去長年夥伴的寂寞，但也有一種與此完全不同的空虛感悄悄逼近。

聚會結束，回到鎌倉車站。

出了剪票口，打算一路走回店裡。

池畑說，他的店要交給兒子打理了。他兒子讀國中的時候曾學壞，聽說當時鬧出了各種事。不過之後，那孩子甚至讀到大學畢業，現在任職於連鎖書店，在東京工作累積資歷，準備以後接掌池畑家的店。

我忽然想起六郎說的話。

沒被選上的人生存在於宇宙某處的平行世界。儘管眼前有無數的可能性，我們永遠只能選擇其中一種。不是這裡的另一個世界裡，我正在做什麼，和誰在一起呢？那個我，比這個我還幸福嗎？或者——

不經意地，發現映入眼底的紅色屋頂看上去很陌生，我倏地抬起頭。

這裡是哪裡？

幾十年來都走的同一條路，不就只是從鎌倉車站到自己店而已嗎，怎麼還會迷路了。即使剛才腦中恍惚想著別的事，我也還沒老年癡呆成這樣吧。

一邊環顧四周，一邊繼續走。

這一帶都是獨棟的大房子。

白色洋房，種了草皮的庭院，外國進口車。

玄關口停著小台的藍色自行車，還放了一把捕蟲網。

整理得很美的花圃裡，有松鼠和兔子造型的擺飾。

安全又富裕的生活。

才不過四十年前，這還是日本人夢想中的和平生活。

然而，這一帶完全感受不到人的氣息。

我在這幅宛如當年人們想像中的理想風景裡駐足，隨即馬上邁步向前。

向前走了不久，繞過一戶人家高牆的轉角，看見類似商家的建築。

玻璃門內側垂吊著一片寫有「CLOSE」的小招牌，不知道是公休日，抑或還在放較長的新年假期。往內窺看，牆上掛著各式各樣的時鐘，這裡似乎是一間鐘錶行。

每個時鐘的指針，都指向不同時刻。

說不定是想表達各種不同的時空。過去啊、未來之類的。會產生這個想法，一定是受到喜歡科幻作品的六郎影響。我微微苦笑。

店門前的角落，豎立著一塊木製看板。

上面龍飛鳳舞地寫著「鎌倉漩渦服務中心」的毛筆字。

服務中心應該設在車站前吧，還是說，也有不少跟我一樣在這附近迷路的人呢。看板上有條指向下方的紅色箭頭，順著箭頭方向望去，看見一道通往地下的細窄階梯。

我沿階梯下樓走到底，那裡聳立著一扇看似堅固的鐵門，門上有個渾圓的黃銅門把。伸手去摸，門把冷得像冰。慢慢轉動門把往前推，沉重的門扉發出「嘰噫」一聲打開。

裡面很暗，但仍看得出螢火蟲般小小的光點。仔細一瞧，螺旋階梯繼續往下延伸，扶手上裝飾有小電燈泡。

小心翼翼沿著螺旋階梯往下走。四下安靜，黑色的牆壁愈往下愈顯藍。到了最下方，進入差不多只有濱書房三分之一大的狹小空間。什麼都沒有，真的什麼都沒有，只除了在圓桌旁相對而坐的兩個老人，還有掛在牆上裝飾，像個托盤的螺旋貝殼。

那兩個老人好像在下黑白棋。

「啪答」一聲，其中一人放下黑棋。另一人口中發出「唔嗯唔嗯」的沉吟聲，放下白棋。

這裡不是遊客服務中心嗎？我站在那不動，兩人便同時朝我轉頭。一模一樣的灰色西服，一模一樣的長相。原來是雙胞胎。

「你走散了嗎？」

其中一個老人這麼說。是下白棋的那位。

走散？

不、我只是一個人走著走著，不小心迷路跑進陌生地方而已。

可是，被他這麼一說，總覺得我確實和某個重要的人走散了。又或者，和某些重要的東西走散了。那些人事物太過久遠，久遠得無法順利想出究竟是什麼。

「……大概吧。」

我這麼回答，下黑棋的老人就頻頻點頭：

「那可真難為你了。」

下一瞬間，兩人像說好似的同時起身，朝我鞠躬。

「在下外卷。」

「在下內卷。」

我這才發現，他們的鬢角和瀏海方向不同，分別朝外與朝內捲起。

「喔喔，外與內。」

情不自禁笑起來，又趕緊收斂笑容。笑別人的外表有失禮儀。

「這廂失禮了，在下濱文太。」

不過，老人們看似一點也不介意，看了看彼此，又露出微笑。

外卷先生用透露重大秘密一般的神情對我說：

「這個世界啊，大致上都是由兩個世界構成。」

「兩個……？」

「沒錯。外與內。陰與陽。上與下。左與右。只有其中一方的話，另一方也不可能成立。」

原來如此，很有道理。彼此的存在，使彼此存在。

「那麼文太先生，讓我們聽聽你的事吧。」

內卷先生以沉穩的語氣這麼說。我的事？喔對了，這裡是服務中心。

「大概因為上了年紀，腦子不靈光了吧。明明只是要從車站走熟悉的路去自己店裡，竟然迷路了……」

迷路了……咦，怎麼回事？眼前一片白濛濛的，像起霧似的……

——濱書房原本是當老師的父親退休後開的店。

父親過世之後，我繼承了這家店。那是我四十五歲那年的事。原本在一間小印刷廠工作的我，之前也不時會來店裡幫忙。話雖如此，自己並未特別想要經營舊書店。光看父親就知道自營業收入有多不穩定，也不認為自己有做生意的才能。

只是，店就在那裡，而父親已經不在了。母親更早以前已經過世，我從出生就沒有兄弟姊妹。所以，只能由我接下這間店。如此而已。

接手之後，至今將近二十年的歲月。去年開始有不動產業者——也就是所謂地產掮客上門。找上我的是一個姓山西，長著一張瓜子臉的清瘦年輕男人。不管拒絕他幾次，他還是掛著令人不愉快的笑容出現，一再要求出售土地。

儘管沒有做出威脅或逼人搬家的手段，死纏爛打的態度依然教人敬謝不敏。這附近的土地好像都是他的標的物，千惠子太太也曾提過，不管趕走幾次，他還是會去潮風亭遊說出售土地。

去年底，正打算結束一年的工作，拉下鐵門過年時，他又來了，還這麼對我說：

「濱先生，這是新陳代謝啊。」

「新陳代謝？」

「對，為了鎌倉未來的發展著想。昭和時代已經結束，新的時代即將到來啊。現在景氣這麼好，別可惜了鎌倉這塊觀光勝地，整個鎌倉都該一起致力於吸引更多遊客前來才對。」

一種難以解釋，無法言明的不悅湧上心頭，我默默拉下鐵門。

無法否認的是，每次和六郎還有夢見說話，我確實感受得到新陳代謝。

我在那兩個孩子的年紀時，日本好不容易結束戰爭。而現在，日本成為當時怎麼也想像不到的豐饒國家。

與外國建立友好關係，開發出大量便利的事物，各種事情都比過去自由。美好時代來臨。為了打造一個任誰也能安心生活的社會，我們從一片荒煙蔓草中咬緊牙根打拚，重新站了起來。這真的值得慶幸。

這麼一想，就覺得只有自己被這閃閃發光到令人雀躍期待的時代遺忘。從好久以前開始，這種心情一直揮之不去。

低調不起眼的我的人生中，只有一段散發耀眼光芒的短暫時光。但那同時也是在我生命中投下一道後悔黑影的時間。

繼承濱書房前，我在橫濱的印刷廠工作，社長女兒不時會到廠裡玩。

她叫小美，是自己要求大家這樣叫她的。

小美的職業是打字員，個性開朗活潑，也有點和一般人不一樣，很受廠裡的員工喜愛。

不知為何，她對我特別有好感。經常稱讚我的工作，或是旅行回來發伴手禮點心給大家時，在我那份裡偷偷塞一個鑰匙圈。

那年我三十二歲。

我和另一個員工跟小美約好一起去看電影，到了集合地點的車站前，才發現只有小美一個人來。小美說，另一個員工聯絡了她，說是感冒不能來。

意想不到的一對一單獨約會使我緊張不已。昏暗的電影院內，坐在隔壁的小美身子靠上來低聲與我交談時，我全身僵硬得連頭都無法點。

看完電影，我們去咖啡廳喝茶。送她回家的路上，小美說：

「我想跟文太哥在一起。」

我驚訝地停下腳步。眼前是小美羞赧的臉。

難以置信的心情與困惑的情緒凌駕喜悅之上。對我來說，小美太耀眼了。我們年紀相差整整一輪。她才二十歲，可愛又有行動力。未來小美去得了任何地方，想遇見誰都可以，想做什麼都辦得到。有更多更多開心的事等著她。我實在不認為自己這種年紀大這麼多歲又毫無優點可言的男人，能帶給小美幸福。

「不、這……小美得去找更好的人才行。」

「這不是文太哥說了算的吧？我喜歡文太哥，這樣就夠了。還是說，文太哥你討厭我？」

怎麼可能。我喜歡小美，非常喜歡。光是看到她就滿心幸福。要是有她陪伴身旁，我的人生不知道多美好滿足。

小美尋求我的答案。我什麼都說不出口。總覺得，要是現在說了喜歡，會害她人生蒙受損失。

「噯、你討厭我嗎？」

「……看來是討厭呢。」

小美眼眶盈滿淚水，用責難的眼神看我。那時她的表情我始終難以忘懷，即使是三十二年後的現在。

那之後，小美就不再來印刷廠，後來過得如何，我也不知道。

我喜歡小美喔，肯定比妳喜歡我更多。要是當時能這樣傳達的話，現在會變成怎樣呢？我偶爾會這麼想。

當時沒能選擇的路。要是能夠面對自己的膽怯，沒有逃避的話，現在肯定過著不一樣的人生。無論形式為何，說不定小美會在我身邊，跟我一起變老。

可是現在，我孤家寡人。

就算把濱書房收了也不會給人添麻煩。就連這塊土地上蓋了新的建築物，路過的人恐怕還想不起來原本開了什麼店。

景色不斷更迭，人們不斷遺忘。

要是繼續虧損下去，或許趁現在把店賣了還比較好。這麼做，對鎌倉這個地方或許也是一件好事。

問題是，失去「舊書店大叔」身分的我，究竟將成為什麼人？又不像外與內，右與左那樣，我沒有能證明我存在的另一半。

「我忍不住思考，自己到底為何來到這世上。好不容易熬過戰爭，經歷過那一切仍存活下來，卻什麼成就都沒有，也沒有留下任何東西，最後只是化為塵埃。這樣的話，有沒有我這個人都一樣吧。讀了再多書，我還是不明白。」

我這麼一說，老人們就肩並肩往我面前一站，對著我豎起四根拇指。

「精采的漩渦！」

「……咦？」

四個拇指上都有清楚的漩渦圖案指紋。看著看著，覺得自己好像要被吸進去了。

掛在牆上的螺旋貝殼突然動起來。像是保險箱旋轉鎖那樣轉了一圈後戛然靜止。又沒人碰它，怎麼突然動了。仔細一看，美麗的螺旋貝殼訴說著古代生物的漫長歷史，或許是個製作精巧的模型。

「好像菊石……」

「對，就是菊石。」

內卷先生說。

「菊石活了七個時代。志留紀、泥盆紀、石炭紀、二疊紀、三疊紀、侏儸紀、白堊紀。約三億五千萬年的遙遠漫長時光。」

「將生命傳遞了這麼久啊，明明沒特別做什麼，看起來也不強。」

「進化就是這麼回事。強大反而容易滅絕。正好位於生態系中間位置，或許也是牠們得以生存這麼久的原因。」

外卷先生閉上眼睛，浮現傷感的表情。

「可是，這樣的菊石也絕種了。大約六千五百五十萬年前，一顆小行星撞上地球……想起來還像昨天才剛發生的事……」

想起來？

聽他說得簡直就像親眼目睹，我疑惑地看著外卷先生。

突然，塞住菊石殼孔的蓋狀物掀開，從中竄出好幾條蠕動的腿。驚愕與恐懼使我縮起身體，以為那是人工製造的東西，沒想到是活物。

「不、不是絕種了嗎……」

我顫抖著聲音這麼一說，內卷先生就平靜表示：

「那是我們所長，請不用害怕。」

「所長……？」

頂著混亂的腦袋，我觀察起所長來。腿根露出漆黑的眼睛，離開牆壁後的所長，順勢飄浮在半空中。還發出踢水般的啪啪聲。

不光是活著，還會飛？不過，看這模樣與其說是飛，不如說更像在空中泅泳，使我瞬間陷入「這裡該不會是海底吧」的錯覺。

彷彿炫耀著殼上的漩渦花紋，所長愉悅地在半空中描繪出一道弧線。

唔嗯唔嗯。內卷先生點了點頭。

「所長說，請交給下一個時代。」

「咦？所長嗎？」

既然要交出什麼，應該是指賣掉土地的事吧？

看我愕然無語，內卷先生舉起一隻手。

「那麼，就讓我們來為您帶路吧。」

順著他的指尖望去，前方有個白白的甕。看起來離那邊頗有一段距離，我狐疑地想，原本這裡有那麼大嗎？一邊跟在內卷先生後方。外卷先生走在我旁邊，所長就飄浮在他頭頂上方。只要接受了眼前的現實，這幅光景看上去倒挺悠哉的嘛。

終於來到甕邊，近看才發現那不是白色，是非常非常淡的水藍色。

「好美……」

情不自禁發出讚嘆。好久沒接觸過這麼夢幻的美，莫名放鬆了心情。

「這顏色叫甕覗。名稱來由眾說紛紜，據說在藍染的過程中，只將布料短暫浸入放了藍染液的甕時，這短暫的時間也稱為甕覗。」

內卷先生如此說明，外卷先生接著指向自己胸前的領帶。

「這條領帶也是用藍染布料做的喔。」

仔細一看，那確實是幾近黑色的深藍。很有個性，非常適合他們兩位。內卷先生說：

「藍染是很花時間與勞力的工作。浸泡在染液裡的東西，一旦接觸到空氣，色調就會改變，顏色變得愈來愈深。將浸泡在甕裡的布或線取出再放入，如此反覆無數次，才能染出深濃的顏色。所以，這個顏色承載了相當深厚的經驗與大量時間喔。在藍染之中，或許可以說是最年長的顏色。」

「那麼，這種深藍色的名稱是什麼呢？」

聽到我的疑問，外卷先生敲了敲手掌。

「你問得好。這種顏色稱為『勝色』，鎌倉時代的人們會將武士服或武器染成勝色，為戰場帶來好兆頭。」

說到這裡，他呵呵一笑。

「換句話說，就是雙關冷笑話啦。雙關冷笑話是很了不起的文化喔。日本人從以前就很認真地用雙關語戰勝種種艱難局面，也會透過雙關語祈求幸福，培養出豐盛的心。例如鯛魚被視為帶來好運的魚，就是因為發音與『值得慶賀』相近，人們拿五圓硬幣當護身符帶在身上，也是來自五圓和『有緣』的雙關意義。我們相信言靈的力量……不、你應該也知道吧？」

真的如他所說。這使我想起父親很重視一個貓頭鷹擺設，因為貓頭鷹的發音和「不苦勞」相近。我自己也時常在千惠子太太給我昆布燉菜時，不假思索地取昆布的諧音說「真是喜悅，哎呀，喜悅、喜悅」。

然而，想到穿戴染成勝色的服裝與武器上戰場的武士，不免有些悲傷。過去確實有過必須與陌生人為戰，以奪走他人生命為「勝」的時代。

這兩位老人家不知道幾歲了呢？外表看上去比我大十歲左右，我小心翼翼詢問：

「不好意思，兩位也曾前往戰地……」

「哎呀，別這麼sentimental嘛。」

外卷先生雙手一揮，嘴上這麼說，帶著言外有意的笑容。

……sentimental。是「戰地」的雙關冷笑話吧❾。

才剛放鬆了緊繃的雙肩，外卷先生就站在甕前朝我招手。

「那麼，文太先生，請過來這邊。」

按照他所說的走過去，看見甕裡裝了八分滿的水。沒有一絲混濁，整甕都是透明的水，看上去無邊無際，讓人懷疑這甕是不是沒有底。到底是怎麼回事呢？

就在我發愣的時候，所長漂到甕的上方。我赫然抬頭，所長瞬間以猛烈的速度衝進甕裡。

「啊！」

喊出來的當下，所長已沉入甕底，一轉眼就看不見了。好不容易才說服自己接受牠的存在，竟然就見不到牠了嗎？我問外卷先生：

「請問，所長什麼時候回來？」

「先別管這個了，請再看一次甕裡。」

我再次往甕中窺看，水面留下一圈一圈的漣漪。圓圈化為漩渦，團團轉著開始成為某種形狀。

浮上來的，是由白色山形與淺咖啡色缽狀物體組成的東西。影像愈來愈清晰。

「看見了什麼嗎？」

內卷先生靜靜地問。

「是霜淇淋……嗎？」

我錯愕地回答，霎時間，霜淇淋咻地消失。外卷先生以朝氣十足的語氣說：

「那麼，文太先生諮詢的結果，就是霜淇淋。」

---

❾日語中的戰地發音近似「senti」。

我傻站在那裡。霜淇淋，我根本很少吃。或許曾和其他食物一起出現在餐桌上，但我應該一次也沒自己買過。

「想必它能成為幫助你的道具。回去時，請走這扇門。」

內卷先生伸出一隻手，指向一扇毫無半點髒污的白門。總覺得剛才那裡並沒有這扇門，到底怎麼回事呢？

一切都太不可思議了。我放棄思考，朝那扇門走去。門邊的檯子上，放著一個藤籃，裡面堆滿用透明玻璃紙包裹的糖球，還附一張名片大小的卡片。

「遇到麻煩時就吃這漩渦糖果。」上面這樣寫。每顆糖球上，都有深藍色的漩渦圖樣。

「請自由取用，一人只限一顆。」

外卷先生這麼說，我從籃子裡拿出一顆，放進外套口袋。

內卷先生笑咪咪地看著我。

「濱書房就在對面。」

「對面？」

「那麼，路上小心。」

兩人以整齊劃一的動作向我行禮。一頭霧水的我也向他們回禮，伸手抓住白門的門把。

打開門，眼前正是我熟悉的小舊書店。

怎麼會這樣，到底……

回頭一看，服務中心已經消失無蹤，只有同樣熟悉的潮風亭，招牌上的風車團團轉動。

開了店，慢條斯理坐進收銀櫃檯裡的椅子，夢見就來了。

距離我回到鎌倉車站那時，似乎沒有經過多久。

身體靠在椅背上，我有些恍神。一如往常站在文學書的架子前凝神細看後，夢見朝我轉頭。

「文伯，你怎麼了？身體不舒服嗎？」

「不、沒事啦。夢見，我看妳每次都站在那裡找書，可是店裡好像沒有妳喜歡的書，真是不好意思。」

聽我這麼一說，夢見有些尷尬地低下頭。

「……我在找的，不是別人的書。」

「嗯？」

「算是一種想像訓練吧，設定是市面上已經有我寫的小說，而我也當真的尋找。每到一間書店，我一定都會這麼做。」

原來如此。我正想這麼回應時，六郎來了。和上次那個叫珊瑚的女孩一起。

「啊、夢見也來了。」

六郎對夢見笑一笑，直接拿著錄音帶走向錄音機放音樂。今天放的是濱田省吾的樂曲，這個倒是相當不錯。

「我下次也帶大江千里的錄音帶來好了。」

珊瑚說。她外表看上去成熟，其實好像只大六郎他們一歲。去年從高中畢業，現在一邊在家裡經營的食材雜貨店幫忙，一邊努力朝女演員之路邁進。和六郎意氣相投的珊瑚說，兩人先在麥當勞會合，再一起過來的。

「噯、文伯，聽我說，好好笑喔，六郎這傢伙，高井麻巳子都結婚半年了，他還一蹶不振。」

「妳少多嘴。」

六郎臉都紅了。我不解地歪了歪頭。

「高井麻巳子是誰啊？」

「小貓俱樂部啊，和秋元康結婚的那個。」

珊瑚回答，一副樂不可支的樣子。今天她穿貼身的針織迷你洋裝，腳蹬一雙長筒靴。

如果是小貓俱樂部和秋元康的話，我也大概聽說過。前者是由許多年輕女孩組成的團體，她們在電視上唱歌跳舞，吱吱喳喳講話。後者是她們的男性製作人。不過，那些女孩子誰是誰，我分不太出來。

「那兩個人年紀相差超過十歲耶。」

六郎嘟噥著說。珊瑚大聲嚷嚷「哎呀」。

「不管是差十歲還是十五歲，只要愛上了，年齡根本就不是問題啦。」

是這樣的嗎？我默默凝視珊瑚紅灩灩的嘴唇。

最後一次見到的小美，正好和現在的珊瑚一樣大。這年紀的女孩，都會像這樣真心愛上比自己大一輪的男人嗎？

「好了啦，沮喪的時候最好吃點甜食。這是獲得幸福最快又有效率的方法，因為吃甜食的瞬間能夠忘掉討厭的事。」

「只忘掉瞬間又有什麼意義。」

「重要的是累積每一個瞬間啊！」

珊瑚這麼說著，將手上提的袋子放上收銀櫃檯。裡面裝了幾本書。除了銀色夏生和林真理子的文庫本，還摻雜了一本《古事記》的現代文譯本。

「請收購這些書。」

「妳也會讀古事記呀？」

「啊、嗯。上次看了一齣由古事記內容改編的舞台劇，有點感興趣。不過，搞清楚內容之後，真覺得亂七八糟耶，古事記這本書。都是些無可救藥的荒唐故事，簡直是喔，搞笑。」

珊瑚想起什麼似的，笑著舉起一隻手亂揮。

「不是有伊邪那岐和伊邪那美的創國神話嗎？最初用長矛在大地上攪動，做出了磤馭慮島，後來兩人分別從左右兩邊繞圈生了小孩。」

六郎和夢見津津有味地聽珊瑚描述。

珊瑚伸出食指，一邊畫圓一邊繼續說：

「看到這個我就想啊，自然界盡是些漩渦耶。颱風啦、龍捲風啦、鳴門海峽啦、銀河啦。為什麼世界老是像這樣團團轉啊？」

六郎坐在圓椅凳上，蹺起二郎腿。

「或許無法解答妳的問題，不過，漩渦這種東西本身就是能量喔。」

「能量？」

「嗯。兩種相異的物質接觸時，必定會形成漩渦，引起旋轉運動，產生力量。」

「嗯——？好像聽得懂，又好像聽不懂。你頭腦真好，六郎。」

珊瑚摸了摸自己的頭。

六郎笑著把腳放下：「因為我讀理組啊。」

「不只日本，外國的神話裡也經常出現漩渦。物理課上到克羅梭曲線時，老師順帶提過，這個字的語源來自希臘神話。」

夢見小聲問：

「什麼是克羅梭曲線？」

「指曲線的曲率以一定比例慢慢變化，像高速公路就應用了這個，駕駛時以等角速度轉動方向盤，輪胎描繪出的軌跡就會是同樣的弧線。」

六郎站起來，拿起收銀櫃檯上的鉛筆和便條紙，畫下這樣的圖。

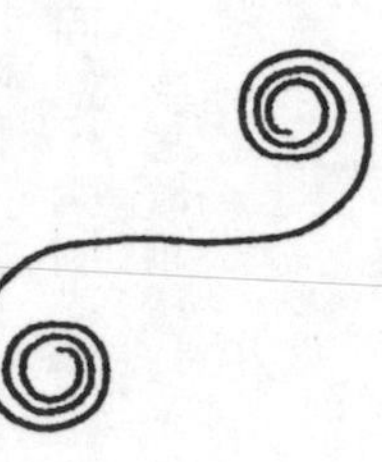

珊瑚歪了歪頭。

「這形狀很有趣，但聽起來很難耶。你說那叫什麼來著……克羅梭洛伊德曲線？」

「不是，是克羅梭曲線啦。什麼克羅梭洛伊德，又不是Android機器人。」

被六郎取笑，珊瑚噘起嘴巴。

「喔，是喔，不愧是天才科幻小說作家，說的話就是跟人家不一樣。所以呢？那名字是從希臘神話來的嗎？」

「嗯，老師說是什麼三姊妹的故事，我忘記了。」

「天才也有記不住的事啊。」

珊瑚咯咯笑著，走到夢見身邊。大概對這話題膩了。

「夢見，妳的辮子編得好漂亮喔。拆掉的話，就會跟我一樣有一頭狂野捲髮了。」

「沒關係，我這樣就好。」

「是喔，下次我拿已經不穿的衣服送妳。」

珊瑚勾著夢見的手臂，夢見臉都紅了。看起來夢見並不排斥這樣，只是珊瑚把喜愛表現得太露骨，讓她有點難為情。

我一本一本翻開珊瑚帶來的書，決定價格。

「沒有書衣的只能進百圓文庫花車喔。」

六郎擺出頗懂行情的樣子，珊瑚忽然想起什麼似的睜大眼睛。

「對了，我們家雜貨店對面新開了一間霜淇淋店。明明天氣這麼冷，生意卻很好。可能大家都喜歡邊走邊吃的隨性吧。」

霜淇淋？

我翻書的手停下來。

「然後啊，現在一支賣一百圓，可是從四月開始，不就要多加百分之三的消費稅了嗎？原本只要拿一枚百圓硬幣出來就好，變成一百零三圓之後，還得在那邊數一圓零錢，客人一定覺得麻煩，店家要找零也很花時間，店裡的大叔說他正在傷腦筋呢。要是一支含稅賣一百，又會少賺很多。」

六郎問：「濱書房也是吧？」我點點頭。

「啊啊、我差不多該走了，這時間輪到我顧店。這些可以賣多少？」

珊瑚彎身下來，望向我手邊。我敲了敲計算機，出示金額。

「欸——才這樣？」

「舊書的收購價，本來就是這樣喔。」

我多加了一點，取個整數。

「不然這樣。」

「嗯，好的，謝謝文伯。」

珊瑚咧嘴一笑，從我手中接過零錢。

我想著霜淇淋能怎麼幫助我。可是，完全想不出來。好像有什麼靠近，又再次走遠。

✦

一月五日，星期四。

說到希臘神話裡的三姊妹，大概是指命運三女神吧。記得以前在哪裡讀過。六郎那張便條紙一直放在櫃檯上，不知為何沒丟掉。下午，我翻開希臘神話的書，這本《希臘神話讀解》，是好幾年前就放在店裡的舊書。

很快地，我便找到應該是克羅梭曲線語源的名字。

為人類分配命運的摩伊賴三姊妹。紡織生命線的克洛托、丈量生命線長度的拉刻西斯，以及剪斷生命線的阿特羅波斯。人類生命的長度，就由她們三人決定。

如漩渦般捲曲的克羅梭曲線，應該就來自用紡錘紡織生命線的克洛托了。我的人生，也是在她們的安排下活到現在的吧。女神分配給我的人生。

一個帽子壓得很低的男人走進店內，夾克領子高高豎起。這位客人來過兩三次了。他一邊慢慢物色架上的書，一邊往店內移動。

我在櫃檯裡繼續看書。即使戴上老花眼鏡，文字對我來說還是有點小，閱讀時得專注在頁面上才行。

摩伊賴三姊妹在各種場合大顯身手。有時加入神祇與巨人的戰爭，有時餵怪物吃下不可思議的果實，在戰場上表現出色。真有趣。

沉浸在神話世界裡，不經意回神時，戴帽子的男人正好要離開。

我突然感覺不太對勁，也說不上來是什麼，類似某種直覺。

起身想跟男人說話，正好看見男人手提紙袋裡露出盒裝書的一角。我心裡立刻有數了，那是店裡的書。男人快步離去。

「等、等一下！」

我急忙走出櫃檯，卻在這時絆了腳，差點跌跤。倉促間用手抓住書架，還是沒能支撐住自己的身體，和架上紛紛掉落的書一起摔在地上。

膝蓋和手臂撞得很痛。忍耐著勉強起身，拖著腳往外走，男人已經不見蹤影。

我回到店裡，找到預想中的書架一看，果然沒錯。

森敦的《酩酊船》不見了。那是只有兩百部的限定版，附作者毛筆簽名落款，要價一萬圓。

我頹坐在地。真沒用，連小偷在眼前偷東西都沒發現，發現了也追不上，就這樣被偷走昂貴的書，只留下撞傷的身體。

沮喪低頭時，店門打了開。上門的是最不想看見的那張瓜子臉。

「咦？濱先生，您怎麼了？」

山西走進來，我沒回應，兀自起身，拍拍長褲上的灰塵。

「書都掉滿地了。」

山西笑嘻嘻地朝地上的書伸手。

「別碰。」

我低聲阻止。「哇，好兇」，山西笑著縮縮脖子。這男人真讓人不愉快。

「嗳，濱先生。今天早上呢，隔壁的地主終於蓋章了喔。不枉費我專程跑一趟逗子。」

他說的是隔壁那間空屋的事。山西瞇起眼睛。

「要是濱先生也把這裡賣了，就能跟隔壁那塊地合併起來，變成一片更大的土地了。所以，您現在蓋章的話，可以多出一點價給您喔。」

這傢伙憑什麼「可以多出一點價給您」，說得像要經過他許可一樣。我連反駁的力氣都沒有，只是無言撿起地上的書，放回書架。

「要就趁現在喔，濱先生。地價是會變動的，現在時機最好。之後再後悔『早知道那時就賣掉』也來不及了喔。」

「你回去吧。」

山西用麵麩一樣輕浮的聲音回答「好好好，那下次見」，臉上依然掛著那噁心的笑容出去了。

我走回櫃檯內，摩挲膝蓋。剛才撞痛的地方已經好多了，幸好沒受嚴重的傷。可是，這也讓我領悟到，自己已經老得行動遲緩。

或許真的是時候了。

即使不喜歡山西，或許還是得感謝人家願意買下這裡……

山西前腳剛走，珊瑚和夢見後腳就進來了。珊瑚邊走邊回頭往門口看：

「那個人也有來我家雜貨店，是地產掮客山西對吧？」

珊瑚露出吃到難吃東西的表情，氣呼呼地說：

「那傢伙很噁心，老是嘻皮笑臉地纏著人問要不要賣地。我媽上次也好生氣，破口大罵說，好像有蛞蝓跑進我們家的寶貝雜貨店了，快點滾！還一邊撒鹽。」

我忍不住笑起來。雖然沒見過面，聽起來確實很像珊瑚媽媽會做的事。

「你們家的店，是妳媽開的嗎？」

「嗯。我爸在商社工作，店是我媽自己想開的，規模不大。就在小町通那邊，下次文伯也來走走嘛。店名是桐谷商店。」

「好，改天就去。」

桐谷商店啊。我不喜歡人多擁擠的地方，平常難得去小町通。先把店名記起來吧。

「啊，我賣掉的書，已經上架啦！」

珊瑚開心地歡呼。她說的是那本古事記現代文譯本。因為書的狀態很好，幾乎跟新的沒兩樣，價格訂得也比較高。

「好棒喔，這本書在這間店裡重獲新生了呢。下次會活在誰身邊呢？」

珊瑚拿下書輕輕撫摸，就像在摸嬰兒。看著這樣的珊瑚，夢見說：

「我也常這麼想呢，舊書店裡充滿書本的輪迴。」

嗯嗯。珊瑚點頭，把書輕輕放回架上。

「我今天要拿衣服給夢見。因為樣式很多，都放在店裡後面的房間裡，請她跟我一起去挑選。」

向我這麼說明後，珊瑚對夢見說：

「啊、對了，有些衣服的領標上可能會用片假名寫著『乙』或『珊』，妳別介意喔。因為有些是我姊姊的衣服。乙是乙姬的乙。珊是珊瑚的珊。洗過之後搞不清楚哪件是誰的，我媽就擅自在領標上寫了名字。」

「妳姊姊叫乙姬啊？」

乙姬和珊瑚。這對姊妹的父母似乎很喜歡海。我微笑起來，珊瑚開朗地回答：

「對，然後我媽叫人魚。」

……人魚。

感覺像被一把箭射中，我停止呼吸。

人魚，是小美的名字。

被叫「人魚」好像讓她有點害羞，她就開玩笑要大家叫她小美。美人魚的美。

「妳媽媽從小就住鎌倉嗎？」

為了不讓她發現我在打探什麼，我盡可能用不帶感情的聲音詢問，但好像仍有些嘶啞。珊瑚渾然未覺地說：

「沒有喔，她是橫濱人。外公以前開印刷廠，媽媽在相關企業做打字員。」

果然。果然是她沒錯。

沒想到，會在離我這麼近的地方。

啊，小美。

妳結婚了，還生了兩個孩子，開了自己喜歡的店。

應該很幸福吧。太好了。

內心有些寂寞，但還是很高興。同時，想見她一面。

想把真正的心意告訴她。

只要能和小美互相確定彼此的心意，或許就能證明我來到這世界上並非完全無意義。

可是，事到如今又能怎樣。她說不定根本不記得我了。

珊瑚還在叨叨絮絮說著衣服的事，我幾乎沒聽進去。這孩子是小美的女兒，感覺好不真實，我只能這樣想著，凝視珊瑚。

又過了一會兒，她倆就一起離開了。

沒有客人的安靜店內，我撐著手肘陷入思考。

珊瑚來到這間店，說不定出於某種緣分。可是，都已經活到這麼大把歲數了，是不是不該在生活裡掀起波瀾呢？另一個我這麼說。

過了一小時左右，店門再次打開，是夢見。

她氣喘吁吁跑進店內，看也不看文學書架一眼，來到我面前。

「這個，給你。」

夢見手上拿著霜淇淋。

我驚訝地看著那雪白柔軟的禮物。

「文伯剛才看起來怪怪的……是不是發生了什麼事？這是我在珊瑚姊家對面的店買的，沮喪的時候就該吃點甜的東西嘛。」

得在融化前送來給我，又要牢牢拿好以免塌了，夢見就這麼小心翼翼又匆匆忙忙地為我送來霜淇淋。想像夢見一路跑來的樣子，心頭一陣感動。我伸出手，接過霜淇淋。

「為什麼是霜淇淋……」

「六郎不是說了嗎。漩渦就是能量。吃了一定會有活力的，快吃吧。」

眼角一陣刺痛，強忍差點流下的淚水，我吃起霜淇淋。觸碰舌頭的溫潤口感、甜甜的牛奶味、適度的冰涼。使我躁動的心平靜下來。

「妳為什麼要對我這個不起眼的糟老頭這麼好呢？」

我這麼說，夢見歪了歪頭。

「才不是不起眼的糟老頭呢。幫助書本重獲新生，文伯做的是很偉大的工作耶。再說——」

稍許遲疑之後，夢見說：

「文伯是我的朋友啊。」

沒想到會聽到這個，我抬起頭。夢見難為情地走開，站在櫃檯對面的書架前。

「我是這樣想的，一千年前的人用的語言和現在不是完全不同嗎？一千年後一定也不一樣。既然如此，在同一時間用同一種語言說話的我們，不就像是同班同學嗎？」

輕輕撫摸珊瑚拿來賣的那本《古事記》封面，夢見靜靜地說。

「然後啊，以地球的歷史來說，這只是非常短促的一段時光呢。所以我想透過小說，告訴同班同學好多好多事。對這些能用現在的語言理解現在的心情的人說。」

依然背對我的夢見轉過頭來。

「在我還以這個我活著的時候。」

那雙眼神凜然堅定，眼中散發的光芒，已足以照亮我深陷的迷霧。

我吃完霜淇淋，對夢見說「很好吃喔，謝謝妳」。然後問她：

「可以告訴我霜淇淋店在哪嗎？」

那間店的對面，一定有我該見的人。該傳達的事。

在我還以這個我活著的時候。

✦

一月六日，星期五。

濱書房的公休日是星期一，不過今天臨時公休。

我按照夢見告訴我的路徑，朝霜淇淋店走去。上午的小町通，人潮比想像中還多。

腳已經不痛了。但我很緊張。平常我很少為什麼事情這麼坐立不安。因為一直以來，我都盡量避免去做會讓自己緊張的事，面對自己配不上的東西時，我也一向逃避付出努力去爭取。反過來說，正因我一直躲開不擅長的事物，仔細想想，這輩子才能過得這麼輕鬆平安吧。

過了醃菜店，過了帽子店，看見一個大大的霜淇淋造型招牌。我一度停下腳步，深呼吸。

霜淇淋店對面，的確有一間桐谷商店。

店門口堆放著捲筒衛生紙，玻璃滑門裡看得到罐頭、調味料和零食點心。我踏出一步，窺看店內。

老闆娘就坐在收銀櫃檯裡。

她坐在椅子上翻看週刊雜誌《FUTURE》。似乎對某篇文章感興趣，只見她折起頁角。

視線低垂的眼睛看得出昔日容貌。高挺的鼻梁，有點西方味道的長相。豐盈的黑髮中夾雜幾絲白髮，但那一點也無損她的豔麗，反而因此增添了幾分老闆娘的穩重。

我拉開玻璃門。

半個身子進入店內時，小美朝我望過來。

「歡迎光臨。」

語氣沒有特別殷勤，但那股爽朗與豪邁，怎麼看都是小美的風格。

小美的視線馬上又回到週刊雜誌上，應該沒察覺我就是濱文太。我走入店內，沒有其他客人。

無法馬上對她開口，我在店裡逛了一圈。光是和小美待在同一個空間裡，這件事就令我不可思議。

拿起眼前看到的小瓶裝海苔醬，帶著隨時有可能跳出胸腔的心臟，走向結帳櫃檯。

小美把雜誌往旁邊的檯子一放。那上面還有水壺、仙貝、書和筆記本。我想，她一定很喜歡待在這個地方。和我一樣。我懂喔，小美。這裡是只屬於店主的小宇宙。

「一百八十圓。」

小美說。我從錢包裡拿出零錢，兩枚百圓硬幣。

「找您二十。」

將收銀機裡拿出的兩個十圓硬幣交給我，她這才正眼看我的臉。

滿心的懷念幾乎要奔流而出。小美睜大眼睛，半張嘴巴，舉起一隻手，手指摀住臉頰。

「不會吧。」

這是她對我說的第一句話。不會吧。接著，小美隨即綻放笑容。對此，我除了高興還是高興，打從心底鬆了一口氣，終於能對她開口。

「……小美！」

「咦？真的是文太哥？」

「嗯。太好了，妳還認得我。」

她還記得我。我在心裡這麼說。

「你已經是個爺爺啦，很不錯喔。」

小美露出親暱的笑容。簡直就像昨天才剛見過面似的。三十二年的隔閡，彷彿一口氣消除了。

我簡單說明與小美不相見的這些年，自己經歷過的事。濱書房的事，還有現在仍單身的事。不過，關於珊瑚的事，想想還是沒有說。

「噯，你坐這嘛。」

小美指著櫃檯裡的圓凳。把放在上面的文件移開，再把椅子放在自己前面，好讓我跟她相對而坐。能受邀進入小美的小宇宙，真是一件光榮的事，我一邊這麼想，一邊坐下。

職業養成的習慣，使我注意起放在檯子上的書。三本書名都與四柱推命相關。

察覺我的視線，小美笑著說「喔，這個啊」。

「我最近開始學算命。起初只是好奇，學著學著就學出意思來了。」

小美拿起最上面那本，翻開來說：

「也來幫文太哥看看命盤吧，告訴我你的出生年月日。」

「昭和元年十二月二十五日。」

我這麼說完，小美就用原子筆寫在廣告傳單背後空白處，嘴上說「是喔——」。

「那個只有短短七天的昭和元年嗎？」

「沒錯，像附贈品一樣的昭和元年。」

小美指尖靈活地轉動原子筆。

「才不是什麼附贈品呢，我認為那七天是開天闢地的期間喔。」

開天闢地。

神創造了世界的七天。

我從來沒這麼想過。小美一邊翻書，一邊在紙上寫下數字和漢字，最後寫個大大的「戌」字，再畫個圓圈起來。

「是戌呢。個性溫柔寬容，不拘小節。不過也偏保守，是容易受刻板觀念束縛的類型。」

我只得苦笑。

「怎麼說呢，應該算得滿準的吧？尤其是不好的地方。」

「就是啊，刻板觀念那種東西，早點丟掉就好了。」

這樣的話，我們就能在一起了。

彼此想的或許是同一件事，三秒左右的沉默籠罩我們。

不過，我又馬上改變想法了。

現在的小美看起來非常幸福。對她而言，這樣果然才是好的。要是那時我和小美結合，珊瑚就不會出生在這世界上。

沒想到，小美卻說出我意想不到的話。

「要是沒有文太哥，這世界上就不會有乙姬和珊瑚了。」

「欸？」

「喔，乙姬和珊瑚是我女兒啦。我啊，因為被文太哥甩了，失戀的我傷心地去旅行，到鎌倉這邊來參拜各人神社，結果遇到現在的丈夫。所以說啊，循著緣分的線倒回去看，我女兒們和文太哥的緣分也是繫在一起的喔。」

看在小美眼中，當年與我的相遇也有其價值嗎？我說不出話來，小美托著下巴微笑。

「我今年已經五十二歲了。活到這把年紀，越發覺得人生不是走在筆直的道路上，而是像在爬一道螺旋階梯。當彼此之間的曲線靠近、重疊時，人與人就會相遇，繞著圈圈往上爬，某種範圍內還能看見同樣的風景。說不定整個世界就是一個螺旋，歷史總是一再重複，一定是因為這樣。」

我的螺旋階梯和小美的螺旋階梯，現在正好走到交會的地方。我懷著感謝的心情對小美說：

「我的人生或許什麼都不會留下就結束了，可是聽到小美這麼認為，我真的很開心喔。這樣的話，至少我生在這個世界上也算有點意義。」

小美以直率的眼神看著我。

「不對喔，文太哥。活著不是為了留下什麼，我們出生在這個世界上，是為了活在生命的每一個瞬間。為活而活喔。」

有客人上門了，小美闔上書本。那是一個看似大學生的男孩，一臉為難的樣子，急促地問：

「請問有OK繃嗎？」

「抱歉啊，店裡沒賣OK繃耶。怎麼啦？」

男孩朝店外微微轉頭，門口站著一個身穿厚厚墊肩大衣的女孩。

「我朋友的腳，被鞋子摩擦破皮了。」

「哇啊，那很痛呢。她一定穿著平常沒穿慣的高跟鞋走了很多路。」

小美笑著，拉開檯子下方的抽屜。

「雖然店裡沒賣，但我這裡有，你拿去吧。」

她從OK繃盒子裡拿出四片連成一串的OK繃給男孩。

「真是非常感謝您，有這就太好了。我平常都開車載她出來玩，沒想到今天會走這麼多路，甚至腳都被鞋子磨破皮了。」

我問「你開什麼車啊」，男孩喜孜孜地回答：

「大紅色的本田PRELUDE。我在義菜館打工存的錢都拿來買這個了。只剩下一堆貸款。」

小美瞥了女孩一眼。

「買車是為了讓她坐副駕駛座吧？」

男孩搔搔頭。

「還只是單相思啦，我正在追求她。目標是成為老闆跟老闆娘這樣的恩愛夫妻，牽手到兩人都長出白髮。」

我慌了。他以為我和小美是夫妻。

不是……正想這麼糾正，小美比我先開了口。

「對啊，所以你要加油喔。最重要的就是堅持到底。要像我們夫妻倆一樣幸福喔。」

「嗚哇，我現在是被曬恩愛了嗎？老闆，真羨慕你。」

被他這麼一說，我也只好配合。

「嗯、嗯，還好啦。」

「婚姻圓滿的秘訣是什麼呢？」

「嗯……大概是要丟掉刻板觀念吧。」

「刻板觀念啊……好深奧喔。」

我自己順勢說出口才覺得難為情。小美倒是一臉若無其事的樣子，只有嘴角微微上揚。

男孩說「白拿您的東西不好意思」，就順便買了一瓶Regain。這是最近以廣告詞「你能戰鬥二十四小時嗎」引起話題的提神飲料。

男孩一邊道謝一邊彎腰低頭，我們一起目送他離去。

年輕人啊，戰鬥也不錯，但要懂得愛你的鄰人喔。別放過生命的每個瞬間，去愛吧。

「……大概是要丟掉刻板觀念吧？」

小美模仿我的語氣，我笑著拍打自己的額頭。

這裡簡直像是平行世界。

在這短短幾分鐘內，我和小美是一對夫妻。沒被選擇的人生。有那麼一瞬間，我似乎品嚐到它的滋味了。

「小美。」

我凝視小美。

「我喜歡妳喔，真的，非常喜歡。」

小美抬頭看我，笑得心滿意足。

「我知道啊，笨蛋。」

離開桐谷商店後，我一個人走回濱書房。

才花不到二十分鐘，就回到我一成不變的日常了。

拉開鐵門，進入店內。

舊書的霉臭味撲鼻而來，比什麼都教我感到安心。我心愛的店。

出生至今，連一天都沒有跳過地活了過來。踩在一階一階的螺旋階梯上。

出生之後重生了無數次的書本們。

身處這樣的輪迴之中，我就再一階一階走下去吧。

✦

一月七日，星期六。

上午六點三十三分，天皇駕崩。

從晨間新聞得知這個不幸的消息。陷入混沌。我靜靜閉上眼睛，為各種時間祈禱。

一如往常開了店。

今天全日本都充滿各種忙碌的變動吧。我決定乾脆過跟平常沒兩樣的日子。

上午一個客人也沒有。不過，這點也和平常沒兩樣。

下午將近兩點時，六郎來了。

「文伯，你昨天臨時公休吧？我有事想通知你，還特地跑來一趟呢。」

「啊、抱歉。昨天我有重要的事去辦了。你要通知我什麼？」

六郎挺直背脊。

「鏘鏘！黑戶六郎奪得海原新人獎最大獎了！」

欸！我不由得大聲驚呼。

「好厲害！幹得好。恭喜你啊！」

「獎金一百萬圓！好高興喔，要用在哪好呢？」

雙手握拳，六郎做出勝利姿勢。這時，夢見也來了。一對上我的視線，她就偷笑。

「六郎說他得大獎了。」

我對夢見說，六郎發出得意洋洋的聲音：

「她已經知道嘍。我昨天到處打電話跟大家說了嘛。」

夢見只是安靜微笑。她今天也沒站在文學書架前，自己拉了張圓凳坐下來，真難得。

「那你很快就要以作家身分出道文壇了吧？」

我這麼說，六郎卻搖搖頭。

「我對當作家沒興趣。去投稿只是想試試自己的實力，拿下大獎就甘願了，並不是想成為作家。這種事啊，當興趣來做很開心，變成工作就累人了不是嗎？要是被編輯嫌東嫌西，我一定會提不起勁寫，才不想那樣呢。拿到一百萬獎金就很滿意了。」

六郎從後背包裡拿出一個信封。

「照片洗出來嘍，那天拍的那些。」

我接過信封，從裡面拿出三張照片。店內、店的外觀，還有我。

「我啊，未來哪天繼承這間店也行喔。高中畢業後雖然會去汽車工廠工作，放假日偶爾也會來幫忙的。等文伯想退休了，就跟我說。」

這話在我內心點亮一盞溫暖的燈。無論是否真能實現，聽到十幾歲的男孩子對我說這種話，我真的好欣慰。

「真可靠，那我就放心了。」

「我是講真的喔。那就這樣，今天跟朋友約好唱卡拉OK，先走嘍。」

六郎分別對我和夢見揮揮手，踩著輕快的腳步出去了。

我看著手邊的照片，那封起一瞬間的紙。老舊的店面，面無表情的我，看上去挺不賴。

「夢見怎麼不也讓他拍幾張？」

我這麼一說，夢見就低下頭：「我討厭拍照，因為我是醜女。」

「才沒這回事呢。」

夢見把我的話當耳邊風，理都不理，接著又說：

「……為什麼呢？」

「咦？」

「為什麼他能寫出那麼厲害的小說呢？六郎果然很強。只投稿一次就拿下大獎……為什麼卻偏偏說自己不想當作家呢？」

這話說得含含糊糊，像在自言自語。游移的視線，在書架上徘徊。

「我從加入文學社團後，就一直好羨慕六郎。待在他這樣的天才身邊，會有種自己也傳染了天分的錯覺。九十九這個筆名其實取自六郎。因為擔心直接用6會被發現，就用了顛倒的9。」

夢見的肩膀顫抖，我勉強開口安撫：

「夢見今後也還有很多機會的啦。」

「我上高中後投稿新人獎的次數多到數不清了。可是，完全不行。每次落選，我都會嫉妒入圍的人。明明很崇拜六郎，連他也會嫉妒。對不該憎恨的人抱持如此黑暗的心情，自己都受夠了。」

夢見眼中滾出大顆淚珠。

我無能為力，這種時候該說什麼才好？一句話都想不出來。傷腦筋。

啊！突然想到了。

對啊，我怎麼給忘了呢，不是有那個嗎？「遇到麻煩時就吃這漩渦糖果。」手伸進外套口袋摸索。太好了，還在。

走出櫃檯，將那顆小小的糖球遞給夢見。

「這是霜淇淋的回禮。沮喪時就該補充甜食對吧？」

夢見微微抬起哭溼的臉，慢慢收下糖球。

「……漩渦。」

這麼喃喃低語著，剝開玻璃紙，把糖球放入口中。瞬間，夢見眉毛動了動。

「嚇我一跳，入口即融耶。沒有味道啊，吃起來像在喝水。」

原來不是甜甜的糖果嗎？看來，事情沒想像中順利。

我環顧四周，思考還能說些什麼來鼓勵夢見。

「不過，不可思議的是，是美味的水喔。彷彿喝了就能讓人清醒的水。」

夢見這麼一說的瞬間，「咚」的一聲，一本書從書架上蹦出來，還沒往下掉，就又停住了。夢見起身，抽出那本突出了一半的書。

「希臘神話？」

是我前天讀過的那本書。

「怎麼會突然跑出來？」

夢見翻開書，正好是講摩伊賴三姊妹那一頁。

啊，說不定……說不定這就是漩渦糖果的魔法。

重新坐上圓凳，夢見讀了一會兒神話。接著，視線從書中抬起：

「神話的內容，實在都很異想天開耶。為什麼人們能把這種情節當作實際發生過似的傳誦至今呢？明明沒有人真的認為那是事實，內心深處卻都懷著某種相信神話的心情。」

「為了寫下真正想說的話，虛構的情節或許有必要存在。按照事實寫下的東西反而無法被接受，倒不如用幻想世界的設定來傳達。我想，神話中隱藏的訊息都揉進故事深處了。再說，無論設定多荒謬，故事依然能說下去，這就是創作的美好呀。」

夢見點頭說「對耶」。

「一直以來，我只會寫自己實際經歷過的事，所以寫的都是校園小說……說的也是，仔細想想，既然是在想像中創造的故事，說不定任何小說都跟科幻小說是一樣的東西。一切都無限自由。」

夢見抬起頭。

「我寫得出來嗎？不受現實束縛，把想像的世界拓展得更廣闊。透過那樣的故事，表達真正想說的話，我想試著寫寫看。」

剛才還哭哭啼啼，縮成一團的夢見，看起來整個人像大了一號，閃閃發光。

她已經沒問題了。

不經意地，菊石所長的話掠過腦海。

——交給下一個時代。

或許，我能將什麼交給下一個時代的夢見。

「那本書，送妳。」

「可以嗎？」

「可以啊，反正我的書多得都能拿來賣了。」

我的玩笑話，讓夢見笑出來。

「謝謝。漩渦真的能帶來能量耶。吃下那顆糖果之後，力量都湧現了。」

夢見像是想通了什麼，露出海闊天空的表情看著我。

「我會用僅有的天分繼續寫下去。雖然不知道什麼時候才能成為小說家，無論得花多少時間，我都會繼續寫下去。」

我帶著見證夢見這番意志的心情回答：

「妳已經是個小說家了喔。很多同班同學等著妳。一定有某個誰，正在等待從妳筆下誕生的話語。」

瞬間露出驚訝的表情，夢見隨即浮現喜悅的笑容。

在夢見腿上攤開的書頁上，印著摩伊賴三姊妹的插畫。我指向左邊的女人說：

「這個克洛托，就是六郎說的克羅梭曲線的語源喔。」

「喔喔，原來是她啊，被珊瑚說成了克羅梭洛伊德那個。」

夢見再次低頭看著被命運之線環繞的摩伊賴三姊妹，輕輕伸出左手撫摸。

「那時我就在想，克羅梭洛伊德聽起來好像人名喔。命運之線裡，有六郎的郎。[10]」

夢見的中指長著握筆造成的繭。繭看起來很硬，由此可知慣用左手的她，至今寫下數量多麼龐大的原稿。

我笑著對她說：

「不然，今後妳就用克羅梭洛伊德這個筆名寫小說吧。」

夢見睜大雙眼，下定決心似的用力點頭。接受了新筆名的小說家，就此揭開下個時代的序幕。

身為她同班同學之一的我，十分期待克羅梭．洛伊德[11]的小說。

這時，千惠子太太匆匆忙忙跑進來。

「欸，過來看，快要發表新年號了！」

我和夢見跟著千惠子太太衝進潮風亭。

下午兩點半，店裡還有一半左右的客人，大家都抬頭緊盯掛在高處的電視。畫面裡，官房長官小淵惠三坐在桌前，旁邊放著一個倒扣的額框。

小淵先生先看一眼記者，單手輕輕推高眼鏡，重新坐正。攤開對折的白紙，高聲朗讀。

「於剛剛結束的內閣會議上，已確定更改年號之政令，如第一次臨時內閣會議後所宣布之決議，預定於本日交付執行。」

我想，全日本國民現在一定正屏氣凝神地注視著真空管內的影像吧。小淵先生目光直視前方。

「在此宣布，新年號為平成。」

額框正面立起，上面寫著大大的「平成」兩字。龍飛鳳舞的毛筆字，令人聯

---

❿ 這邊夢見說的是將這些名詞寫成日語片假名時的狀況。

⓫ 日語中的「克羅梭」與「黑祖」同音。

想起鎌倉漩渦服務中心那塊看板。

千惠子太太端著托盤，展露微笑。

「昭和就到今天為止了呀。昭和六十四年，只有短短七天呢。」

「昭和元年也只有七天喔。」

我這麼說。真不可思議，歷史總是一再重複。

夢見愣愣地抬頭仰望電視，兀自喃喃說道：

「最初是七天，最後也是七天。總覺得，這兩個七天就像昭和時代的封面和封底。」

這句話溫柔降落在我心中。這樣啊，原來我誕生的那段時間是封面啊。而受鎌倉漩渦服務中心引導的那段時間則是……

我活過了整個昭和時代。

讀完一個時代，很快就要闔上封底。

是的，從明天起——

平成時代，即將展開。

全新創作短篇

✦✦✦✦✦

在遠方交談

——啪答、啪答。

外卷：我倆已經在此下了很久的黑白棋，遲遲無法分出勝負呢。

內卷：本來就沒打算分出勝負呀。

外卷：沒錯，只是每日每時每刻輪流翻轉黑與白，悠長的時光就這樣流逝……

內卷：是啊，我們真的是穿越了所有時代。記憶猶新的有明治、大正、昭和……

外卷：還有平成呢。那真是一個非常有意思的時代。呃、平成之後是什麼來著？

內卷：你已經忘了嗎？是令和啊。

外卷：喔喔，對對對。說到這個令和，一開始可真是折騰人。

內卷：真的呢。不過，也沒有哪個時代不折騰就是。

外卷：但是，人類每次都好好度過了，一定能夠重新振作。因為人類很堅強啊。什麼都吃，哪裡都能住，對所有事物探究到底。話說回來，無論何時，無論哪個時代，人們最重視的還是……

內卷：是什麼呢？你幹嘛笑咪咪地指著領帶？

外卷：最重視的還是愛啊……藍與愛……⑫

內卷：……

外卷：不要露出那麼厭惡的表情嘛。
內卷：先別說那個，剛才糖果行老闆聯絡了我們呢。
外卷：嗯嗯。拜託他們製作「遇到麻煩時就吃這漩渦糖果」已經好多年，算是老交情了。
內卷：聽說老闆要把店交給兒子繼承啦。
外卷：是喔。這麼說來，今後製作漩渦糖果的會是兒子嘍。
內卷：對啊，畢竟做糖果也是相當耗費體力的重勞動。
外卷：說的也是呢！要把熬煮過的糖，像揉黏土那樣先擀平，再捲成粗粗的棍狀，還要滾成細長棒狀……再用刀子俐落地咚咚咚咚切成一塊一塊……
內卷：得在糖液變冷凝固前快速切完才行呢。
外卷：刺激、速度、懸疑！
內卷：橫切面要能現出美麗的漩渦圖案，這可考驗工匠的技術了。
外卷：不過，老闆口風很緊，堅決不透露那個「遇到麻煩時就吃這漩渦糖果」的製造秘笈呢……

---

⑫日語中藍與愛同音。

內卷：是的。聽說就連他的兒子，也是最近才剛學會的喔。只靠口耳相傳保留下來的原料究竟是什麼，現在終於……

外卷：唔姆唔姆。遇到麻煩時就能派上用場的……那個對吧？

內卷：其實，那也不是什麼特別的東西。每個人心中都擁有……

外卷：問題是，人們很容易忘記這件事啊。或者說，大家都認定自己沒有……

內卷：沒錯。那糖果的原料就是麥芽糖、鎌倉的海鹽，還有……咦？

外卷：你聽見了吧？

內卷：聽見了。這嘰噫的聲音，是誰打開了鐵門吧。

外卷：唔姆唔姆。接著，是沿著螺旋階梯下樓的腳步聲。

內卷：又有誰走散了呢？

外卷：那麼，繼續下黑白棋吧。對了，現在世間是西元幾年啊？

——啪答、啪答。

小說內文
已經讀完了嗎？

鎌倉漩渦服務中心

Kamakura Uzumaki Annaijo

平成史特別年表

元年◆昭和天皇駕崩。皇太子明仁親王即位。
◆施行消費稅法，稅率為百分之三。
2年◆泡沫經濟崩壞。
3年◆電視劇《東京愛情故事》播出。
4年◆百歲人瑞雙胞胎金婆婆銀婆婆掀起熱潮。
◆開始流行BB. Call呼叫器。

平成元年～平成5年
（1989～1993）

1989年
霜淇淋篇
*****
昭和64年
濱文太（64歲）

♫ 錄音帶

昭和64年◎紅珊瑚（20歲）與黑祖洛伊德（19歲）相遇。
◎山西（26歲）以地產掮客身分造訪濱書房。
◎桐谷人魚（52歲）與濱文太重逢。
◎折江（22歲）造訪桐谷商店。
平成元年◎以「黑祖洛伊德」筆名開始執筆創作小說。

6年◆小說《麥迪遜之橋》大流行。
◆電視劇《無家可歸的小孩》播出。
◆東京都建議將黑色垃圾袋改成半透明。
8年◆電子雞問世。
◆安室奈美惠成為時尚教主，引領流行。
9年◆消費稅率提高至百分之五。

平成6年～平成10年
（1994～1998）

1995年
花丸篇
*****
平成7年
鮎川茂吉（40歲）

♫ CD

7年◎廣中讓（40歲）上《笑笑也可以！》。
◎紅珊瑚（26歲）、黑祖洛伊德（25歲）遇見鮎川茂吉。
◎劇團「海鷗座」參加演劇祭，舉行公演。
8年◎廣中真吾出生。桐谷人魚（59歲）出現在同一間醫院。
◎紅珊瑚（27歲）以女演員身分出道。
10年◎黑祖洛伊德（28歲）獲文學雜誌《海原》讀者獎。

♫ 文中出現的音樂播放機

平成11年～平成15年
（1999～2003）

2001年
高音譜記號篇
*****
平成13年
園森一華（15歲）

♬ MD

11年◆平安度過諾斯特拉達姆斯大預言。
13年◆小泉內閣正式上任。
◆電影《神隱少女》大賣座。
◆東京迪士尼海洋開幕。

11年◎黑祖洛伊德（29歲）以作家身分出道文壇。
13年◎紅珊瑚（32歲）在玻璃工房體驗製作蜻蛉玉。
◎田町朔也（30歲）參加親戚婚禮。
◎乃木（15歲）從靜岡搬家到東京。

平成16年～平成20年
（2004～2008）

2007年
壽司捲篇
*****
平成19年
日高梢（32歲）

♬ MP3播放器

19年◆石川遼以史上最年輕的15歲又8個月年齡拿下高爾夫巡迴賽優勝。
◆「靦腆王子」成為流行語。
◆小島義雄「那種事才沒關係」爆紅。

17年◎田町朔也（34歲）辭去國中教師工作，進入補習班任教。
19年◎桐谷人魚（70歲）在風水屋算命。
◎黑祖洛伊德（37歲）獲得文學獎。
◎黑祖洛伊德在濱書房舉行簽書會。
20年◎田町朔也（37歲）結婚。

平成21年～平成25年
（2009～2013）

22年◆鶴岡八幡宮大銀杏倒下。
23年◆東日本大地震。
25年◆單曲〈戀愛的幸運餅乾〉發行。
◆偶像團體「舞祭組」正式成團。
◆掃地機器人Roomba在日本國內出貨量突破百萬台。

2013年
髮旋篇
*****
平成25年
廣中綾子（51歲）

♫ iPod

25年◎山西（50歲），在家電量販店工作。
◎早坂瞬（23歲）進入《MIMOSA》雜誌，成為折江（46歲）的部下。
◎田町朔也（42歲），「Melting Pot」開店。
◎劇團「海鷗座」在陽光劇場舉行公演。
◎紅珊瑚（44歲）成為美容液廣告代言人。
◎廣中真吾（17歲）以廣啾名義在YouTube頻道上傳影片。

平成26年～平成31年
（2014～2019）

26年◆索契冬季奧運舉行。羽生結弦獲得金牌。
◆消費稅率提高至百分之八。
◆《笑笑也可以！》收播。
29年◆青山美智子以作家身分出道文壇。
31年◆年號從平成改為令和。

2019年
蚊香篇
*****
令和元年
早坂瞬（29歲）

♫ 智慧型手機應用程式

令和元年◎廣中真吾（23歲）創立公司，達到年收五百億。
◎紅珊瑚（50歲）介紹黑祖洛伊德（49歲）給《MIMOSA》採訪。
◎鮎川茂吉（64歲）在濱書房舉辦劇本講座。
◎田町朔也（48歲）提供「Melting Pot」作為專訪場地。
◎乃木（33歲）以採訪記者身分與黑祖洛伊德相遇。
◎桐谷人魚（82歲）在桐谷商店遇見早坂瞬。

121

鎌倉漩渦服務中心

鎌倉うずまき案内所

鎌倉漩渦服務中心/青山美智子作 ; 邱香凝譯. -- 初版. -- 臺北市 : 春天出版國際文化有限公司, 2023.03
面 ;　公分. -- (春日文庫 ; 121)
譯自 : 鎌倉うずまき案内所
ISBN 978-957-741-650-6(平裝)

861.57　　112001144

ISBN 978-957-741-650-6
Printed in Taiwan

作　　者　青山美智子
譯　　者　邱香凝
總 編 輯　莊宜勳
主　　編　鍾靈

出 版 者　春天出版國際文化有限公司
地　　址　台北市大安區忠孝東路4段303號4樓之1
電　　話　02-7733-4070
傳　　真　02-7733-4069
E－mail　bookspring@bookspring.com.tw
網　　址　http://www.bookspring.com.tw
部 落 格　http://blog.pixnet.net/bookspring
郵政帳號　19705538
戶　　名　春天出版國際文化有限公司
法律顧問　蕭顯忠律師事務所
出版日期　二〇二三年三月初版

定　　價　470元

總 經 銷　楨德圖書事業有限公司
地　　址　新北市新店區中興路二段196號8樓
電　　話　02-8919-3186
傳　　真　02-8914-5524
香港總代理　一代匯集
地　　址　九龍旺角塘尾道64號 龍駒企業大廈10 B&D室
電　　話　852-2783-8102
傳　　真　852-2396-0050